Das Buch

Kitty und Stephen O'Connor führen seit zweiundzwanzig Jahren eine glückliche Ehe. Kennen- und liebengelernt haben sie sich, als Kitty bei einer Laienspielgruppe als ›Gestiefelter Kater‹ auf der Bühne gestanden hat. Nichts schien in all den Jahren ihr Glück trüben zu können. Doch plötzlich geht alles schief: Ihre Tochter Jill hat sich in einen jungen Franzosen verliebt, der seinerseits Kitty anhimmelt; ihr Sohn Niall, Student, ist einem Erpresser in die Hände gefallen; und zu allem Überfluß scheint sich auch noch zwischen ihrem Mann und einer attraktiven jungen Kollegin etwas anzubahnen. Kitty bleibt aber nicht tatenlos – sie zeigt die Krallen und kämpft um ihr Familienglück in Dublin, L
schen Inseln.

Die Autorin

Una Troy wurde 1913 in Fermoy in Irland geboren. Sie studierte in Dublin und lebt heute als Witwe eines Arztes in ihrer irischen Heimat. Una Troy begann schon früh zu schreiben. Mit der Veröffentlichung des Romans ›Wir sind sieben‹ wurde sie in kurzer Zeit in England, Amerika und dem deutschen Sprachraum bekannt. Es folgten u.a. die Romane ›Mutter macht Geschichten‹, ›Die Pforte zum Himmelreich‹, ›Ein Sack voll Gold‹, ›Trau schau wem‹, ›Stechginster‹, ›Das Schloß, das keiner wollte‹, ›Eine nette kleine Familie‹, ›Läuft doch prima, Frau Doktor!‹ und ›Die Leute im bunten Wagen‹.

Una Troy:
Kitty zeigt die Krallen
Roman

Deutsch von Harald Raykowski

Deutscher
Taschenbuch
Verlag

Von Una Troy
sind im Deutschen Taschenbuch Verlag erschienen:
Mutter macht Geschichten (1286; auch als
dtv großdruck 25003)
Die Pforte zum Himmelreich (10405; auch als
dtv großdruck 25052)
Ein Sack voll Gold (10619; auch als
dtv großdruck 25002)
Trau schau wem (10867)
Stechginster (10989)
Das Schloß, das keiner wollte (11057)
Eine nette kleine Familie (11150)
Läuft doch prima, Frau Doktor! (11214)
Die Leute im bunten Wagen (11350)
Wir sind sieben (11611)

Deutsche Erstausgabe
Mai 1988
4. Auflage Februar 1992
Deutscher Taschenbuch Verlag GmbH & Co. KG,
München

Titel der englischen Originalausgabe:
›Tiger Puss‹ (Robert Hale & Company, London 1970)

Umschlaggestaltung: Celestino Piatti
Gesamtherstellung: C. H. Beck'sche Buchdruckerei,
Nördlingen
Printed in Germany · ISBN 3-423-10898-3

Erstes Kapitel

An einem Februarnachmittag – es war ihr dreiundvierzigster Geburtstag und zugleich ihr zweiundzwanzigster Hochzeitstag – saß Kitty O'Connor in einem Dubliner Friseursalon unter der Trockenhaube und dachte, von der Wärme ein wenig benommen, über ihr bisheriges Leben und ihre Ehe nach. Mit beidem, so fand sie, hatte sie allen Grund, zufrieden zu sein. Hätte sie in diesem Augenblick jemand gefragt, ob es für sie überhaupt noch einen unerfüllten Wunsch gebe, dann wäre das, dachte sie und schaltete die Frisierhaube einige Stufen herunter, der Wunsch nach einem Nerzmantel. Und selbst den, so mußte sie sich gestehen, hatte sie nie besonders vermißt.

Auch nach so vielen Jahren war Kitty immer wieder überwältigt von ihrem Glück, einen so wunderbaren Mann wie Stephen und so wunderbare Kinder wie Niall und Jill zu haben. Ja, sie hatte wirklich Glück gehabt. Womit sonst hätte sie auch diese liebevolle und liebenswerte Familie verdient?

Von Anfang an war das Glück auf ihrer Seite gewesen. Anders war es gar nicht zu erklären, daß die Kupplung in Stephens Auto auf seiner Fahrt nach Dublin damals ausgerechnet in Ballyconeen zu Bruch gegangen war, so daß der Wagen in eine Werkstatt geschleppt und dort über Nacht abgestellt werden mußte, bis die Ersatzteile eintrafen; und daß Stephen, der ziellos in dem kleinen Dorf umhergeschlendert war, zufällig ins Schulhaus kam, wo die Laienspielgruppe von Ballyconeen gerade ›Puss in Boots‹, das musikalische Weihnachtsmärchen vom gestiefelten Kater aufführte.

Den Kater Puss spielte Kitty, die damals noch Kitty

Tobin hieß. Sie genoß ihre Rolle. Ihr Kostüm war aus Fell und mit einem langen Schwanz versehen, und dazu trug sie eine Pelzkappe mit spitzen Ohren und hohe Stulpenstiefel aus weichem roten Leder.

»Wie geht's mir so gut. Mein Fell gibt mir Mut, wenn eisige Winde wehen. Mag's stürmen und schnei'n, mein Pelz hüllt mich ein. Mir kann nichts Böses geschehen«, sang Kitty unter ihrer Trockenhaube leise vor sich hin, so wie sie es damals, vor zweiundzwanzig Jahren, für Stephen gesungen hatte. In Ballyconeen kannte ja jeder jeden, und die Gesichter im Publikum waren ihr alle vertraut bis auf das dieses dunkelhaarigen jungen Mannes in der ersten Reihe, der ihr sofort auffiel. Er wirkte müde und unglücklich, und Kitty, ob auf der Bühne oder im Alltag, konnte es nun einmal nicht mit ansehen, daß jemand traurig war. Und so zog sie diesem jungen Mann zuliebe sämtliche Register, die ihre Rolle hergab. Sie setzte sich mächtig in Positur, schwang ihre Beine mit den roten Stiefeln, und wenn sie »Miau!« machen mußte, dann tat sie das in seine Richtung. Noch bevor der erste Akt vorüber war, sah er schon weniger finster drein, im Verlauf des zweiten schmunzelte er bereits hie und da, und während des letzten Akts lächelten sie sich intensiv an.

Als Kitty und ihre Mitspieler das Schulhaus verließen – zuerst hatte man die Zuschauer hinausgelassen, da es nur eine einzige Tür gab –, stand er im Sprühregen draußen und wartete. Sie war umgeben von den anderen, aber er kam geradewegs auf sie zu und sagte: »Entschuldigen Sie bitte«. Und irgendwie gingen die andern dann weiter, und sie blieben allein zurück. Stephen wußte schon immer, was er wollte und wie er es anstellen mußte. »Ich wollte Ihnen gern sagen, daß Sie wunderbar gespielt haben.«

»Es freut mich, daß Ihnen unser Stück gefallen hat«, sagte sie.

»*Sie* haben mir gefallen!« erwiderte er.

Er gefiel ihr auch. Sie machte sich Sorgen, weil es jetzt stärker regnete und er keinen Hut aufhatte.

»Sie werden ja durch und durch naß.«

»Das macht mir nichts aus. Oh, tut mir leid, ich habe gar nicht daran gedacht, daß Sie ja auch naß werden. Daß es aber auch gerade jetzt regnen muß!« sagte er.

»Ja«, seufzte Kitty. Es war wirklich schrecklich. Dieser junge Mann gefiel ihr nicht nur, sie hatte sich ganz plötzlich in ihn verliebt. Das war schlimm und ganz furchtbar dumm von ihr, denn in ein paar Augenblicken würde er wahrscheinlich für immer verschwunden sein.

Als habe er ihre Gedanken erraten, erzählte er rasch, daß er in Ballyconeen übernachten werde, so daß sie sich vielleicht am nächsten Morgen wiedersehen könnten.

»Der Mann in der Werkstatt sagte mir, hier in der Gegend gäbe es kein Hotel, aber er hat mich zu einem Gasthof gebracht, wo ich übernachten kann. ›Tobin's‹. Kennen Sie die Kneipe?«

Und ob sie sie kannte! So ein Zufall!

»Da wohne ich«, sagte sie. »Der Wirt ist mein Vater.«

Dad hatte sie so merkwürdig angeschaut, als sie zusammen hereinkamen. Später sagte er, man habe es ihnen schon an der Nasenspitze angesehen, was mit ihnen los war, und wenn er geahnt hätte, daß dieser junge Schnösel aus der Stadt einem armen alten Witwer das einzige Kind entführen werde, dann hätte er ihn nie und nimmer über die Schwelle gelassen. Aber natürlich hatte Dad immer nur gewollt, daß sie glücklich würde, und Stephen hatte ihm auf Anhieb gefallen.

Stephen O'Connor blieb eine ganze Woche in Ballyconeen, und dann bat er Kitty, seine Frau zu werden. Das heißt, *er* war sich ziemlich sicher, daß es so gewesen war, obwohl sie sich später, wenn sie darüber sprachen, nie einigen konnten, ob er ihr je einen förmlichen Antrag gemacht hätte. Denn schon nach zwei Tagen hatte es zwischen ihnen ein stillschweigendes Einverständnis gegeben, daß sie heiraten würden.

»Was sollen wir denn sonst tun?« fragte Stephen, als er aufbrach, um seine Eltern in Dublin einzuweihen, und Kitty zum ersten Mal, seit sie sich kennengelernt hatten, unsicher wurde. »Es ist doch ganz klar, daß wir für immer zusammenbleiben müssen.«

»Ach, ich weiß nicht ...«, sagte Kitty.

Stephen schien nicht zu begreifen, daß noch etwas anderes ganz klar war. Stephens Vater war Anwalt, und Stephen war sein einziger Sohn und Beamter im Landwirtschaftsministerium. Er kam aus ganz anderen Verhältnissen als sie, die Gastwirtstochter aus Ballyconeen, und Kitty hatte Zweifel, ob sie zu ihm passen würde, vor allem später einmal, wenn Stephen in seinem Ministerium immer höher aufstieg, was ja gewiß der Fall sein würde. Sie sagte aber nur: »Was könnte ich dir als Ehefrau schon bieten? Ich habe weder Geld noch – sonst irgendwas.«

Er machte ein sorgenvolles Gesicht. »Ich hab's bei allen reichen Erbinnen versucht«, sagte er, »aber keine wollte was von mir wissen. Da muß ich mich wohl mit Ihnen zufriedengeben, Miß Tobin.«

»Ich bin nicht mal gebildet«, sagte Kitty, worauf Stephen lachte und meinte, sie stecke doch alle anderen in die Tasche. »Du bist klug und voller Energie und ... ein Intellektueller, und ich bin oberflächlich – doch, Stephen, das ist wahr! Und ich weiß nicht viel. Ich bin nur ...« Sie sprach nicht weiter, sonst hätte sie gesagt: ein einfaches Mädchen vom Land. »Und du bist so ruhig, während ich immerzu plappere. Du würdest bald zuviel von mir kriegen.«

»Das Risiko muß ich eingehen, Puss. Du übrigens auch.«

»Ich könnte nie, nie zuviel von dir kriegen, Stephen.«

»Was soll dann das Gerede?« fragte Stephen.

Fünf Wochen später waren sie verheiratet, aber trotz allem, was Stephen ihr gesagt hatte, glaubte sie in ihrem Herzen noch lange Zeit, nicht gut genug für ihn zu sein. Zwar waren alle sehr nett zu ihr – ihr Schwiegervater, der Anwalt, sogar ihre Schwiegermutter und sämtliche Verwandten Stephens, die alle Ärzte oder Architekten oder so etwas waren. Aber Kitty war davon überzeugt, sie seien im Grunde enttäuscht und fänden, daß Stephen zu schade sei für diese unbedeutende Person vom Land. Wenn sie aus sich die Art von Frau hätte machen können, die nach ihrer Meinung zu Stephen paßte, dann hätte sie gewiß den Versuch unternommen, auch wenn es ihr schwergefallen wäre, aber das war unmöglich: Sie konnte nur so sein, wie sie nun einmal war. Es dauerte lange, bis sie daran glaubte, daß Stephen sie so liebte, wie sie war. Und seit vielen Jahren hatte sie nun die Gewißheit, daß sie ihm, obwohl es kaum zu glauben war, wirklich gefiel. Manchmal dachte sie, es liege vielleicht daran, daß sie ihn zum Lachen bringen konnte, auch wenn sie es gar nicht beabsichtigt hatte.

Kitty stellte die Trockenhaube wieder auf »heiß«, denn sie wollte so schnell wie möglich fort. Sie schlug die Illustrierte auf, die auf ihrem Schoß lag – sie hatte darin eine Geschichte zu lesen begonnen, in der sich ein junges Ehepaar aufgrund eines Mißverständnisses trennte –, aber schon nach ein paar Sätzen ließ sie das Blatt wieder sinken, und es rutschte ihr vom Schoß auf den Boden. Unter der Haube hervorzukommen und sich danach zu bücken, war ihr zu mühsam, und so ließ sie es einfach liegen. Außerdem wußte sie genau, daß sich das dumme Mißverständnis der jungen Leute aufklären würde, denn in Illustrierten – zumindest in denen, die sie las – gingen die Geschichten immer gut aus. Wie in meinem Leben, dachte Kitty.

Als sie heute vor zweiundzwanzig Jahren an Stephens Seite zum Altar ging, war das ein Happy-End und ein glücklicher Anfang gewesen. Jungverheiratete, behaupteten heute die Psychologen, brauchten erst mal einige Zeit, um sich aneinander zu gewöhnen, aber als Stephen und sie von ihrer Hochzeitsreise zurückkamen und in das Haus in Rathfarnham einzogen, waren sie zugleich jung verliebt und alte Freunde. Es gab ihr, wie schon so oft, einen Stich, als sie jetzt daran dachte, daß die Hypothek für »Brookdale« immer noch nicht abbezahlt war. Obwohl Stephen inzwischen sehr gut verdiente, denn er hatte im Landwirtschaftsministerium tatsächlich Karriere gemacht, und alle sagten, demnächst werde man ihn zum Staatssekretär ernennen.

»Aber ich bin nun mal keine sparsame Hausfrau«, sagte Kitty in Gedanken zu ihrem Spiegelbild, »und ich werde auch nie eine sein. Aus den Resten einer Hammelkeule ein schmackhaftes Menü zubereiten oder mit ein paar Eiern eine billige Mahlzeit zaubern oder Kragen und Manschetten wenden – so etwas kann ich eben nicht. Ich kann nur versuchen, uns ein gemütliches Zuhause zu schaffen, und das kostet anscheinend Geld.«

Das runde, von der Hitze leicht gerötete Gesicht im Spiegel hörte auf, die Lippen zu bewegen. Trotz ihrer dreiundvierzig Jahre wirkte es immer noch zu weich und zu kindlich, um das Gesicht einer scharf mit dem Penny rechnenden Hausfrau zu sein. Kitty benutzte oft den Spiegel, um ihr Gewissen zu erforschen, aber diesmal schloß sie die Augen und blickte statt dessen noch einmal in die Vergangenheit. Sie dachte an jenen glücklichen Tag ein Jahr nach der Hochzeit, als Niall zur Welt kam, ein dunkelhaariges Baby mit wachen, klugen Augen, das seinem Vater wie aus dem Gesicht geschnitten war. Vier Jahre danach wurde Jill geboren, und Kitty hatte im stillen und halb verschämt gehofft, wenigstens ihre Tochter würde etwas von ihrer leichtlebigen Art abbekommen, aber auch Jill war dunkelhaarig und klug, und so war Kitty in der Familie O'Connor die einzige, die nicht so entsetzlich intelligent war. Aber die anderen drei machten das mit ihrem Verstand wieder wett, und niemand schien sich daran zu stören.

»Wir können ja nicht alle Einsteins sein«, sagte Kitty trotzig zum Spiegel. »Es muß auch solche wie mich geben.« Aber sie hielt ihre Augen geschlossen.

Sie hielt sie lange Zeit geschlossen und erschrak deshalb heftig, als sie plötzlich bemerkte, daß sie nicht mehr im Schulhaus von Ballyconeen war und für Stephen sang (und zwar eine halbe Note zu hoch, was ihr sonst nie passierte!), sondern daß sie in »Monsieur Claudes Coiffeursalon« in der Grafton Street saß.

»Madame sind ein wenig eingenickt, *n'est-ce pas?*« fragte Claude und schob die Trockenhaube beiseite. Obwohl sie es sich nur bei besonderen Anlässen leistete, ihr Haar bei Claude machen zu lassen, bediente er sie jedesmal persönlich. »Haben Madame etwas Angenehmes geträumt?«

»Nur ein bißchen an früher gedacht, Claude. Heute ist doch der bewußte Tag.«

»Ah, *bien sûr,* der doppelte Jahrestag!« Und dabei kämmte er ihre zeitlos-unmodernen Dauerwellen aus. Eine andere Frisur konnte auch er nicht aus ihren feinen, aschblonden Haaren machen. »Madame sehen 'eute aus wie eine Blüte – eine Rose!«

»Nun übertreiben Sie aber, Charlie«, sagte Kitty. Sie war die einzige Kundin, der er jemals, und zwar gleich bei ihrer ersten Begegnung, anvertraut hatte, daß er daheim bei den Seinen gar nicht »Monsieur Claude« war, wie es schwungvoll in blauen Schriftzügen auf seinem Schaufenster stand, sondern daß er Charlie Brown hieß und aus dem Londoner Eastend stammte. Aber mit dieser Tatsache, hatte er gemeint, wäre in Dublin nun mal kein Blumentopf zu gewinnen gewesen. Es passierte Kitty oft, daß sogar wildfremde Leute ihr die persönlichsten Dinge anvertrauten. Jetzt zwinkerten die beiden einander im Spiegel zu. »Halten Sie mir bitte Ende des Monats einen Termin frei. Der Präsident gibt nämlich einen Empfang zu Ehren des Fürstenpaars von Monaco, und anschließend fahren wir auf die Kanarischen Inseln. Und da muß ich doch schön sein.«

»Na, so gut wie Sie möcht' ich's auch mal haben!« sagte Claude, diesmal ganz der waschechte Cockney und ohne seinen gezierten Akzent. »Erst mit der Prominenz in Dublin Castle Prösterchen machen und dann nach Gran Canaria abschwirren.«

»Das gehört eben zum Beruf – zu Stephens Beruf, um genau zu sein. Ich begleite ihn nur. Aus Las Palmas schicke ich Ihnen eine Ansichtskarte.«

»Dann friert's mich ja hier noch mehr! Aber wenn ich's jemandem gönne, dann Ihnen. Sie hab' ich noch nie ohne ein Lächeln gesehen. Wissen Sie, das tut einem richtig gut nach dem vielen Gerede, das man sich oft anhören muß. Ich werd's nie kapieren, wieso manche Frauen mit ihrem Friseur über ihre privatesten Sachen reden müssen, als wäre er der Pfarrer oder der Hausarzt. Und nichts als Jammern, Jammern, Jammern! Manchmal würde ich am liebsten sagen: ›Wenn's euch so lausig geht, dann springt in den Liffey, ihr überkandidelten Hühner!‹«

Eine von seinen todschicken Assistentinnen mit Puppengesicht schob den Vorhang der Frisierkabine beiseite, um Claude etwas mitzuteilen. Als Kitty das leuchtende Orange ihres Kittels wahrnahm, flüsterte sie warnend: »Claude!«

»Madame sind 'eute *très charmante!*« Claude machte eine theatralische Geste der Bewunderung. »Ja, Miranda? Sag Mrs. Blake, ich komme sofort. Eine Schreckschraube, diese Mrs. Blake«, sagte er dann zu Kitty, als sie wieder allein waren. »Die bringt mich noch soweit, daß ich selbst in den Liffey springe. So, fertig! Wenn Sie heute abend feiern gehen, werden Sie alle anwesenden Herren betören.«

»Der einzige, auf den ich je so gewirkt habe, war Stephen«, sagte Kitty, »und ich weiß bis heute nicht, wie ich das geschafft habe.«

Aus der wohligen Wärme des Friseursalons trat sie hinaus in einen Wolkenbruch. Regen verabscheute Kitty so sehr, als wäre sie wirklich die Pussykatze, als die Stephen sie gern bezeichnete. Sie spannte ihren Schirm auf, um die Frisur zu schützen, mit der Claude sich solche Mühe gemacht hatte, schloß ihn aber gleich darauf wieder, um in ihrem Portemonnaie nach Kleingeld für einen alten Mann zu suchen, der am Straßenrand stand und Ziehharmonika spielte. Nachdem er ihr fest versprochen hatte, sofort irgendwo hinzugehen, wo es trocken war, und eine heiße Tasse Tee zu trinken, gab sie ihm noch etwas dazu: Er sah so verfroren aus, daß er wohl etwas Stärkeres als Tee brauchte. Dann kaufte sie sich für den Abend ein Paar neue Strümpfe – zwar besaß sie eine ganze Schublade voll Strümpfe, aber sonderbarerweise paßten nie zwei zusammen. Anschließend ging sie in ein Café, um selbst noch einen Tee zu trinken, bevor sie den Bus nach Rathfarnham nahm. In diesem Café gab es köstliche Eclairs, die fast nur aus Schlagsahne bestanden. Kitty fand, daß sie sich eins genehmigen könnte. Am Ende wurden es drei.

Als sie in Rathfarnham aus dem Bus stieg, regnete es immer noch. Sie rannte den asphaltierten Weg zu ihrem Haus hinauf, schloß die Tür hinter sich und ließ Nässe und Dunkelheit draußen. Es war schön, zu Hause zu sein. Im Wohnzimmer hatte Molly im Kamin Feuer gemacht, und nun kam sie aus der Küche gehumpelt, um Kitty zu begrüßen und ihre neue Frisur zu bewundern. Mollys Rheuma machte ihr heute wieder sehr zu schaffen. Es machte ihr schon seit einigen Jahren zu schaffen. Molly gab dem Wetter die Schuld, aber nach Kittys Ansicht lag es einfach daran, daß Molly fast siebzig war. Das konnte sie ihr aber nicht sagen, denn jedesmal, wenn Molly vor Schmerzen nicht arbeiten konnte, sagte sie ein übers andere Mal, sie sei nichts als eine nutzlose alte Frau, und es werde höchste Zeit, daß Kitty Vernunft annehme und sich nach einem kräftigen jungen Ding umsehe, das ihr ein- oder zweimal in der Woche im Haushalt zur Hand ginge, und Molly dahin gehen lasse, wo sie hingehöre, nämlich ins Altersheim. Aber Molly war mit Kitty aus Ballyconeen gekommen, und während Kitty und Stephen damals auf Hochzeitsreise waren, hatte Molly ihnen das Haus hergerichtet, und deshalb gehörte sie nach »Brookdale«, solange sie lebte. Als sie nun wieder mit ihrer Litanei von der »nutzlosen alten Frau« anfing, unterbrach Kitty sie: »Hör bloß auf damit!«

»Wie bitte?« fragte Molly. Schwerhörig wurde sie nämlich auch.

»Hör auf damit, habe ich gesagt. Wir beide zusammen kommen doch sehr gut zurecht. Mit dem Kochen zum Beispiel: Meistens ist das Essen ganz pünktlich auf dem Tisch. Und das Haus ist sehr sauber. Na, jedenfalls ziemlich sauber, und mehr kann man auch nicht verlangen, wenn man an die unzähligen Dinge denkt, die hier abgestaubt und poliert werden müssen. Wenn man die Oberflächen zusammenzählt, ergibt das bestimmt mehrere Quadratkilometer!« Kittys grünlich-blaue Augen weiteten sich vor Entsetzen bei diesem Gedanken. »Außerdem täte es mir gar nicht gut, jemanden zu haben, der jünger und kräftiger ist als du. Da würde ich nur noch dicker und träger.«

»Und wer behauptet«, fragte Molly drohend, »daß du dick und träge bist?«

»Ach, niemand außer mir selbst.« Am Gesicht der alten Frau war deutlich abzulesen, daß ihr jede Bewegung Schmerzen bereitete, und dieser Anblick tat Kitty weh. »Weißt du was, Molly? Jetzt verwöhnen wir uns mal ein bißchen. Wir setzen uns hier an den Kamin und trinken ein Gläschen Portwein. Es müßte noch ein Rest von Weihnachten übrig sein. Heute, liebe Molly, ist nämlich ein besonderer Tag!«

Während Kitty sich am Kaminfeuer die Füße wärmte und ihr Portweinglas leerte, stand ihr Mann in dem Waschraum neben seinem Büro in der Upper Merrion Street und füllte sich ein Glas mit Wasser. Die meisten Mitarbeiter des Ministeriums waren schon nach Hause gegangen. Stephen O'Connors Büro gehörte zu den wenigen, in denen noch Licht brannte. Er trank das Wasser, stellte das Glas ab, blieb noch einen Augenblick unschlüssig stehen und kehrte dann in sein Arbeitszimmer zurück. Da seine Sekretärin sich in ihr Vorzimmer zurückgezogen hatte, war er allein. Er setzte sich an seinen Schreibtisch und starrte die Schreibunterlage aus Löschpapier an. Als die Tür aufging, sah er kurz auf und wandte sich dann wieder dem Löschpapier zu. Eva Burke legte ihm einige Schriftstücke hin und ging dann hinüber zum Fenster. »Es gießt«, sagte sie. »Was wir nicht alles in Kauf nehmen müssen, um auf unserer Grünen Insel leben zu dürfen! Sie haben es gut, Stephen. Nächsten Monat sind Sie auf Gran Canaria im Sonnenschein.«

Zögernd hob er eine Hand und sah sie an. Sie stand

seitlich ans Fenster gelehnt, die eine Hand verträumt in den Nacken gelegt, die andere locker an ihrer Seite. Alles an ihrer großen, schlanken Gestalt war graziös und geschmeidig. Ihr Profil war von jener klassischen Schönheit, wie man es bei antiken Statuen findet. Jetzt wandte sie sich ihm zu, und sein Blick fiel auf ihr glänzendes, dunkles Haar, das sie in der Mitte gescheitelt und in ihrem schmalen Nacken zu einem Knoten geschlungen trug; auf ihre hohe Stirn, die strahlenden grauen Augen, die eleganten Linien der Lippen und Nasenflügel, das kleine, energische Kinn. Auch sie sah ihn an. Beide schwiegen. In ihren Gesichtern regte sich nichts. Dann kam sie zum Schreibtisch und nahm ihm gegenüber Platz. Sie deutete auf die Papiere, die sie gebracht hatte.

»Die Ausfuhrquoten für Rind- und Schweinefleisch sind noch nicht endgültig bestätigt. Das da sind die Unterlagen über Buttererzeugung und Saatkartoffeln. Ich habe sie schon geprüft, aber Sie werden sie selbst noch einmal prüfen wollen.«

Er sah sie noch immer an. Von ihrem Anblick konnte er nie genug bekommen.

»Haben Sie denn schon jemals einen Fehler übersehen, Eva?«

Sie lächelte kaum merklich.

»In solchen verantwortungsvollen Fragen sollte man sich nicht darauf verlassen, daß Untergebene fehlerlos arbeiten.«

Im Ministerium verließen sich jedoch alle auf Eva. Mit ihren knapp dreißig Jahren war sie schon so weit aufgerückt, daß sie in Stephens Abteilung an dritthöchster Stelle stand. Irgendwer hatte sogar einmal behauptet, daß die irische Landwirtschaft zum Stillstand käme, wenn Eva Burke das Ministerium verließe, um zu heiraten. Stephen erinnerte sich an diese scherzhaften Worte, während er in den Unterlagen blätterte. Ein anderer hatte bei derselben Gelegenheit gemeint, dann brauche sich Irland ja keine Sorgen zu machen, denn welcher Mann hätte schon die Courage, einer Marmorgöttin einen Heiratsantrag zu machen. Damals hatte Stephen Eva noch nicht näher gekannt. Jetzt war das anders. Inzwischen kannte er sie besser, als für seinen Seelenfrieden gut war. Das war durchaus keine Marmorstatue, die da vor ihm saß, sondern eine überaus hübsche, tüchtige junge Frau mit leicht geröteten Wangen, die trotz ihrer Selbstbeherrschung nervös mit den Fingern spielte. Er versuchte, sich auf die Akten zu konzentrieren. Sie war natürlich viel zu kühl und beherrscht, das wußte er, aber zugleich hoffte er, daß seine eigene Selbstbeherrschung ihn daran hindern würde, die Grenzen ihrer freundschaftlichen Beziehung zu übertreten. Er war sich darüber im klaren, daß sie den gefährlichen Punkt längst erreicht hatten, an dem jeder die heimlichen Gedanken des anderen erriet. Da er die verwegenen Worte, die ihm auf der Zunge lagen, nicht aussprechen durfte, flüchtete er sich in die Floskeln der Bürokratie.

»Der Herr Minister hält an seinem Entschluß fest, daß wir die Tomaten- und Bananeneinfuhr von den Kanarischen Inseln drosseln müssen, wenn dort nicht verstärkt irische Erzeugnisse importiert werden.«

Im stillen amüsierte es ihn, wie gut er diesen Ton beherrschte. Aber Eva war darin nicht weniger gut. Allerdings fiel ihr das auch leichter: Sie ging ja ganz in ihrer Arbeit auf.

»Ich bin überzeugt davon, Stephen, daß es Ihnen als Leiter der Handelsdelegation gelingen wird, die spanische Seite von der Notwendigkeit zu überzeugen, den Warenaustausch ausgewogener zu gestalten. Sind die Delegationsmitglieder inzwischen alle nominiert?«

»Bis jetzt erst Halloran, O'Brien und ich. Ein viertes Mitglied muß der Minister noch benennen.« Ich rede mit dir wie eine amtliche Verlautbarung, meine bezaubernde Schöne, dachte er und schob seine Akten beiseite. »Habe ich Ihnen schon gesagt, daß meine Frau mich auf die Kanarischen Inseln begleitet? Solange ich mit den Verhandlungen zu tun habe, kann sie sich ein bißchen allein amüsieren, aber wenn der offizielle Teil abgeschlossen ist, machen wir dort noch zwei Wochen Urlaub. Den Rückweg machen wir auf einem spanischen Schiff: eine gemütliche Seereise bis Southampton.« Er verstummte. Diese langen Erklärungen, die bei einem normalen Verhältnis zwischen ihm und dieser Frau gar nicht nötig gewesen wären, verrieten seine Gefühle vermutlich genauso unmißverständlich, als wenn er gesagt hätte: Ich liebe dich! Er räusperte sich umständlich. »Wir haben das alles schon vor Monaten arrangiert.«

Eva nickte. Ihr Gesicht ließ höfliches Interesse erkennen, mehr nicht.

»Das wird sicher ein sehr schöner Urlaub. Soviel ich weiß, ist ja im März auf den Kanarischen Inseln Hochsaison.«

Unvermittelt und mit großem Nachdruck sagte er: »Ich hänge sehr an meiner Frau.« Wieder nickte sie. »Heute ist unser Hochzeitstag und ihr Geburtstag. Zur Feier des Tages wollen wir heute abend nett ausgehen. Das ist schon so eine Art Familientradition. Wir treffen uns nachher in der Stadt.«

Eva stand auf. »Dann will ich Sie jetzt nicht länger aufhalten, Stephen.«

»Ja, ich muß mich langsam fertigmachen.« Er ging mit ihr zur Tür. Dort blieben sie einen Moment schweigend stehen, bis Eva hinausging und er die Tür hinter ihr schloß. Dann kehrte er zu seinem Schreibtisch zurück und starrte wieder auf das Löschpapier.

Zu Hause in »Brookdale« hob Molly, der der Portwein schon ein bißchen in den Kopf gestiegen war, vergnügt ihr Glas und sagte: »Auf Ihr Wohl, M'am, und mögen die Jahre, die noch kommen, genauso gut sein wie die, die hinter uns liegen!«

Den Blick auf das Löschpapier geheftet, stöhnte Stephen: »Oh, mein Gott!«

Zweites Kapitel

Während Stephen O'Connor allmählich begriff, daß stumme Zwiesprache mit einem Blatt Löschpapier einem Mann in seiner Lage keine Hilfe war, verabschiedete sich sein Sohn Niall in einem Haus mehrere Meilen außerhalb der Stadt gerade von einem seiner Dozenten.

»Leider muß ich jetzt gehen, Sir. Ich will noch mal ins College und ein paar von meinen Vorlesungsskripten durcharbeiten, bevor ich mich mit meiner Familie zum Abendessen in der Stadt treffe.«

»Ach ja, richtig. Bitte grüßen Sie Ihre Frau Mutter von mir. Aber noch ein Wort, bevor Sie gehen. Es gibt nicht viele Studenten, denen ich das je raten mußte, aber übertreiben Sie's nicht mit dem Arbeiten. Es gibt gar keinen Zweifel daran, daß Sie im Sommer ein ausgezeichnetes Examen machen werden. Der Institutsdirektor könnte noch einen Biochemiker im Labor brauchen, und ich weiß, daß er sehr hofft, Sie noch eine Weile hier halten zu können, bevor wir Sie an London oder Boston verlieren, was ja früher oder später leider der Fall sein wird.« Dr. Horton ging an das Bücherregal, das die eine Wand des Raumes völlig bedeckte. »Ich würde Ihrer Mutter am heutigen Tage gern ein kleines Präsent machen. Ja, hier habe ich eine Erstausgabe von Hobbes' ›Leviathan‹ aus dem Jahre 1651. Meinen Sie ...?«

»Sie würde sich bestimmt darüber freuen, Sir, aber ...«

Sie mußten beide lachen.

»Stimmt, Niall, wir können nicht verlangen, daß sie es auch liest. Wenn Sie das täte, wäre sie einfach nicht die Mrs. O'Connor, die ich kenne und schätze, und deshalb sollte ich ihr auch nicht so ein Geschenk machen. Es sieht ja nicht einmal dekorativ aus. Aber hier – wie wär's damit? Die Werke John Miltons – aber sehr hübsch in Kalbsleder gebunden. Das würde gut zu ihrem Haar passen.«

»Ich hätte nie gedacht, Sir«, sagte Niall, als er das kleine, nach altem Staub riechende Bändchen entgegennahm, »daß Sie ein Buch danach aussuchen könnten, ob es zur Haarfarbe einer Frau paßt.«

»Vielleicht wäre es gut gewesen, wenn ich das öfter einmal getan hätte. Aber vielleicht auch nicht, wer weiß ... Jedenfalls vergesse ich immer, wenn ich Ihrer Mutter begegne, daß ich ein alter Mann bin. Sie hat so etwas, das einen glauben läßt, das Leben sei wunderbar und aufregend, voller Glanz und Zauber.« Versonnen ließ er seinen Blick aus dem Lichtschein der Schreibtischlampe in das Halbdunkel des Zimmers schweifen. »Bitte nehmen Sie's mir nicht übel, aber seit Sie mir einmal erzählt haben, wie sich Ihre Eltern kennengelernt haben, muß ich bei Ihrer Mutter immer an eine ewig junge Märchenfee denken.«

Nialls schon etwas klappriges Auto, das er sich erst vor kurzem von seinen Ersparnissen der letzten fünf Jahre gekauft hatte, war verstimmt darüber, daß es so lange im Regen hatte warten müssen. Trotz seiner Rostflecken und Beulen war es so launenhaft wie eine Primadonna. Erst nach langem Bemühen und viel gutem Zureden sprang es stotternd und spuckend an und fuhr los, nur die Scheibenwischer versagten den Dienst. Es regnete in Strömen, und der Wind schüttelte die kahlen Bäume entlang der Straße so heftig, daß man ihre Äste aneinanderschlagen hörte. Glücklicherweise war diese Straße wenig befahren, und Fußgänger waren bei dem Sturm überhaupt nicht unterwegs. Niall fuhr langsam und dicht am Straßenrand, und jedesmal, wenn ihn die Scheinwerfer eines entgegenkommenden Autos blendeten, schimpfte er laut über seine Scheibenwischer. Als er wieder einmal gezwungen war, im Schrittempo zu fahren, bemerkte er vor sich ein Mädchen, das auf dem Weg in die Stadt war. Es trug einen roten Mantel, aber keine Kopfbedekkung, und während es verbissen durch den Schneeregen stapfte, hielt es seinen Kopf tief gesenkt. In diesem Unwetter wirkte das junge Ding so erschreckend einsam und schutzlos, daß Niall neben ihm anhielt. Er drehte das Seitenfenster herunter und rief in das Heulen des Sturms hinaus: »Kann ich dich mitnehmen?«

Als das Mädchen erfreut zur Seite sah, merkte er, daß er gar kein Kind vor sich hatte, sondern eine junge Person von ungefähr sechzehn Jahren. Sie warf einen Blick ins Innere des Autos, trat dann einen Schritt zurück und sagte nur kurz: »Nein danke, ich laufe lieber.«

In diesem Augenblick lehnte sich einer der Chausseebäume mit lautem Stöhnen langsam zur Seite und stürzte dann krachend quer über die Fahrbahn, und zwar so dicht vor dem Auto, daß einige kleinere Zweige gegen den Kühler schlugen. Ein Ast traf das Mädchen so an der Schulter, daß sie laut aufschrie. Niall öffnete die Wagentür.

»Steig ein!« rief er. Sie schlüpfte hinein und kauerte sich auf dem Beifahrersitz zusammen, aber als er die schwache Innenbeleuchtung einschaltete, setzte sie sich auf und sah ihn finster an. Ihr Mantel war völlig durchnäßt, ihre Strümpfe über und über mit Schlamm bespritzt, und ihre hochhackigen Schuhe, die vermutlich einmal weiß gewesen waren, hatten sich in eine Art Papiermaché verwandelt, aus dem sie ursprünglich wohl auch hergestellt worden waren. Von ihrem bleichen, verängstigten Gesicht waren alle Spuren von Make-up abgewaschen, ausgenommen ein paar verlaufene Flecken von Wimperntusche um ihre Augen. Das

Haar hing ihr in nassen Strähnen in den Nacken. »Du brauchst keine Angst zu haben«, sagte er behutsam. »Weder vor den Bäumen noch vor mir.«

Sie sah ihn ebenso prüfend an wie er sie.

»Tut mir leid«, sagte sie. »Ich meine, daß ich so abweisend war, als ich merkte, daß Sie im Auto allein waren. Aber da war dieser Bekannte von einem Mädchen, das in derselben Firma arbeitet wie ich, und der hat mich zu einer Spazierfahrt eingeladen, verstehen Sie? Naja, ich hätte mich wahrscheinlich nicht darauf einlassen sollen, aber er war sehr nett, und außerdem war er schon alt, fast wie 'n Großvater. Und er hatte ein tolles Auto.« Sie ballte ihre Fäuste im Schoß. »Aber dann hatte ich ziemliche Mühe, daß ich heil wieder rauskam aus diesem Auto – ungefähr zwei Meilen von hier an der Straße. Ich bin das ganze Stück gelaufen. Er hat mir schreckliche Angst gemacht, und deshalb hab ich so ... blöd reagiert, als Sie kamen.«

Wo sie denn wohne, wollte er wissen. Er kannte die Straße. In diesem Viertel hatten im achtzehnten Jahrhundert einmal die vornehmen Bürger Dublins gewohnt. Jetzt war es ein Slum.

»Meine Mama«, sagte sie und strich den roten Mantel über ihren Knien glatt, »hat ein Textilgeschäft. Deshalb leben wir dort. Es gibt da viel Kundschaft. Wir haben eine Wohnung im Parterre.« Sie bemühte sich merklich um eine gepflegte Aussprache. »Mein Daddy war Beamter, er ist jetzt im Ruhestand.«

Sie fröstelte und nieste. Als Niall besorgt meinte, es sei aber noch eine ganze Strecke zu ihr nach Hause, erklärte sie, das mache gar nichts, in seinem Auto sei es ja trocken und warm. Glücklicherweise funktionierte wenigstens die Heizung der Primadonna einwandfrei, und allmählich wurde Nialls Beifahrerin immer munterer und gesprächiger. Ihm gefiel dieses beherzte Persönchen, und er fühlte das Bedürfnis, sie zu beschützen wie ein von der Straße gerettetes Kätzchen. Ihr Name, sagte sie, sei Sandra Morgan. Sie habe die Schule abgeschlossen und eine Aushilfsarbeit angenommen, um sich in der Zwischenzeit nach etwas anderem umzusehen. Niall lachte und sagte, das erinnere ihn an seine Schwester Jill, die mit ihrer endlosen Suche nach einem geeigneten Beruf der ganzen Familie den Nerv töte. Da mußte Sandra auch lachen und stellte ihm noch ein paar Fragen nach Jill, und dann wurde sie immer wißbegieriger und ließ sich von sämtlichen Familienmitgliedern erzählen. Als sie schließlich über alle O'Connors einschließlich Niall im Bilde war, wurde sie eine Weile etwas stiller, ehe sie wieder wie vorher zu sprudeln begann. Als sie die Außenbezirke von Dublin erreichten, wurde sie erneut schweigsamer, und als sie sich der Soames Street näherten, hatte sie schon seit einigen Minuten kein Wort mehr gesagt. Er sah zu ihr hinüber. Ihr kleines blasses Gesicht war unbewegt. Starr sah sie geradeaus.

»Alles in Ordnung?«

»Ja, danke. Sie können mich hier schon rauslassen. Ich hab's nicht mehr weit.«

»Jetzt, wo du so schön dampfst? Unsinn! Außerdem liegt Soames Street fast auf meinem Weg.«

Sie wurde heftig. »Sie sollen mich rauslassen, hab' ich gesagt!«

Er zuckte die Schultern, fuhr an den Bordstein und hielt. Sie sah ihn an. Ihre Unterlippe bebte.

»Begreifen Sie denn nicht, wie Mama zumute wäre, wenn sie mich in der Soames Street aus Ihrem Auto steigen sähe? Für die Leute in der Soames Street ist es doch klar, daß so einer wie Sie von so einer wie mir nur das eine wollen kann. Mama würde mich totschlagen!«

»Unter diesen Umständen«, sagte Niall, »ist es natürlich vorzuziehen, daß man ein zweitesmal naß wird. Mach's gut, Sandra.«

Wütend äffte sie ihn nach: »›Unter diesen Umständen ist es natürlich vorzuziehen.‹ Machen Sie sich nur lustig über mich!« Sie biß sich auf die zitternde Unterlippe. »Was verstehen Sie denn schon? Ihnen ist es doch immer nur gut gegangen. Sie haben einen Haufen Geld und ein Auto und eine Mutter, deren größter Kummer es ist, daß sie keinen Nerzmantel hat. Daß ich nicht lache!«

Niall zuckte zusammen. Um die Kleine zu unterhalten, hatte er ihr erzählt, daß seine Mutter einmal als kleines Mädchen den Nerzmantel einer amerikanischen Millionärsgattin bestaunt hatte, als diese sich vor vielen Jahren bei der kleinen Kitty Tobin in Ballyconeen nach dem Weg erkundigt hatte, und davon so beeindruckt gewesen sei, daß sie heute noch heimlich von so einem Nerzmantel träume. »Mutters Nerzmantel« war ein geflügeltes Wort in der Familie O'Connor. Daß diese unverschämte Göre aber seine Anekdote jetzt dazu benutzte, um ihn zu beschimpfen, war unerhört. Aber die Empörung der Kleinen war so rührend naiv, daß Niall seinen eigenen Zorn schnell vergaß.

»Meine Mutter wäre manchmal schon froh gewesen, wenn sie überhaupt einen Mantel anzuziehen gehabt hätte«, sagte Sandra wie ein wütendes kleines Kind, das seine Spielsachen aus reinem Jähzorn zerbricht. »Aber sie ist immer anständig geblieben, und das verlangt sie auch von mir. Es stimmt nämlich gar nicht, was ich Ihnen von unserem Geschäft erzählt habe. Es ist bloß ein Laden mit alten Kleidern, und manche davon würde Ihre Mutter nicht mal als Scheuerlappen benutzen. Aber immerhin hat es meine Mama geschafft, daß wir ein Dach über dem Kopf haben und daß wir von niemandem abhängig sind. Und es stimmt zwar, daß mein Dad mal Beamter war, aber er hat sich nicht zur Ruhe gesetzt, sondern sie haben ihn rausgeschmissen, weil er nicht mit dem Trinken aufhören konnte. Und ich arbeite nicht bloß als Aushilfe, sondern dauernd in der Wäscherei und kann von Glück sagen, daß ich überhaupt einen Job habe. Zumindest sagt meine Mama das immer, aber ich hasse diesen Job, und ich hasse überhaupt alles, und Sie auch mit Ihrer eingebildeten Familie!«

Sie drehte den Kopf zur Seite und zerrte am Türgriff.

Er streckte den Arm aus, um ihr zu öffnen. Sie ergriff seine Hand und sah ihn an.

»Entschuldigen Sie, ich hab's nicht so gemeint. Sie waren ja sehr nett zu mir. Und es war gemein von mir, so über Ihre Mutter zu reden. Ich hoffe, Ihre Feier heute abend wird wunderschön.« Trotz ihrer zuckenden Lippen versuchte sie zu lächeln. »Vielleicht stelle ich mich mal vors Fenster und gucke mir durch die Vorhangritzen die ganze Prominenz an. Wir aus der Soames Street machen das manchmal, bloß so zum Spaß.« Sie gab sich einen merklichen Ruck, als sie hinzufügte: »Und ich wünsche Ihrer Mutter, daß sie irgendwann ihren Nerzmantel kriegt – ehrlich.«

»Ich wollte doch gar nicht aufschneiden oder mich lustig über dich machen«, sagte er. Und dann: »Nein, das stimmt nicht. Ich wollte es doch. Es tut mir sehr leid.«

»Na, dann sind wir uns ja nichts schuldig geblieben.« Sie ließ seine Hand los und warf den Kopf in den Nacken. Ihr Haar war fast trocken, und wie sich jetzt zeigte, war es hellbraun und glänzte seidig. »Das war's dann. Wir werden uns ja wohl kaum noch mal über den Weg laufen.«

Niall hielt das für recht unwahrscheinlich. Er lächelte höflich und hoffte im stillen, sie werde jetzt endlich aussteigen. Es war inzwischen spät geworden, und er hatte vor dem Dinner noch eine Menge zu tun.

Mit leiser, zitternder Stimme sagte sie: »Ich wünschte, wir könnten uns mal wiedersehen. Einen Jungen wie dich habe ich bisher nie kennengelernt.«

»Du wirst noch viel nettere als mich kennenlernen, Sandra«, sagte er, bemüht, sich seine Ungeduld nicht anmerken zu lassen.

»Nein, bestimmt nicht. Wo sollte mir denn mal jemand wie du begegnen? Könnten wir uns nicht wenigstens noch einmal treffen? Nur so ... um sich später dran zu erinnern. Kein Ausflug im Auto und nichts Ernstes, nur auf ein Eis oder eine Cola, damit wir uns irgendwo hinsetzen und reden können. Bloß für 'ne halbe Stunde oder so. Ein einziges Mal.« Er erschrak, als er sah, wie ihr Tränen in die Augen traten und dann ihre Wangen hinunterkullerten. »Nur einmal ...«

Ein verirrtes Kätzchen, das man gerade gerettet hat, jagt man nicht mit einem Fußtritt davon, auch wenn man sich sehnlich wünscht, es wieder loszuwerden. Niall ärgerte sich über diese lästige kleine Heulsuse genauso wie über sich selbst, aber da er sie nicht gut aus dem Auto schubsen konnte, um das Gespräch zu beenden, willigte er ein, sie am folgenden Abend in einem Café zu treffen.

Sie holte tief Luft. »Versprichst du's mir?«

»Ja, ich verspreche es.«

»Oh, das ist toll!«

Noch nie hatte ihn jemand so glücklich und dankbar angestrahlt.

Obwohl er es eilig hatte, sah er ihr nach, wie sie mit beschwingten Schritten in ihren halb aufgelösten Schuhen davonging, den Kopf trotz des Regens hoch erhoben und mit wehendem Haar, und erst als ihr roter Mantel um eine Straßenecke verschwunden war, ließ er den Motor an und fuhr los, noch unzufriedener mit sich als zuvor.

Etwa zur selben Zeit, als Niall mit düsterem Gesicht aus der Nachbarschaft der Soames Street davonfuhr, saß seine Schwester Jill in einer kleinen Teestube, die bei ihren Freunden zur Zeit »in« war. Die Hände um ihre Tasse gelegt und die Ellenbogen auf die Tischplatte gestützt, sagte sie spöttisch: »Heute ist nämlich ein ganz besonderer Tag.«

»Jaja, der Hochzeitstag deiner Eltern und der Geburtstag deiner Mutter«, sagte ihr Begleiter nickend.

Jill sah ihn aufmerksam an. Jules machte wieder dieses rätselhafte Gesicht, das sie so besonders faszinierend an ihm fand. Sie war wahnsinnig in ihn verliebt. Im Laufe des letzten Jahres hatte sie sich schon zwölfmal verliebt, aber diesmal war alles ganz anders. Jules war Franzose und keine einzige ihrer Freundinnen hatte einen Franzosen als Freund. Einmal abgesehen davon, daß sie rasend in ihn verliebt war, mußte sie außerdem zugeben, daß er ein ganz kolossales Statussymbol darstellte. Er war zwar erst siebzehn, genau wie sie selbst, aber im Vergleich zu den anderen elf jungen Männern, die sie bisher schon rasend geliebt hatte (einer war sogar schon fast zwanzig gewesen), wirkte er sehr reif und überlegen. Sie lachte jetzt, um ihre eigene Reife und Überlegenheit zu demonstrieren.

»Dieses alljährliche Dinner zu viert ist bei den O'Connors genauso eine feste Einrichtung wie die Weihnachtsfeier. Mutter ist ja lieb, aber furchtbar sentimental.«

»Du meinst also, daß du ganz anders bist als deine Mutter?«

»Ja«, sagte Jill geschmeichelt, »wir sind völlig verschieden. Ich hänge an Mutter, aber ich sehe sie trotzdem objektiv. Ihr Horizont ist ziemlich eng. Sie sieht ihre einzige Aufgabe darin, uns – das heißt, meiner

Familie – das Leben schön und angenehm zu machen und außerdem noch die halbe Welt zu bemuttern. Tiefergehende Probleme interessieren sie überhaupt nicht.«

»Bedauerlich, ohne Zweifel«, bemerkte Jules, »aber trotzdem sehr angenehm für alle in ihrer Umgebung.« Jules' Großvater, der ein Restaurant an den Champs Elysées besaß, hatte ihn nach Dublin geschickt, um dort in einem der renommiertesten Hotels Erfahrungen als Kellner zu sammeln und sein Englisch zu vervollkommnen – »um das Sprechen flüssiger und familiärer zu machen«, wie er es ausgedrückt hatte, als Jill ihm erklärte, sein Englisch sei nur weniger schlampig als das der Einheimischen. »Auch soll die Aussprache mehr korrekt werden.« Jill dagegen hoffte im stillen, Jules' Akzent – ein weiteres faszinierendes Attribut an ihm – werde nie »mehr korrekt« werden. Verzückt lauschte sie seiner bezaubernden Stimme, als er sagte: »Es ist doch verstehbar, wenn jemand wie deine Mutter nicht soviel Zeit hat wie ihre Tochter, sich um ›tiefergehende Probleme‹ zu kümmern.«

»Aber Jules, man muß sich doch darum kümmern! Sieh dir nur an, in was für einem Zustand die Welt ist!«

Seit Jill alt genug war, um die Zeitung entziffern zu können, hatte sie sich Sorgen um den Zustand der Welt gemacht. In einem fort taten Menschen irgendwo anderen Menschen Schreckliches an, und wenn sie einmal Ruhe gaben, plagten Orkane, Überschwemmungen oder Hungerkatastrophen die Menschheit. Jules setzte wieder sein geheimnisvolles Gesicht auf. In einem Punkt unterschied er sich besonders kraß von seinen elf Vorgängern. Diese hatten samt und sonders bereitwillig mitgemacht, wenn Jill sich an Protestmärschen oder Kundgebungen beteiligte oder wenn sie eine Unterschriftenaktion gegen irgendein neues Unrecht startete, das aus der Welt zu schaffen sie sich in den Kopf gesetzt hatte. Jules dagegen blieb gegenüber solchen Aktivitäten so reserviert, als ließen ihn die schwerwiegenden Argumente, die dafür sprachen, völlig kalt. Jill mochte nicht glauben, daß er wirklich so gleichgültig war, wie es manchmal den Anschein hatte. Vielleicht brachte es der ständige Umgang mit reichen und verwöhnten Gästen mit sich, daß man sich weniger um die Belange der Menschheit kümmerte, aber andererseits war Jules' Vater im Krieg Widerstandskämpfer gewesen, und Jules war außerordentlich stolz auf seinen Vater, der seit vielen Jahren schon tot war. Er hatte Jill sogar einmal den Revolver seines Vaters gezeigt, den er, in einen Schlafanzug gewickelt, durch den Zoll geschmuggelt hatte, weil er sich nicht trennen mochte von diesem sorgsam gehüteten Andenken. Der Sohn eines Freiheitskämpfers, überlegte Jill, konnte einfach kein gleichgültiger Zyniker sein. Oder doch? Jules war ihr einfach ein Rätsel, und obwohl sie das einerseits manchmal ärgerte, fand sie ihn dadurch andererseits nur um so interessanter.

»Man muß sich den Problemen stellen, Jules«, erklärte Jill ihrem Rätsel kategorisch. »Aber Mutter weiß leider nicht einmal, welches die wesentlichen Probleme sind. Nehmen wir zum Beispiel meinen Fall. Du weißt ja, daß ich mich noch nicht entschieden habe, welcher Beruf für mich der richtige ist. Ich habe einen Kurs an der Handelsakademie belegt, weil man damit immer etwas anfangen kann, und ich nehme Unterricht an der Kunsthochschule, weil ich möglicherweise eine Begabung in dieser Richtung habe – obwohl bis jetzt niemand dieser Ansicht zu sein scheint. Ich meine, ich bin mir einfach noch nicht sicher, ob ich mal die Assistentin eines Topmanagers werden will oder Journalistin oder Malerin oder ... Ach, es gibt ja so viele Dinge, die man machen könnte, aber es wäre verkehrt, etwas übers Knie zu brechen. Als ich mein

Abiturzeugnis hatte, da dachte mein Vater natürlich, ich würde sofort mit dem Beruf anfangen, den ich für mich ausgesucht hätte. Naja, ich kann ihn ja verstehen. So sind Väter eben. Mutter ist da ganz anders. Sie macht sich keine Sorgen, und es ist ihr auch egal, ob ich überhaupt einen Beruf habe. Mein Beruf, so stellt sie sich das vor, wird es einmal sein, zu heiraten und Kinder zu kriegen, die sie und Vater verwöhnen können, wenn sie alt sind.«

»Das ist gut möglich, *chérie*«, sagte Jules.

Er setzte sein träges Lächeln auf, und Jills Herz machte ein paar wilde Sprünge. Jules' Einstellung zum Sex war noch so etwas, das ihr völlig rätselhaft war. Die anderen elf hatten alle die üblichen Vorstöße unternommen und hatten, mehr oder weniger wie erwartet, von Jill eine Abfuhr bekommen; und obwohl sie es auch Jules nie gestatten würde, zu weit zu gehen, beunruhigte es sie doch, daß er noch nicht einmal den Versuch unternommen hatte, über ein paar kameradschaftliche Küsse hinaus etwas zu erreichen. Da sie wußte, daß an ihr alles stimmte, konnte sie sich das nur damit erklären, daß die Taktik der Franzosen raffinierter war als die ihrer Landsleute.

»Ich habe dir ja erzählt, daß Vater sie Puss nennt, weil sie vor vielen Jahren mal im Weihnachtsmärchen vom gestiefelten Kater mitgespielt hat. In ihrem Alter klingt es zwar ein bißchen albern, aber ich gebe zu, daß es zu ihr paßt. Sie hat etwas von einer Katze – nicht von einer, die kratzt, sondern von einer lieben, kuscheligen, schnurrenden Katze. Sie steht nicht gerne früh auf und verabscheut Kälte und Regen. Aber nicht mal bei schönem Wetter geht sie viel hinaus. Am liebsten mag sie Kleider – möglichst mit Rüschen und in Pastellfarben – und Bridge-Abende und Kino- oder Operettenbesuche. Und sie unterhält sich gern mit Leuten. Ich will sie nicht kritisieren«, setzte Jill rasch hinzu, da sie befürchtete, einen falschen Eindruck zu erwecken. »Ich betrachte sie nur objektiv. Und wenn wir manchmal über sie lachen, dann nur, weil wir sie alle schrecklich gern haben. Ich glaube, alle mögen sie, weil sie ein gutes Herz hat und natürlich und großzügig ist, und weil sie so lustig sein kann.« Sie schwieg einen Augenblick und sagte dann abschließend: »Ich würde sagen, sie ist eine Super-Kuschel-Puschel-Pussykatze.«

»Eine hübsche Pussykatze?«

»Red doch keinen Quatsch! Mutter wird dreiundvierzig.«

Ihr Herz machte wieder ein paar wilde Sprünge, als Jules darauf lächelte.

»Nach dieser objektiven Beschreibung bin ich sehr gespannt, deine Mutter morgen kennenzulernen.«

»Du wirst sie schon heute abend im Hotel zu sehen bekommen. Ich werde der Familie zwar sagen, wer du bist, aber ich werde selbstverständlich verhindern, daß sie dich wie einen Bekannten begrüßen.« Sie mußte kichern. »Ich werde nie vergessen, wie du gesagt hast, mit einem Kellner dürfe man nie intim werden. Aber ich werde immer mal zu dir rüberschielen, wenn der Oberkellner gerade nicht hinsieht, und du kannst das ja mit uns auch so machen. Oh je, wir werden bestimmt schrecklich bourgeois und spießig aussehen.«

»Aber das seid ihr doch auch«, sagte Jules. »Bourgeois, meine ich. Nicht das andere, *naturellement.*«

Manchmal konnte er einem ganz schön auf die Nerven gehen. Herablassend sagte sie: »Bourgeois zu sein ist eine Geisteshaltung, die ich ablehne. Ich sehe die Verhältnisse nämlich so, wie sie wirklich sind.« Sie schob ihre Tasse beiseite und stützte den Kopf in die Hände. »In der letzten Zeit mache ich mir manchmal richtig Sorgen wegen Mutter. Sie hat ja keine Ahnung, wie es in der Welt wirklich aussieht. Immer ist sie behütet und verhätschelt worden, und wenn nun mal was passierte – wenn die Welt sozusagen über ihr zusammenbräche, verstehst du –, dann wäre sie völlig hilflos. Genauso hilflos wie eine Schmusekatze.« Düster schüttelte sie den Kopf. »Mit Schwierigkeiten würde sie einfach nicht fertig.«

Um halb acht stieg Kitty in ein Taxi, um sich wie verabredet mit ihrer Familie zu treffen. Unter ihrem blauen Wintermantel trug sie ihr gutes blaues Kleid, zu dem die Kristallhalskette so gut paßte, die ihr Stephen an diesem Morgen überreicht hatte. Von Nialls »Jeu d'Esprit« hatte sie sich ein wenig hinter die Ohren und auf die Handgelenke getupft, und das Spitzentuch, das Jills Geschenk war, steckte in der wildledernen Handtasche, die ihre Schwiegereltern geschickt hatten. Die Schuhe, die sie trug, stellten einen Teil des Schecks dar, der von ihrem Vater gekommen war. Sie fand, daß sie gut aussah, und freute sich auf das bevorstehende Abendessen. Diese Freude nahm zu, während sie durch die abendlichen Straßen der Stadt fuhr, deren Lichterglanz vom nassen Asphalt reflektiert wurde: das Rot und Gold der Autos, der Schein der Bogenlampen und der bunten Neonreklamen. Wie durch einen hell strahlenden Tunnel fuhr sie dahin, der schönsten Feier des Jahres entgegen.

Ihr Mann und ihre Kinder erwarteten sie bereits in der Hotelhalle und sahen wie immer weit besser aus als alle andern. Vielleicht war es ja eine Sünde, so stolz auf die eigene Familie zu sein, aber von dieser Sünde wollte sie auf keinen Fall ablassen. Außerdem war es doch auch für einen völlig unvoreingenommenen Beobachter ganz offensichtlich, daß ihr Stephen – ach, mein liebster, bester Mann! – von allen anwesenden Männern der am besten aussehende und vornehmste war. Falls das überhaupt möglich war, sah er heute abend sogar noch besser und vornehmer aus als sonst mit seinen leicht angegrauten Schläfen. Niall machte den

Eindruck eines vielversprechenden jungen Mannes, dem eines Tages die Entdeckung eines Mittels gegen den Krebs gelingen würde, während Jill zumindest heute einmal ganz die bildhübsche Tochter war, die sich jede Mutter wünscht. Mit Rücksicht auf ihre Eltern hatte sie es ausnahmsweise unterlassen, sich mit Hilfe verlotterter Kleidungsstücke und einer verrückten Frisur zu entstellen.

Zu Kittys Erleichterung saß im Restaurant niemand, den sie kannte. Gewiß, da stand am anderen Ende des Speisesaals Jules, Jills neuer Schwarm, den sie für den nächsten Tag nach Hause eingeladen hatte (»Jills heißblütigen Südländer mit der Knarre«, hatte ihn Niall genannt, aber Jill war an diesem Abend ihren Eltern zuliebe viel zu sehr Dame, um auf diese Provokation in gewohnter Weise zu reagieren), und an einem der Tische saß in Begleitung einer älteren Dame eine gut aussehende junge Frau, deren Anwesenheit Stephen anscheinend überrascht hatte, eine Miß Burke, wie er sagte, die in seiner Abteilung arbeitete; aber es war niemand da, den man hätte begrüßen oder gar an den eigenen Tisch bitten müssen.

Diese Feier bedeutete Kitty sehr viel, und deshalb legte sie im Gegensatz zu ihren sonstigen Gewohnheiten auf Gesellschaft keinerlei Wert. Sie wollte ihre Familie ganz für sich alleine haben. Aber dann wurde ihr klar, daß das gegenüber ihren Kindern sehr egoistisch gedacht war.

»Es ist einfach herrlich für mich«, sagte sie und lächelte Stephen zu. »Und für uns, hoffe ich. Ich bekomme etwas zu essen, ohne daß ich dafür einkaufen oder am Herd stehen muß, und Vater bekommt etwas zu essen, das weit besser schmeckt, als wenn ich es gekocht hätte. Und das Schönste daran ist, daß wir alle zusammen sind. Aber vielleicht findet ihr es ein bißchen langweilig, Kinder. Schließlich seid ihr jetzt erwachsen und habt eure eigenen, jüngeren Freunde. Ich denke, wir müssen uns für nächstes Jahr etwas anderes einfallen lassen.«

»Liebste Mama«, sagte Niall, »du hängst nun mal an deiner alljährlichen Feier, und wir hängen an dir, und folglich hängen auch wir an dieser alljährlichen Feier. Das ist doch ganz klar.«

Widerwillig stimmte Jill zu: »Es soll alles so bleiben, wie es war. Es ist ja nur einmal im Jahr.«

Stephen blieb stumm. Er war an diesem Abend überhaupt sehr schweigsam. Auch in den letzten Wochen war er stiller gewesen als sonst, aber das hatte Kitty nicht gestört. Sie plauderte munter, und er brauchte nichts dazu zu sagen und nicht einmal zuzuhören, wenn er nicht wollte. Sie wußte ja selbst, wie sie war, und deshalb hatte sie diese Regel schon aufgestellt, bevor sie noch verheiratet waren: Wenn der stillere von ihnen still sein wollte, dann sollte er eben still sein. Und es bedurfte keiner Worte von Stephen, um Kitty zu versichern, daß dieser Jahrestag ihm ebensoviel bedeutete wie ihr.

An einen Augenblick dieses Abends erinnerte sich Kitty später besonders deutlich. Ihre Weingläser waren gerade neu gefüllt worden, und sie hatte ihres erhoben, um wie jedes Jahr mit den anderen drei anzustoßen. Seltsamerweise aber war sie einige Sekunden lang die einzige, die ihr Glas erhob. Stephen sah mit gerunzelter Stirn zu dem Tisch hinüber, an dem Miß Burke aus seiner Abteilung saß, so als erinnerte sie ihn an seine Arbeit. Niall starrte zum Fenster, als sähe er dort jemanden durch die Spalten des Vorhangs, und Jill sah verträumt ihrem Jules nach. Für einen Moment waren sie wie Fremde, die alle ihre eigenen Wege gingen, bevor sie sich wieder ihr zuwandten und mit ihr anstießen.

Als sich Kitty in den bösen Wochen, die folgten, an

diese Szene erinnerte, dachte sie: Es ist doch sonderbar. Da glaubt man, es wäre alles in Ordnung, und ahnt nichts Schlimmes, und dabei sitzt man die ganze Zeit auf einem Vulkan, der plötzlich mit einem gewaltigen Wumm! in die Luft geht ...

Drittes Kapitel

Am nächsten Morgen stand Kitty schon früh auf. Es waren nur noch zwölf Werktage bis zu dem Empfang, den der Präsident der Republik für den Fürsten und die Fürstin von Monaco im Schloß von Dublin gab. Mehr als zweitausend Gäste waren zu diesem größten gesellschaftlichen Ereignis seit Jahren geladen, und jede Frau mit Verstand konnte sich sagen, daß am Ende der Woche die Modegeschäfte in ganz Dublin ausverkauft sein würden.

Wenn es etwas gab, woran es einer Republik mangelte, dachte Kitty, die in den englischen Zeitungen und Zeitschriften stets genau das Treiben der weitverzweigten königlichen Familie verfolgte, dann war es Glanz. Selbst wenn die Politiker, die ja alles waren, was Irland an Repräsentanten aufzuweisen hatte, wirklich so klug und edelmütig und aufopferungsvoll sein sollten, wie sie es gern von sich behaupteten, dann fehlte ihnen doch ganz unbestreitbar jeglicher Glanz. Kitty freute sich darauf, endlich einmal solchen glitzernden Prunk aus der Nähe zu sehen. Als »Operettenprinzen« hatte Niall den Fürsten mit seiner bildhübschen Gattin, der ehemaligen Hollywood-Schauspielerin, abschätzig bezeichnet, aber auch wenn der Fürst nur über ein winziges Land regierte, so war es doch ein romantisches Ländchen, in dem es wimmelte von Millionären und Glücksjägern; und die Fürstin, obwohl in Amerika geboren, stammte aus einer irischen Familie, so daß Kitty sowohl patriotische als auch bewundernde Gefühle für sie hegen konnte, was gegenüber dem englischen Königshaus natürlich nicht in Frage kam.

Sie war bereit, wenn nötig den ganzen Tag zu opfern, bis sie ein passendes Kleid zu einem passenden Preis gefunden hatte. Sie wußte zwar, daß sie in der Menge kaum auffallen würde – wahrscheinlich würde sie überhaupt nur dabei sein, weil Stephen ihr einen Gefallen tun wollte und alles getan hatte, um eine Einladung für zwei zu ergattern, aber sie wußte auch, daß es für Stephen wichtig war, wie sie aussah, und deshalb legte sie großen Wert darauf, inmitten dieser vielen anderen Frauen so vorteilhaft wie möglich zu wirken.

Erst am späten Nachmittag kam sie ganz erschöpft nach »Brookdale« zurück, wo Jill bereits mit ihrem Jules wartete. Kitty war immer wieder gerührt, wenn ihre Tochter nach wie vor ihre Freunde mitbrachte, um sie ihren Eltern vorzustellen und sie, da es sich meistens um Studenten mit wenig Geld handelte, zu einer ordentlichen Mahlzeit einzuladen. Bisher waren sich diese Besucher in ihrem Äußeren immer recht ähnlich gewesen, so daß Kitty angenehm überrascht war, als sie feststellte, daß Jules jetzt genauso ordentlich gekleidet war wie gestern abend, als das strenge Auge des Oberkellners über ihm wachte, und seine vorbildlichen Manieren, die sie von Jills früheren Freunden gar nicht gewohnt war, beeindruckten sie ganz besonders. Zwar hatte sie sich bemüht, zu allen Freunden Jills nett zu sein, aber bei diesem würde es ihr bestimmt besonders leichtfallen. Das Lächeln, das sie für alle männlichen Wesen zwischen sieben und siebzig bereit hatte, fiel diesmal noch herzlicher aus als sonst.

Es tat gut, sich endlich setzen und die Beine ausstrecken zu können, auch wenn ein warnender Blick von Jill sie daran hinderte, die Schuhe abzustreifen, wie sie es gerne getan hätte. Jill war nämlich sehr kritisch, was das Benehmen ihrer Mutter anging. Als Kittys Füße aufgehört hatten wehzutun, meldete sich ihr Gewissen. Reumütig sagte sie zu Jill: »Ich hab mal wieder gesündigt!«

»Oh, Mutter, du bist ja schrecklich! Los, heraus damit!«

»Ich hatte wirklich fest vor, standhaft zu bleiben, und aus dem ersten Geschäft bin ich auch tatsächlich wieder hinausgegangen, ohne dieses teure Kleid zu kaufen. Aber in einem der nächsten Geschäfte hatten sie dann ein Kleid, das noch schöner und sogar fünf Pfund billiger war, und da konnte ich nicht widerstehen. Hätte ich doch nur die Finger davon gelassen! Aber es saß ein bißchen knapp über den Hüften«, sagte Kitty zerknirscht, »und da noch genug Stoff drin war, um es weiter zu machen, habe ich es zum Ändern dagelassen. Deshalb kann ich den Kauf nicht mehr rückgängig machen. Meine armen Kinder müssen jetzt leider darben!«

Jules lächelte. Es war ein leises, ganz bezauberndes Lächeln, das Kitty sehr an den jungen Charles Boyer erinnerte, eins ihrer Leinwandidole aus früheren Zeiten.

»Ich glaube, daß Ihre Tochter jederzeit bereit ist, für eine gute Sache zu leiden, Madame.«

»Ach, was ist denn daran schon gut«, sagte Kitty. »Und das Dümmste an der ganzen Geschichte ist doch, daß man mich gar nicht sehen wird – in dem Gewühl.«

»Pardon, Madame«, sagte Jules (er hatte sogar eine Stimme wie Charles Boyer!), »aber das halte ich für ganz ausgeschlossen.«

Er war wirklich reizend, und trotz seiner Jugend so galant! Jetzt war es Kitty schon leichter ums Herz. Erstaunlich, daß einer von Jills Freunden so eine Wirkung auf sie hatte! Die andern waren zwar auch nett zu ihr gewesen, hatten ihr aber doch unmißverständlich zu verstehen gegeben, daß sie eine Frau fortgeschrittenen Alters sei, deren Beitrag zum Weltgeschehen allein darin bestand, daß sie Jill geboren hatte. Daran war, wenn man Niall hinzurechnete, sicherlich etwas Wahres, aber es tat trotzdem gut, von diesem charmanten jungen Franzosen wie eine richtige Persönlichkeit behandelt zu werden.

Es wurde ein sehr schöner Nachmittag. Da dieser neue Freund ausnahmsweise nicht den Eindruck machte, als müsse er mit etwas Nahrhaftem gepäppelt werden, ging Kitty in die Küche und unterbrach Molly bei der Herstellung dick belegter Sandwiches, mit der sie bei Jules' Eintreffen automatisch begonnen hatte. Statt dessen holte sie als Kompliment an seine Heimat eine Flasche Beaujolais hervor, die eigentlich für die Smiths, ihre Nachbarn, reserviert war, die nächste Woche zum Abendessen kommen sollten. Stephen würde eben eine neue Flasche besorgen müssen. Durch den Wein wurde ihre Unterhaltung immer angeregter und so geistreich, als säßen sie in einem Pariser Salon. Als Jules sich verabschiedete, hoffte Kitty inständig, daß dieser Freund länger Bestand haben würde als die vorigen.

»Na, wie findest du ihn?« erkundigte sich Jill stolz, als er gegangen war. Dieselbe Frage hatte sie mit demselben Stolz schon elfmal bei ähnlichen Anlässen gestellt.

Bisher hatte Kitty darauf jedesmal mit ein paar vorsichtig gewählten Worten geantwortet, die so lobend waren, wie sie es gerade noch verantworten konnte. Diesmal aber sagte sie aus tiefstem Herzen: »Ich fand ihn ganz reizend!«

»Du hast ihm anscheinend auch gefallen«, bemerkte Jill, die mit dieser neuen Entwicklung so zufrieden zu sein schien, daß Kitty sie am liebsten umarmt hätte.

Um Jills willen wünschte sie sich, daß dieser Jules nicht so bald wieder von der Bildfläche verschwinden möge. Kitty hätte sich als junges Mädchen aus keinem der anderen elf auch nur das geringste gemacht, aber Jill war eben eine echte O'Connor und hatte kaum etwas von den Tobins abbekommen, und deshalb dachte sie in diesen Dingen ganz anders. Jill war eine Idealistin, und Kitty akzeptierte das als eine sympathische Eigenschaft der Jugend. Sie war zwar nie ganz sicher, welcher Sache sich Jill gerade verschrieben hatte, aber sie war davon überzeugt, daß es sich um eine gute und gerechte Sache handelte. Dennoch hätte sie es lieber gesehen, wenn Jill sich ihre Freunde nicht immer nur danach ausgesucht hätte, ob sie für dieselben hehren Ziele eintraten wie sie. Es störte sie, daß diese jungen Männer genauso wie Jill nichts anderes im Kopf zu haben schienen als die Sache, für die sie kämpften. Kitty wollte nicht, daß ihre Tochter das verpaßte, was den Reiz der Mädchenzeit ausmachte. Nach ihrer Meinung gehörte zum Leben eines jungen Mädchens ein Hauch von Romantik. Sie bedauerte die jungen Leute, die so eine sachliche Einstellung zum Sex hatten. Das könnte den jungen Burschen so passen! Es würde Jill guttun, dachte sie, wenn Jules sie in dieser Hinsicht endlich einmal auf andere Gedanken brächte.

Kitty fiel aus allen Wolken, als Jules am nächsten Tag, während Jill unterwegs war, wiederkam und seiner Gastgeberin einen Tulpenstrauß überreichte, der den armen Jungen ein Vermögen gekostet haben mußte. Jill war genauso überrascht, ihn anzutreffen, als sie nach Hause kam. Es wurde wieder ein sehr netter Nachmittag. Jill sah bezaubernd aus und war so munter, daß es schien, als habe Jules' guter Einfluß schon zu wirken begonnen.

Von da an kam er öfter, manchmal in Begleitung von Jill, manchmal ohne sie, und in diesem Fall setzte sich Kitty zu ihm und unterhielt sich mit ihm, während sie auf Jill warteten. Bald gehörte er für sie zur Familie –

wie ein besonders netter Neffe. Auch Stephen mochte ihn, obgleich Jules in Stephens Gegenwart nicht ganz so gesprächig war, während Niall seiner Schwester erklärte, dieser heißblütige Südländer mit der Knarre sei der erste passable Kerl, den sie bisher an Land gezogen hätte.

Wenn Niall sah, wie seine Mutter diesen Jules umsorgte, versetzte ihm das einen Stich, und er wünschte sich im stillen, er könnte auch Sandra nach »Brookdale« mitbringen, sie an den Kamin setzen und von seiner Mutter verwöhnen lassen, bis die scharfen Kanten aus ihrem Gesicht verschwunden waren und sie so aussah, wie eine Sechzehnjährige aussehen sollte. Aber auch wenn er seiner Mutter zutraute, daß sie den Abstand zwischen »Brookdale« und Soames Street einfach ignorieren und damit bewältigen könnte, so wußte er doch genau, daß Sandra das nicht könnte. Sie hatte ständig Angst, jemand aus seiner Familie könnte ihn mit ihr zusammen sehen. Als er ihr sagte, er sei doch kein kleiner Junge mehr, dem die Eltern vorschreiben könnten, mit wem er befreundet sein dürfe (was seine Eltern ohnehin nie getan hatten), da entgegnete sie mit einem wissenden, bitteren Lächeln: »Die würden uns schnell genug auseinanderbringen, das kannst du mir glauben.« Dann wieder störte es ihn aber auch, daß sie sich so an ihn klammerte, und er hätte am liebsten selbst Schluß gemacht, aber ein einziger bewundernder Blick – und ihre großen braunen Augen waren besonders schön – brachte ihn davon sofort wieder ab. Er sagte sich zwar selbst, daß es Unsinn war, aber es ließ sich nicht leugnen, daß er sich für diesen kleinen Plagegeist verantwortlich fühlte.

Wenn er ihr Heim und ihre Eltern nicht gesehen hätte, dachte er, wäre es ihm wahrscheinlich nicht allzu schwer gefallen, sie abzuschütteln, nachdem er sein Versprechen erfüllt und sich mit ihr in einem Café an der O'Connell Street getroffen hatte. Aber auf dem Weg dorthin war er bewußt durch die Soames Street gegangen. Das Haus, in dem Sandra wohnte, war nicht schwer zu erkennen gewesen; es war das einzige in der Straße, in dessen Fenstern alte Kleider hingen. Weitere Kleidungsstücke waren so über das Geländer vor dem Haus drapiert, daß es wie eine Parodie auf die Dekoration einer Modeboutique aussah. Niall konnte sich nicht vorstellen, daß irgendwer selbst in diesem Elendsviertel arm genug war, um für solche erbärmlichen Fetzen noch Geld auszugeben, aber während er noch die Auslagen musterte, kam eine Kundin mit einem in braunes Papier gewickelten Päckchen heraus. Mit ihr kam eine zweite Frau an die Tür, allem Anschein nach die Geschäftsinhaberin. Das Gesicht dieser Frau konnte einmal Sandras sein, wenn das Leben sie genauso behandelte. Ein Mann mit gelblichfahler Haut und offen stehendem Mund saß auf den Stufen vor dem Haus. Als die Frau sich bückte und etwas zu ihm sagte, stand er auf und schlurfte hinter ihr her. Niall vermutete, daß er soeben Sandras Eltern gesehen hatte. Er warf einen Blick auf das hübsch verzierte halbkreisförmige Fenster über der Haustür, das als einziges daran erinnerte, daß dies einmal das Stadthaus einer wohlhabenden Familie von Anglo-Iren gewesen war, und blickte dann hinauf zu den Fenstern der oberen Stockwerke. In einigen waren zerbrochene Scheiben durch Pappe ersetzt, in anderen hingen zerschlissene Gardinen und täuschten so etwas wie Wohnlichkeit vor, aus wieder anderen sahen Gesichter herunter. Aus einem offenen Fenster im obersten Stock lehnte sich eine Frau mit dicken Armen und grauen Haaren und rief einladend: »Na, Süßer?« Niall ging weiter.

Sandra hatte schon an der Tür der Cafeteria auf ihn gewartet. Ihr Erleichterungsseufzer verriet ihm, daß sie mit seinem Kommen nicht gerechnet hatte. Er kannte sie kaum wieder. Sie trug einen grünen Cordsamtmantel und grüne Schuhe. Ihr Haar war mühsam zu einer kunstvollen Frisur aufgetürmt, und aus ihrem maskenhaft gepuderten Gesicht stachen der orangerote Mund, die blau schillernden Lidschatten und die mit Tusche zu schwarzen Stacheln verklebten Wimpern hervor. Nur die großen, runden Augen selbst waren so schön, wie er sie in Erinnerung hatte.

»Ganz O. K. hier, was?« sagte sie, als sie sich an einen der Tische gesetzt hatten. Dann wandte sie sich ihrem Erdbeershake zu. »Das ist die Spezialität hier.« Mit einem Blick auf Nialls Tasse fragte sie: »Kaffee in Ordnung?« Er bejahte. »Ich und die andern aus meiner Clique kommen öfters mal her. Im ersten Stock gibt es Billard. Und im Keller ist jeden Samstagabend Tanz. Keine richtige Band, nur 'n paar Jungs, die 'n bißchen was von der Hitliste spielen. Meistens bringen sie ganz gut was rüber. Na, ich finde ja sowieso, wenn der Rhythmus stimmt, kannst du den Rest vergessen. Meine Mama glaubt, ich bin im Samstagsclub für Mädchen. Manchmal denke ich, das ist gemein von mir, aber was soll's. Hier ist ja alles okay, und etwas Freude braucht der Mensch schließlich.«

Und so redete sie in einem fort weiter, ein lebenslustiges Mädchen der Großstadt: Sie und die anderen aus der Clique hatten »viel Spaß«, sogar die Arbeit in der Wäscherei war »irgendwie ganz in Ordnung«. Ein paar von den Mädchen waren sogar echt nett. Ihr Chef war ein Schürzenjäger, vor dem man sich besser in acht nehmen mußte, aber das hielt einen wenigstens wach. Selbst in der Soames Street Nummer sieben hatten sie Spaß. Im zweiten Stock wohnte Mossie Reilly, der so schön auf der Fiedel spielen konnte, und im Hinterhaus wohnte eine, die erst vor kurzem geheiratet hatte und einem Sachen erzählte, daß man aus dem Lachen gar nicht mehr rauskam, und überhaupt war sie klasse, denn sie borgte einem schon mal ihre Halskette oder ein Paar Ohrringe oder ihre schwarze Unterwäsche, wenn man sich mal richtig toll fühlen wollte. Ja, sie waren ein guter Haufen im Haus Nummer sieben. Die meisten hatten einen Fernseher (ihr Dad wollte keinen, weil er sagte, da käme bloß Quatsch), und wenn man mal ausnahmsweise nichts anderes vorhatte, konnte man einfach zu den Nachbarn gehen und sich dort vor den Fernseher setzen.

Hektisch, atemlos plapperte ihre Stimme immer weiter, während ihre Augen dasselbe sagten wie schon am Abend vorher: »Ich bin jung. Ich bin allein. Ich habe Angst. Hilf mir!«

Sie bestellte sich noch einen Milchshake, ließ sich aber mit dem Trinken viel Zeit. Inzwischen hatte sich die Cafeteria gefüllt, und einige Leute warteten darauf, daß ein Tisch frei würde. Die Kellnerin sah mehrmals vielsagend zu ihnen hinüber. Die Musikbox dröhnte ohne Unterbrechung. Keß summte Sandra die Melodie mit, als die Kellnerin an ihnen vorüberging.

»Die scheint was gegen uns zu haben, Niall.«

Er tat so, als hätte er nichts gehört, und sagte: »Ich denke, wir sollten jetzt gehen.«

»Mm. Naja.« Einen Augenblick lang sah sie hilflos aus. Dann sagte sie wie ein kleines Mädchen, das sich artig von einer Geburtstagsparty verabschiedet: »Danke schön für die Milchshakes.«

»Ich bringe dich nach Hause«, sagte er.

»Nein!« entgegnete sie mit derselben Heftigkeit wie am Abend zuvor.

»Dann treffe ich mich auch nicht mehr mit dir.«

Ihr Atem stockte. Mit großen Augen sah sie ihn an.

»Du meinst . . . wir treffen uns wieder?«

»Ja. Komm jetzt.«

Draußen auf der Straße sagte sie: »Weißt du, ich

wollte dich heute noch mal treffen, damit du mich besser in Erinnerung behältst – nicht so durchgeweicht wie eine nasse Katze.« Dann lächelte sie verschmitzt und lausbübisch. »Ich muß mein Make-up immer heimlich mitnehmen und mich irgendwo draußen zurechtmachen, und bevor ich heimgehe, muß ich's mir wieder abwaschen.«

»Ich finde, du hast gestern abend besser ausgesehen.«

»Das ist doch nicht dein Ernst?«

»Doch. Es sieht schöner aus, wenn du dein Haar herunterhängen läßt. Du hast nämlich schönes Haar. Und ohne diese Malerei um deine Augen hast du mir viel besser gefallen.« Er sah auf sie hinunter. Sie schien enttäuscht und traurig. Wahrscheinlich hatte sie sich viel Mühe gegeben, sich für ihn schön zu machen. Er mußte lachen. »Du lieber Himmel, ich rede ja wie ein Moralapostel! Du mußt selbst wissen, was dir gefällt, Sandra. Es ist doch dein Gesicht.«

Nach einer Pause sagte sie: »Ich dachte, du wolltest mich wiedersehen, weil ich mich zurechtgemacht habe. Gestern abend dachte ich, du wärst irgendwie anders ... Aber die Männer wollen doch alle dasselbe, wenn sie nicht gerade schwul sind, oder? Jedenfalls sagen das die Mädchen in der Wäscherei. Du willst mich doch wiedertreffen? Wahrscheinlich möchtest du mit mir ... na, du weißt schon. Stimmt's? Aber da sage ich dir lieber gleich, daß ich da nicht mitmache. Jedenfalls nicht bis zum letzten.« Dann klammerte sie sich plötzlich an seinen Arm, als fürchte sie, ihn zu verlieren. »Aber vielleicht wär's ja anders mit dir. Ich meine, bei dir hätte ich vielleicht nichts dagegen. Wenn du unbedingt willst.«

Wenn er seine Schwester so hätte reden hören, wäre ihm das genauso gegen den Strich gegangen. »Ich möchte dich wiedersehen, weil ich dich mag«, sagte er.

»Das ist der einzige Grund, Sandra, verstehst du? Der einzige Grund.«

Sie sah ihn ungläubig an und fragte dann: »Du meinst, du magst mich, weil ich ... ich bin und nicht einfach irgendein Mädchen?«

»Ja.«

»Heißt das, daß wir Freunde sind?«

»Ja.«

»Oh! Ich hätte nie geglaubt, daß wir Freunde werden könnten! Willst du mich deshalb nach Hause bringen? Weil du mein Freund bist? Ach, ich hoffe, daß meine Mama das richtig versteht. Sie muß einfach! Sie wird's schon verstehen, wenn sie dich sieht.« Es war, als wäre sie gewachsen (aber sehr groß war sie immer noch nicht), und ihre Stimme überschlug sich vor Glück. »Oh, Niall, ich find's toll, daß du mein Freund bist!« Sie machte ein paar hüpfende Tanzschritte. »Was für ein wunderschöner Abend! Sieh mal da, die Nebelschwaden – wie grauer Samt. Und da, der rote Himmel – als hätte jemand eine Heizsonne eingeschaltet, weil es so kalt ist. Und siehst du die Möwe da oben auf dem Kamin, ganz zerzaust und mürrisch! Ist sie nicht lustig?«

Die abgetragenen Kleider waren von dem Geländer vor der Nummer sieben verschwunden, und da das Fenster im Parterre dunkel war, nahm Niall an, das Geschäft sei wohl geschlossen. In einen Mantel gehüllt, stand Mrs. Morgan fröstelnd in der Haustür. Sie betrachtete die rötliche Färbung des Himmels, die über den Dächern allmählich verblaßte, und der Ausdruck in ihrem Gesicht erinnerte an Sandras Freude über die himmlische Heizsonne. Dann sah sie ihre Tochter in Begleitung von Niall, und sofort wurde ihr Blick mißtrauisch und abweisend. Sandra zögerte einen Augenblick, aber dann ergriff sie Nialls Hand und führte ihn die Stufen hinauf.

»Mama, das ist mein Freund Niall O'Connor.«

Mrs. Morgan nickte nur kurz. »Guten Abend.« Während sich die beiden musterten, erzählte Sandra hastig, wo sie gewesen waren. Schließlich sagte Mrs. Morgan mehr herausfordernd als einladend: »Wollen Sie hereinkommen?« Niall nahm an, und Sandra schritt hocherhobenen Hauptes vor ihnen ins Haus.

Der Hausflur war staubig, aus der Holzverkleidung an den Wänden waren Stücke herausgebrochen, und im Treppengeländer fehlten einige Streben. Ein unangenehmer, süßlich-saurer Geruch hing im Treppenhaus, aber die Küche der Morgans, die nach hinten hinaus lag, war sauber und behaglich. Sandras Vater saß zusammengesunken in einem alten Sessel. Er schien überrascht, als Sandra ihm mit wichtiger Miene Niall vorstellte, begrüßte ihn aber zuvorkommender, als es seine Frau getan hatte. Mrs. Morgan, die mit verkniffenem Gesicht am Herd hantiert hatte, sagte – und wieder klang es wie eine Herausforderung: »Wir essen jetzt zu Abend. Wollen Sie sich dazusetzen?« Wieder nahm Niall die Herausforderung an. Sandra lächelte selig.

Während die Zutaten für das Abendessen, darunter Corned Beef aus der Dose und Pflaumenmarmelade, auf den Tisch gestellt wurden, unterhielt sich Niall angeregt mit Mr. Morgan. Zu seinem Erstaunen stellte er fest, daß dieser äußerlich so heruntergekommene Mann noch einen wachen Verstand besaß. Mr. Morgan interessierte sich sehr für Nialls Studium. Er selbst, sagte er, hätte früher gern Literatur studiert, aber das war nicht möglich gewesen. Oder ist es vielleicht gar nicht die verpaßte Chance, die einen Mann zu dem macht, was er ist, sinnierte er, sondern das, was er ist, läßt ihn seine Chance verpassen? Von nichts kommt nichts. Niall spürte, wie hoffnungslos dieser Mann war. Seine Lage war noch aussichtsloser als die seiner

Frau, die wenigstens noch für ihre Tochter um Glück kämpfte.

Als Niall sich verabschieden wollte, sah er, wie Mrs. Morgan ihrer Tochter ein Zeichen machte, worauf diese schmollend zurückblieb, während ihre Mutter ihn an die Tür brachte. Draußen fragte sie mit derselben Schroffheit, die alle ihre Äußerungen gegenüber Niall gekennzeichnet hatte: »Wissen Sie eigentlich, daß Sandra noch nicht einmal sechzehn ist?«

Du lieber Himmel! dachte er. Muß sie mich denn wirklich daran erinnern, daß die Verführung Minderjähriger strafbar ist? Der süßlich-saure Geruch, der ihn umgab, würgte ihn. Er sah die Frau an, die auf den ausgetretenen Dielen des Hausflurs vor ihm stand, dachte mit Respekt daran, daß es ihr gelungen war, in dieser schäbigen Umgebung für Mann und Tochter ein Zuhause zu schaffen, und sagte mit ruhiger Stimme: »Wenn meine Schwester einen Freund mit nach Hause bringt, hält meine Mutter es nicht für nötig, ihn auf das Alter ihrer Tochter aufmerksam zu machen.«

Zuerst funkelte sie ihn an, als wollte sie ihm eine herunterhauen, aber dann hellte sich ihre Miene auf, und sie lachte grimmig. »Der Vergleich ehrt mich, aber wenn Ihre Mutter in der Soames Street lebte, würde sie es vielleicht genauso machen. Und wenn Sie in der Soames Street lebten, würden Sie es mir nachsehen, daß ich nicht weiß, wie man mit der Sorte von jungen Männern reden muß, die meine Tochter kennengelernt hätte, wenn es anders gekommen wäre mit meinem Mann.«

Sandra zuliebe besuchte Niall sie danach noch ein paarmal in Nummer sieben. Der Stolz und das Selbstbewußtsein, mit denen sie ihn jedesmal ihren Eltern präsentierte, entschädigten ihn für diese ansonsten eher lästigen Besuche, und während Mr. Morgan sich jedesmal zu freuen schien, wenn er ihn sah, blieb Mrs.

Morgan, obgleich weniger verkniffen als bei ihrer ersten Begegnung und offensichtlich um Freundlichkeit bemüht, nach wie vor mißtrauisch. Genaugenommen, überlegte Niall, konnte er ihr das nicht einmal verübeln, denn wenn er nach Gründen suchte, weshalb er sich weiterhin für Sandra interessierte, kam er nie zu einem vernünftigen Ergebnis. Sicher war nur, daß sie ihn dringend zu benötigen schien und daß er deshalb nicht einfach Schluß machen konnte, auch wenn sie ihm oft zur Last fiel.

Sie erwartete nämlich, daß er ihr mehr Zeit widmete, als er sich leisten konnte. Wenn er einmal drei Tage wegblieb, war sie bei ihrem Wiedersehen abwechselnd zornig und ängstlich.

»Ich dachte schon, du wolltest mich nicht mehr sehen«, sagte sie. Seit sie ihr Haar locker und offen trug und als Make-up höchstens einmal ein bißchen Lippenstift auflegte, wirkte sie kindlicher als früher, fast wie ein Schulmädchen. Aber ihr wacher Verstand, den sie zweifellos von ihrem Vater geerbt hatte, ihr scharfer Blick, der dem ihrer Mutter nicht nachstand, und ihre in der Soames Street gewonnene Lebenserfahrung machten sie zu einer weit interessanteren Gesprächspartnerin als andere Mädchen ihres Alters, die in glücklicheren Verhältnissen lebten. Während er sie noch ernst ansah, warf sie den Kopf zurück. »Und erzähl mir jetzt nicht, daß du über deinen Büchern sitzen und lernen mußtest. Andere Jungs, die aufs College gehen, gönnen sich ja auch ihr Vergnügen.«

Er sagte ihr nicht, daß sein Studium ihm wichtiger war als sie, aber das war die Wahrheit. Schon bald hörte sie auf zu schmollen. Während der folgenden Tage war er intensiv mit einer Versuchsreihe im Labor beschäftigt und dachte kaum an Sandra. Das nächste Mal sah er sie dann zufällig, als er nach Hause ging, auf der anderen Straßenseite, wo sie sich kichernd mit zwei Schwarzen in auffällig gemusterten Anzügen und einem langhaarigen Mädchen in hautengen Hosen und einer Lederjacke unterhielt. Als sie ihn entdeckte, rannte sie über die Straße, ohne sich um den Verkehr oder das Hupen und Reifenquietschen zu kümmern.

»Bist du verrückt geworden, du kleine Idiotin?« rief er schon von weitem.

»He, schnauz mich nicht an!« Sie sah jetzt gar nicht kindlich aus. Mit ihrer Kriegsbemalung, dachte er, wirkte sie eher wie eine vom Strich – wären da nicht ihre unschuldsvollen Augen gewesen. »Aber bitte, wenn ich dir nicht gut genug bin ... Es gibt ja noch andere!«

Immer noch wütend über den Schrecken, den sie ihm eingejagt hatte, sagte er: »Dann geh nur gleich zu denen zurück, wenn sie dir so gut gefallen!«

Augenblicklich schlug ihre Stimmung um, und mit beiden Händen klammerte sie sich an seinen Arm.

»Nein, ich mag sie gar nicht! Ich mag doch nur dich. Aber das kannst du ja nicht verstehen. Den ganzen Tag in der Wäscherei, und dann nach Hause. Alle sind lieb und nett, wenn du mich zu Hause besuchst. Aber du solltest es mal erleben, wenn Dad betrunken ist und herumflucht und alles vollkotzt, und wenn Mama mit ihm keift und ich die ganze Nacht nicht schlafen kann, weil sie nebenan soviel Radau machen. Da will ich doch wenigstens ein bißchen Spaß haben. Und wenn du mal nicht da bist, kann ich nicht einfach dasitzen und warten. Ich will eben mal Spaß haben.«

Am nächsten Abend lud sie ihn mit wichtiger Miene zu einer Party ein.

»Es ist bei den Leuten, mit denen du mich gestern auf der Straße gesehen hast. Naja, sie sind vielleicht nicht dein Fall, aber eigentlich sind sie große Klasse. Der eine von den schwarzen Boys – man sieht's ihm vielleicht nicht an, aber bei sich zu Hause ist er ein

Stammeshäuptling. Und das Mädchen ist eine Malerin. Das Ganze ist so eine Art Atelierfest mit Künstlern und so. Ich find's irrsinnig toll, daß sie mich eingeladen haben. Ich könnte auch einen Freund mitbringen, haben sie gesagt.«

Das Lokal, wo die Party stattfinden sollte, stand in einem zweifelhaften Ruf. Als ihr Niall das sagte, war Sandra enttäuscht und beleidigt.

»Da lade ich dich zu einer Party ein, und gleich beim ersten Mal lehnst du ab. Dabei wollte *ich* jetzt mal was für *dich* tun. Na schön, dann gehe ich eben alleine.«

Ihre Enttäuschung tat ihm weh, und da er außerdem das absurde Gefühl hatte, für sie verantwortlich zu sein, kam er doch mit. Die Party in der Kellerbar war schon in vollem Gange, als sie eintrafen, und Niall merkte sofort, daß sich hinter der beschönigenden Bezeichnung »Künstlerfest« etwas ganz anderes verbarg. Das Publikum kam aus den verschiedensten Weltgegenden. Es waren etliche Inder und Afrikaner da, zwei Engländer, der eine dick und Mitte vierzig, der andere blond und jünger. Eine hübsche Eurasierin war auch anwesend. Die Iren unter den Partygästen besaßen nicht einmal den Reiz des Exotischen, dachte Niall sarkastisch, und man hätte allerhand über sie sagen können, nur nicht, daß sie große Klasse waren. Dies war eine von den Feten, wo Alkohol und Drogen vorübergehend für gute Stimmung sorgen, bis man am nächsten Morgen benommen und elend und deprimiert aufwacht. Aus Erfahrung wußte er, daß die Dinge bei solchen Veranstaltungen sehr bald eine schlimme Wendung nehmen konnten, und er beschloß, nicht lange zu warten, bis er mit Sandra wieder verschwand.

Der afrikanische Häuptling hatte Sandra gleich mit Freudengeschrei zu sich hinübergezogen. Bald darauf war sie zu dem dicken Engländer gewechselt, und dann hatte sich eine Gruppe um sie geschart, die in ihr, wie Niall vermutete, so etwas wie eine Dubliner Lolita sah. Entschlossen, aus all dem das beste zu machen, setzte sich Niall auf den Boden neben die kleine Eurasierin, die ihm etwas zu trinken reichte. Der Drink war so stark, daß er genausogut aus reinem Alkohol hätte bestehen können, und die Eurasierin sah zwar unbestreitbar gut aus, signalisierte aber allzuviel Bereitwilligkeit, um interessant zu sein. Niall zog es vor, wenn Drinks und Frauen etwas mehr Geschmack hatten, aber er fand sich damit ab, daß im Augenblick nichts anderes in erreichbarer Nähe war, und wartete im übrigen, bis der Zeitpunkt kam, um mit Sandra von hier zu verschwinden.

Die Situation wurde schneller ungemütlich, als er es erwartet hatte, obwohl es klar war, daß Alkohol, Haschisch und womöglich noch härtere Sachen eine brisante Mischung darstellten. Plötzlich waren Blitzlichter zu sehen, aber im Gewühl der torkelnden Gestalten konnte er nicht feststellen, wer da fotografierte. Ein Mädchen stieg auf einen Stuhl, zog ihren Pullover aus und stellte sich verführerisch im Rock und Büstenhalter in Positur. Irgend jemand rief: »Striptease, Herrschaften! Zum Fotografieren bitte hier anstellen!« Ein paar Mädchen gaben sich prüde und kreischten, als die Männer sich an ihren Kleidungsstücken zu schaffen machten. Es wurde höchste Zeit, Sandra von hier wegzubringen.

Niall arbeitete sich dorthin vor, wo er sie zuletzt gesehen hatte, und dort war sie auch noch, ängstlich gegen die Wand gepreßt und umringt von einigen Männern und jungen Frauen, die nur noch teilweise bekleidet waren. Der eine Träger ihres rosa Kleides war heruntergerissen. Als sie Niall entdeckte, wich die Angst in ihrem Blick einer grenzenlosen Erleichterung. »Alles in Ordnung, Sandra«, sagte er. »Keine Angst, wir machen, daß wir hier rauskommen.« Er streckte die Hand aus und faßte sie an der entblößten Schulter, die ihm zugewandt war. In diesem Augenblick blitzte es wieder. Von irgendwoher rief jemand: »Sei doch kein Spielverderber! Laß das Mädchen hier! Es passiert ihr doch nichts.« Aber Niall, dessen Geduld jetzt am Ende war, teilte nach rechts und links rücksichtslos Stöße und Knüffe aus und bahnte so für sich und Sandra einen Weg durch die Menge nach draußen.

Aus dem Stapel von Mänteln und Jacken, die am Fuß der Kellertreppe aufgestapelt lagen, suchten sie sich ihre Sachen heraus und eilten hinauf auf die Straße. Es war schon lange nach Mitternacht, und die Stadt war wie ausgestorben. Sandra stand zitternd auf dem Pflaster. Er half ihr in ihren Mantel, aber als sie die Harcourt Street hinuntergingen zu der Stelle, wo er sein Auto geparkt hatte, zitterte sie noch immer heftig.

»Mein Kleid«, sagte sie. »Sie haben mir mein bestes Kleid zerrissen.«

»Ach, zum Teufel mit deinem Kleid!«

»Wenn Mama das sieht! Sie wird denken ... Sie wird mir tausend schreckliche Fragen stellen.«

»Du kannst das doch vorher wieder zusammennähen, oder nicht?« Er stützte sie, als sie schwankte. Ihr Gesicht war grünlich. »Hast du viel von dem Zeug getrunken, Sandra?«

»Nein, es hat ja so scheußlich geschmeckt. Bist du mir sehr böse?«

»Nein.« Ärgerlich war er nur über sich selbst, weil er seine schlechte Laune an ihr ausgelassen hatte. »Nein, dir bin ich nicht böse.«

»Diese Party war furchtbar. Miese Typen waren das! Und dabei hatte ich mir so sehr gewünscht, daß es dir gefällt, Niall.«

Er drückte ihre Hand.

»Macht nichts, Sandra. Wir werden noch auf andere

Partys gehen, wo es netter ist. Denk nicht mehr daran.«

Wie sich bald herausstellte, konnten weder sie noch er sich an diesen gutgemeinten Rat halten. Drei Tage später erhielt Niall mit der Post einen Brief, der in London abgestempelt war und der neben ein paar Zeilen ein Foto enthielt. Das Foto war gestochen scharf. Es zeigte Niall, umgeben von mehreren halbnackten Gestalten, wie er Sandras entblößte Schulter anfaßte. Der Absender war ein gewisser C. W. Owen aus der Cromwell Road. Er schrieb: »Lieber Mr. O'Connor, dieses hübsche Foto von Ihnen und Ihrer kleinen Freundin werden Sie sicherlich als Andenken aufheben wollen. Ich stelle mir vor, daß es auch noch andere gibt, die sich für dieses reizende Bild interessieren könnten, zum Beispiel Ihre Eltern und die der jungen Dame, einige Professoren der Universität von Dublin und sogar der Landwirtschaftsminister, zu dessen hochgeschätzten Mitarbeitern, soviel ich weiß, auch Ihr Vater gehört. Sollten Sie aber Wert darauf legen, dieses Bildchen ganz für sich alleine zu haben, dann senden Sie freundlicherweise 50 Pfund an die oben genannte Adresse. Ich rate Ihnen davon ab, mir Unannehmlichkeiten bereiten zu wollen. In diesem Falle würden nämlich den genannten Personen sofort Abzüge dieses freizügigen Lichtbildes zugehen. Und bedenken Sie doch bitte, mein lieber Mr. O'Connor: Was sind heutzutage schon 50 Pfund?«

Viertes Kapitel

Für die jungen O'Connors war das ein schwarzer Tag. Während Niall zu Hause in »Brookdale« entsetzt und angewidert auf den Erpresserbrief starrte, saß Jill an einem Tisch im Café und starrte ebenso entsetzt und angewidert ihren Freund Jules an. Für sie war eine Welt zusammengebrochen. Am liebsten hätte sie laut geschrien, aber sie brachte keinen Ton hervor. Sie konnte nur stumm geradeaus sehen.

Es war wohl erst vor ein paar Augenblicken passiert, aber sie hatte das Gefühl, schon eine Ewigkeit so sprachlos und entgeistert vor sich hin zu starren. Sie hatten ein wenig über »Brookdale« geplaudert, und plötzlich hatte er gesagt: »Du weißt es sicher schon. Ich liebe deine Mutter.«

Bei diesen herzlichen Worten der Zuneigung für ihre liebe, drollige Schmusekatzen-Mama hatte Jill ein warmes Gefühl der Dankbarkeit durchflutet.

»Ja, sie ist wirklich süß, nicht wahr?«

»Ach, diese englische Sprache!« sagte er unwillig. »Ich meine nicht, daß ich sie gern habe. Wie sagt man denn? Ach so, ja!« Und dann sagte er langsam und deutlich, als spräche er mit einer geistig Zurückgebliebenen: »Jill, ich bin in deine Mutter verliebt.« Er sprach es aus wie »verlippt«, so daß es noch entsetzlicher klang. Ruhig fügte er hinzu: »Und zwar leidenschaftlich.«

Er sah aus wie immer, kühl und beherrscht. Da war sogar sein träges Lächeln, höchstens noch etwas verträumter als sonst. Da sie anscheinend keine Worte hervorbringen konnte, überkam Jill das unwiderstehliche Bedürfnis, ihm wenigstens ihren Kaffee ins lächelnde Gesicht zu schütten. Mit Mühe schob sie die

Tasse weit von sich und ballte ihre Fäuste im Schoß. Jetzt wiederholte er noch einmal, was er gesagt hatte. Er wiederholte diese schrecklichen Worte! Er wiederholte sie, als bereitete ihm das Vergnügen.

»Ich bin in deine Mutter verliebt.«

Sie versuchte zu lachen, und es kam nur ein Krächzen dabei heraus. Aber wenigstens konnte sie jetzt wieder sprechen.

»Wenn du mich damit auf den Arm nehmen willst, Jules, dann finde ich das gar nicht komisch.«

»Auf den Arm nehmen?« Er überlegte. »Ach so, das ist so eine Art zu reden.« Dann zog er die Augenbrauen hoch. »Nein, ich amüsiere mich nicht über dich. Es wundert mich, daß du so erstaunt bist. Ich dachte, du wüßtest Bescheid, weil du immer so verständnisvoll warst.«

So, dachte er das! Im ersten Augenblick hatte ihr seine schockierende Mitteilung den Atem verschlagen, aber nun war sie schon gefaßter und konnte ihre Kaffeetasse gefahrlos wieder zu sich heranziehen. Jetzt hob auch sie die Augenbrauen in der Hoffnung, damit genauso überlegen zu wirken wie er. Sie versuchte, noch mal zu lachen, und dieses Mal klang es ganz gut, halb amüsiert und halb nachsichtig.

»Naja, ein bißchen verwundert bin ich schon.«

»So? Aber warum?«

»Na hör mal, Jules, sei nicht albern! Überleg doch mal, wie alt meine Mutter ist.«

Wütend entgegnete er: »Wie dumm du bist, du kleine Irin! Was hat denn das Alter damit zu tun? Für mich ist deine Mutter eine sehr attraktive und sehr weibliche Frau. Und in der Liebe kann man von einer reifen Frau sehr viel lernen. Das weiß man doch.« Er schwieg eine Weile. »Aber hier in Irland vielleicht nicht? Vielleicht verliebt man sich hier nach Vorschrift, nach dem Datum auf dem Geburtsschein? Ich habe wohl einen Fehler gemacht, als ich dir mein Herz geöffnet habe. Ich wollte gerne von meinen Gefühlen sprechen und dachte, du hättest Verständnis und würdest dich freuen, daß ich deiner lieben Mutter von ganzem Herzen ergeben bin. Aber es scheint, daß ich mich geirrt habe. Ich verstehe nur nicht, warum.« Er fuhr sich mit der Hand über die Stirn. »Hast du Angst, ich könnte den Frieden deines Zuhause stören? Ich versichere dir ...«

»Ich versichere dir«, unterbrach Jill diesen unerträglichen Dummkopf, »daß meine Mutter dir dazu gar keine Gelegenheit geben würde!«

»Das ist mir auch klar. Meine Leidenschaft bleibt unerwidert und ohne Hoffnung. Wenn man das Unglück hat, sich in eine Frau zu verlieben, die verheiratet und obendrein noch *fidèle* ... treu ist, dann ist das wunderschön, aber auch sehr traurig. Man liebt, man leidet – und das ist alles!« Er lächelte wieder in seiner unnachahmlichen Art und sah ihr tief in die Augen. »Man hat in so einem Fall nur den Trost, daß man seiner kleinen Freundin das Herz ausschütten darf.«

Jills Herz machte wieder einmal einen Satz. Er sah so hinreißend schön und französisch aus, einfach zum Wahnsinnigwerden. Sie spürte, daß die andern Mädchen in der Cafeteria sie glühend beneideten, denn sie konnten ja nicht ahnen, daß sein Lächeln und seine verliebten Blicke gar nicht ihr galten. Während sie diesen sonderbaren jungen Franzosen ansah, nahm sie sich fest vor, dieses einmalige Statussymbol nicht entwischen zu lassen, und ihr anfänglicher Zorn darüber, daß er sich in ihre herzige Mama zu verlieben gewagt hatte, verwandelte sich allmählich in einen Groll gegen ihre Mutter, die das zugelassen hatte. Scheinheilig lächelte sie ihn an, wobei sie hoffte, so etwas wie Verständnis und Abgeklärtheit in ihr Lächeln zu legen.

»Gewiß, Jules, ich kann dich gut verstehen. Zuerst

war ich natürlich ein bißchen überrascht, das gebe ich zu. Du hast dir ja auch wirklich nichts anmerken lassen.«

Er kam weiterhin regelmäßig nach »Brookdale« zu Besuch und schüttete von Zeit zu Zeit seiner kleinen Freundin das Herz aus, und währenddessen nahm Jills Wut auf ihre Mutter ständig zu. Da hatte sie nun endlich einen Jungen gefunden, den sie wirklich liebte (die anderen elf, soweit sie sich überhaupt noch an sie erinnerte, waren jetzt nur noch Schwärmereien aus Teenagertagen), einen anderen als ihn würde sie niemals lieben können – und der wurde ihr nun ausgerechnet von ihrer Mutter streitig gemacht! Je länger sie über diese schreiende Ungerechtigkeit nachdachte, um so mehr neigte sie dazu, alle Schuld ihrer Mutter zu geben. Mutter mußte doch gesehen haben, was sich da anbahnte. Jede Frau, die nicht gerade mit Blindheit oder Dummheit geschlagen war, hätte das sehen müssen. (Ihre eigene Blindheit erklärte sich Jill mit ihrem naiven Glauben an mütterliche Integrität.) Bestimmt hatte Mutter diesem Jules heimlich Mut gemacht. Ganz bestimmt sogar, denn warum sonst würde ein junger Mann eine rundliche Frau mittleren Alters, die vielleicht vor zwanzig Jahren einmal ganz hübsch gewesen war, einem Mädchen vorziehen, an dem ... naja, alles dran war. Es mußte also so sein, daß Mutter Jules Hoffnungen gemacht hatte und daß er als Franzose auf ihre Fürsorge und Zuwendung eben wie ein typischer Franzose reagiert hatte. Mutter genoß das natürlich, weil es ihrem Selbstwertgefühl guttat, aber was sie ihrer Tochter damit antat, kümmerte sie gar nicht.

Manchmal, wenn Jill miterleben mußte, wie sich daheim in »Brookdale« alles um Jules drehte und ihre Mutter mit ihm flirtete – denn es war doch eindeutig geflirtet, wenn sie ihm zuwinkerte und dieses leise Lachen von sich gab, das Jill früher einmal so gern gemocht hatte, und wenn sie Kirschkuchen zum Tee machte – und wenn Niall mit ihm wie mit einem guten Freund redete und ihr Vater (ihr armer, nichtsahnender Papa!) nett zu ihm war, dann mußte sie sehr an sich halten, um nicht aufzustehen und laut hinauszuschreien, daß dieses Familienglück doch nur eine verlogene bürgerliche Fassade sei. Wenn ihre Mutter und Jules wenigstens den Mut gehabt hätten, Hand in Hand gemeinsam davonzugehen und der Welt ins Auge zu sehen, dann wäre sie die erste gewesen, die das respektiert hätte, auch wenn das für die O'Connors tragisch und furchtbar gewesen wäre. Aber sie schienen das nicht im mindesten zu beabsichtigen und machten statt dessen immer weiter mit ihrem Zwinkern und Lachen und Kuchenessen, während es Jill nach Schreien zumute war. Man kam sich doch richtig dämlich vor, wenn man bei dem Jungen, den man liebte, und der eigenen Mutter den Anstandswauwau spielen mußte!

Jill wäre sehr erstaunt gewesen, wenn sie geahnt hätte, daß ihr armer, irregeleiteter Vater über die häufigen Besuche von Jills französischem Freund äußerst froh war, denn nichts war ihm im Augenblick unangenehmer, als mit seiner Frau längere Zeit allein zu sein. Wenn sie allein waren, empfand er jedes Wort und jede Geste, die Kittys Liebe und Zuneigung verrieten, ganz unerträglich. Zwar war er ihr bis jetzt nur in Gedanken untreu geworden, aber manchmal kam es ihm vor, als habe er seiner Frau damit mehr Unrecht getan als mit einem tatsächlichen Seitensprung. Es war ja schließlich nicht ihre Schuld, wenn er jetzt etwas anderes wollte als vor zweiundzwanzig Jahren, oder anders gesagt: Es war nicht Kittys Schuld, daß sie nicht Eva Burke war. Wenn ein Mann eine andere liebt und infolgedessen seine Ehefrau nicht mehr mag, dann hilft ihm das, sein Gewissen zu beruhigen; aber Stephen wußte, daß er nie aufhören würde, Kitty zu mögen. Deshalb verabscheute er sich um so mehr, je mehr er Eva begehrte. Alles in allem war er in einer ziemlich schlechten Verfassung, aber all seine Schuldgefühle und vernünftigen Überlegungen konnten nicht verhindern, daß er manchmal in Kitty den Anlaß für sein Unbehagen sah und deshalb gemein zu ihr war.

Es ist leider so, daß wir Dinge tun können, obwohl wir sie mißbilligen. Als er eines Tages nach einem besonders nervenaufreibenden Vormittag voller unauffindbarer Akten, übersehener Tippfehler und allgemeiner Inkompetenz in der Eingangshalle des Ministeriums auf Eva traf, sagte er: »Ich muß ein paar Stunden hier raus, sonst werde ich noch verrückt. Hätten Sie Lust, mit mir einen kleinen Ausflug ans Meer zu machen?«

Sie zögerte. Bisher waren sie sich immer nur im Büro begegnet. Beide wußten, was diese Wende bedeutete. Dann sagte sie ernst: »Ja.«

Sie fuhren nach Howth Head. Während der Fahrt sprachen sie kaum. Er konnte sie mit jeder Faser seines Körpers spüren. Es war ein sonniger, kalter Februartag. Die Sonne schien aus einem wolkenlosen Himmel herunter, und von Osten her wehte heulend ein scharfer Wind. Sie stiegen bis zur Spitze von Howth Head hinauf und blickten von dort auf die See, die sich zu ihren Füßen donnernd an den Felsen brach, sich weiter draußen aber ruhig und eisig glitzernd bis zum Horizont dehnte. Eva ist wie das Meer, dachte er, unter ihrer scheinbar ruhigen Oberfläche verbirgt sich die Kraft großer Leidenschaftlichkeit. Beim Aufstieg hatte sie mühelos mit ihm Schritt gehalten, und nun stand sie groß und aufrecht neben ihm, unbeeindruckt vom peitschenden Wind. Sie war die ideale Gefährtin, um die Höhen des Lebens zu meistern.

»Ich liebe dich«, sagte er.

Sie hob eine Hand, als wollte sie diese Worte von sich fernhalten, ließ sie dann aber sinken.

»Ich liebe dich auch. Nun ist es heraus, und das ist vielleicht besser so. Ja, es mußte sein. Aufrichtigkeit ist immer das beste. Wir wollen uns offen zu unserer Liebe bekennen.«

»Was sollen wir tun?«

»Wir dürfen anderen keinen Schmerz zufügen, Stephen.«

»Dann haben wir nur die Wahl, unsere Aufrichtigkeit oder uns selber zu opfern, denn ich werde meiner Frau nichts von uns sagen.«

»Du belügst dich selbst, Stephen. Ich kenne dich besser.«

Er ahnte, daß es ihm schwerfallen würde, ihrer Vorstellung von ihm gerecht zu werden.

»In dieser Frage werde ich das Blaue vom Himmel herunterlügen, wenn nötig. Du kennst meine Frau nicht. Sie ist ... nun, sie ist ganz anders als du. Sie braucht Schutz und Schonung. In ihrem ganzen Leben ist sie nie wirklich in Schwierigkeiten gewesen. Sie wäre dem nicht gewachsen, Eva.«

Ihre Antwort beruhigte ihn. »Deine Frau braucht von alledem nichts zu wissen. Wir haben einander unsere Liebe gestanden, und das ist eine Sache zwischen uns beiden. Mehr ist dazu nicht zu sagen.«

Als er darüber nachdachte, klang das nicht mehr so gut, wie es zunächst den Anschein gehabt hatte.

»Das ist alles schön und gut, Eva«, sagte er. »Aber das allein genügt mir nicht, und du weißt das auch.«

Ihr Blick war auf den Horizont gerichtet. Im Profil betrachtet, wirkte sie ernst und rein.

»Wir müssen Geduld haben.«

Merklich ungeduldig antwortete er: »Ich kann aber nur Geduld haben, wenn ich weiß, daß diese Geduld auch einmal belohnt wird. Bitte verzeih mir, liebste

Eva, aber ich sehne mich so nach dir! Ich kann den Gedanken kaum ertragen, daß ich nächsten Monat mit dieser verdammten Handelsdelegation auf die Kanarischen Inseln fahren muß, so daß ich dich nicht einmal sehen kann.«

Rasch wandte sie sich ihm zu.

»Doch, das kannst du. Ich bin nämlich als viertes Delegationsmitglied vorgeschlagen worden. Ich hatte mir einen Tag Bedenkzeit ausgebeten, aber jetzt steht die Sache für mich fest.«

»Oh, Eva! Dann werden wir also im nächsten Monat ...?« Er dachte an Inseln im Sonnenlicht, an Palmen und an strahlende Sterne am südlichen Himmel – und an Eva! An Kitty natürlich auch, aber für sie würde sich schon einiges finden, womit sie sich beschäftigen und die Zeit vertreiben konnte. (Du lieber Himmel, dachte er, was bin ich nur für ein Mistkerl!) Leider würde es auch eine Menge Dinge geben, mit denen Eva und er sowie Halloran und O'Brien, seine Kollegen aus dem Ministerium, beschäftigt sein würden, zum Beispiel stundenlange Verhandlungen über Einfuhren und Ausfuhren; aber jeden Tag würden auch einige kostbare Stunden übrigbleiben, heimliche Stunden voller Sonnenschein oder Sternenglanz – und Eva! »Ach, Liebste, versprich mir, daß wir im nächsten Monat ...«

Sie erwiderte darauf nichts, aber ihr Lächeln war so gut wie ein Versprechen. Er nahm sie in seine Arme und küßte sie. Sie blieb regungslos, so daß er das Gefühl hatte, eine Marmorstatue zu küssen, aber das mußte an ihrer bewundernswerten Integrität liegen. Eva wollte offenbar alles oder nichts, und so gab er sich damit zufrieden, daß er jetzt nichts bekam. Als er sie freigab, sah sie sich nach allen Seiten um, fast so, als wollte sie sehen, ob man sie auch nicht beobachtet habe. Jedenfalls hätte er auf diesen Gedanken kommen können, wenn er nicht genau gewußt hätte, daß sie über solchen kleinlichen Überlegungen stand. Dann sah er sich selbst um und war erleichtert, als er weit und breit niemand entdeckte. Wie schön würde es auf den Inseln sein, wo sich niemand um sie kümmern würde und sie keine Sorge zu haben brauchten, man könnte sie heimlich beobachten und in ihrem Liebesglück stören. Lediglich Kitty, O'Brien und Halloran würde man im Auge behalten müssen.

Diesmal sagte er laut: »Du lieber Himmel, was bin ich nur für ein Mistkerl!«

»Nein. Aber wir müssen noch warten.«

Er hätte ihr sagen können, daß er sich nicht wegen des Kusses wie ein Mistkerl vorkam, aber er ließ es bleiben.

»Du hast einen besseren als mich verdient, Eva.«

Und wieder sagte sie: »Ich kenne dich besser als du dich selbst.«

Nur gut, daß das nicht stimmt, dachte er während der Rückfahrt, sonst würde sie nichts mehr mit mir zu tun haben wollen. Und dann überlegte er – Mistkerl, der er nun einmal war –, ob man seine Frau irgendwie davon abbringen könnte, mit auf die Kanarischen Inseln zu kommen. Kitty saß währenddessen zu Hause in »Brookdale« vor dem Kamin, blätterte in einer Illustrierten und naschte Pfefferminzschokolade. Als er zur Haustür hereinkam, sprang sie auf und lief ihm mit ausgebreiteten Armen entgegen.

»Du kommst aber sehr spät heute, du Schuft!«

»Ich hatte noch so viel im Büro zu tun.« Als nächstes, dachte er sarkastisch, werde ich anfangen, darüber zu klagen, daß meine Frau mich nicht versteht. »Ich hätte dich anrufen sollen. Tut mir leid.«

»Schon gut. Ich denke ja auch nicht gleich, daß dir was passiert ist. Irgendwie glaube ich immer, daß uns nichts Schlimmes geschehen kann.«

Hast du eine Ahnung! dachte er. In der letzten Zeit schien sie nur noch Dinge zu sagen, die ihm gegen den Strich gingen. Er kam ohne Umschweife auf seine Dienstreise auf die Kanarischen Inseln zu sprechen.

»Es sieht also so aus«, sagte er abschließend, »als würden mich diese Verhandlungen mehr Zeit kosten als ursprünglich einmal angenommen. Ich habe mir deshalb überlegt, ob wir unseren Urlaub nicht später machen sollten. Wir könnten dann zum Beispiel nach Paris fahren. Du würdest dich bestimmt langweilen, wenn ich in der ersten Woche andauernd beschäftigt bin und du ganz allein bleibst.«

Sie machte ein sehr erstauntes Gesicht.

»Aber Liebling, das haben wir doch alles schon besprochen. Wir haben doch alles schon arrangiert, und wir sparen viel Geld, wenn die Regierung deine Reisekosten übernimmt. Natürlich freue ich mich vor allem auf die zwei Wochen, wenn die Delegation abgereist ist und wir endlich allein sind, aber die erste Woche wird sicher auch schön. Du wirst schon sehen. Ich habe inzwischen einiges über die Kanarischen Inseln gelesen, und es muß dort einfach himmlisch sein. Da brauchst du dir wegen mir keine Sorgen zu machen.« Sie schwieg einen Augenblick, und über ihr Gesicht ging ein Schatten. Dann sagte sie fröhlich: »Aber wenn ich dir im Weg wäre, können wir's natürlich so machen, wie du willst. Ich bin ja die einzige Ehefrau, die mitgeschleppt wird, und das ist vielleicht wirklich eine Belastung. Und Paris wäre ja auch schön.«

Er brachte es nicht übers Herz. Es wäre, als würde man einem Kind, einem ganz lieben Kind ein Spielzeug wegnehmen. Ärgerlich sagte er: »Vergiß es! Es war nur so ein Gedanke von mir.« Und verließ das Zimmer.

Kitty setzte sich und biß nachdenklich in ein Stück Pfefferminzschokolade. Stephen war in letzter Zeit immer so reizbar. Er brauchte dringend Urlaub. Und

Niall sah auch so aus, als müßte er mal ein bißchen ausspannen. Er war schmal und blaß geworden, und manchmal wirkte er so sonderbar schweigsam und abwesend. Aber vor seinen Prüfungen im Juni war für ihn wohl an Ferien nicht zu denken. Kitty seufzte. Alle in der Familie schienen auf einmal an Frühjahrsmüdigkeit zu leiden, sogar Jill. Sie war zwar noch mit ihrem netten Jules zusammen, aber sie war oft schnippisch zu ihm und auch zu anderen, besonders zu ihrer Mutter. Wahrscheinlich, dachte Kitty, war sie in einer neuen Entwicklungsphase, und Mütter waren ja schließlich dazu da, in allen Fällen von schlechter Laune als Blitzableiter zu dienen. Sie konnte sich zwar nicht erinnern, als Teenager so viele Krisen durchgemacht zu haben, aber heute waren Krisen wohl mehr in Mode als früher. Man mußte abwarten und hoffen, daß Jill bald in eine bessere Phase kam.

Sie seufzte noch einmal. So war das eben in einer Familie. Da half nur Liebe und Geduld. Auf keinen Fall durfte man sich in die Angelegenheiten der anderen einmischen. Hauptsache, man war zur Stelle, wenn man gebraucht wurde.

Das neue Kleid für den Empfang wurde an diesem Abend von dem Modegeschäft geliefert, und Kitty zog es gleich an, um es Stephen zu zeigen. Das Blau paßte genau zu ihr, das Kleid saß perfekt, und als sie sah, wie gut es ihr stand, bereute sie auch nicht, soviel Geld dafür ausgegeben zu haben. Es war genau die Art von Kleid, die Stephen am liebsten an ihr sah.

Nachdem sie eine ganze Weile vor ihm hin und her gegangen war und sich von allen Seiten gezeigt hatte, sagte er endlich: »Ja, ganz hübsch.«

Als er das sagte, hatte sie ihm gerade den Rücken zugewandt. Rasch drehte sie sich um und sah ihn an. Sein Gesicht wirkte völlig desinteressiert. Unsicher fragte sie: »Aber es gefällt dir doch?«

»Sicher, es ist ganz nett. Bunt und mit Rüschen, wie du es eben so magst.« Er lachte. »Schau mich doch nicht so entsetzt an, Kitty. Ich habe nur versucht, mir vorzustellen, wie du zur Abwechslung mal in etwas Strengerem aussehen würdest, in etwas Dunklem vielleicht.«

»Ich glaube nicht, daß mir sowas steht«, sagte sie.

Sie hängte das Kleid in den Schrank. Es war nur eine Kleinigkeit, die Stephen geäußert hatte, nur eine Kleinigkeit, aber es war das erste Mal gewesen, daß er etwas an ihrer Art, sich zu kleiden, auszusetzen gehabt hatte. Eben hatte sie noch das Kleid glattgestrichen, da blieb sie plötzlich wie versteinert stehen. Etwas, das ihr bis jetzt noch nicht aufgefallen war, kam ihr beunruhigend zu Bewußtsein. Stephen hatte sie schon lange nicht mehr Puss genannt, seit Monaten nicht mehr. Mechanisch strich sie über das Kleid. Auch das war ja nur eine Kleinigkeit, und darum hatte sie es bisher nicht bemerkt. Nur eine Kleinigkeit, aber eins und eins ergibt zwei, und wenn man die Sache mit den Kanarischen Inseln dazuzählte, ergab es schon drei.

Eins und eins macht zwei und eins macht drei. Und drei ist ... drei ist schon ziemlich viel. Eine Ahnung streifte Kitty, daß irgend etwas mit ihrer Welt nicht mehr stimmte.

Fünftes Kapitel

Nialls erster Gedanke war, den Erpresserbrief einfach zu ignorieren. Er bezweifelte, daß dieser C. W. Owen seine Drohung wahrmachen und das Foto überall herumschicken würde – und selbst wenn er es täte, war Niall entschlossen, die Sache durchzustehen. Aber da Sandra davon ebenfalls betroffen war, entschloß er sich widerstrebend, ihr davon zu erzählen.

Als sie das Foto sah, wurde sie so blaß, daß er befürchtete, sie könnte ohnmächtig werden.

»Niall, das ist ja entsetzlich! All diese widerlichen Leute! Und wir – wir sehen auch nicht besser aus. Eher noch schlimmer.«

»Naja, besonders vorteilhaft wirken wir nicht«, gab er zu.

Obwohl er das Foto schon mehrmals betrachtet hatte, fand er es noch genauso abstoßend wie beim ersten Mal. Wie sie da standen, umgeben von betrunkenen, grinsenden, verzerrten Gesichtern, er mit der Hand auf Sandras nackter Schulter, sie mit aufgelöstem Haar, das Oberteil ihres Kleides auf der einen Seite weit heruntergezogen, beide im Mittelpunkt des Geschehens – es war die klassische Pose des Satyrs und der Dirne.

»Fünfzig Pfund! Das ist ein Vermögen!« sagte sie.

»Ich denke auch nicht daran, mich auf dieses Spiel einzulassen, Sandra. Ich werde das hier verbrennen und dann versuchen, die ganze Angelegenheit zu vergessen.«

Sie sah ihn entsetzt an.

»Aber dann schickt er das Foto an all diese Leute. Niall, das darfst du nicht zulassen! Nur wegen fünfzig Pfund. Für jemanden wie dich sind fünfzig Pfund doch gar nicht so viel.«

»Sandra, gegen Erpresser kann man sich nur wehren, indem man sich nicht erpressen läßt. Und im Vergleich zu den üblichen Opfern dieser schmutzigen Geschäfte sind wir doch in einer starken Position. Wenn es nötig ist, können wir sagen, wie es wirklich war, ohne etwas befürchten zu müssen.«

Seine Eltern, das wußte er, würden seinen Worten Glauben schenken. Die Universitätsleitung wäre vermutlich nicht erfreut zu erfahren, in was für Kaschemmen manche Studenten sich aufhielten, aber er war überzeugt davon, daß auch sie seine Erklärung akzeptieren würde. Und was den Landwirtschaftsminister betraf – Sittsamkeit gilt zwar in Irland als ebenso wichtig wie Frömmigkeit, aber Niall glaubte trotzdem nicht, daß die Eskapaden des jungen O'Connor der Karriere seines Vaters ernsthaft im Weg stehen könnten. Der Minister war ein verständnisvoller Mann, und wenn man ihm versicherte, daß der Sohn eines seiner wichtigsten Beamten noch nie zuvor in so eine Geschichte verwickelt gewesen sei und sich dergleichen auch nicht wiederholen werde, dann würde das Foto unter einem jener Teppiche verschwinden, unter die Politiker so gern alles kehren, was ihnen unangenehm ist. Aus diesem beruhigenden Gedanken wurde er erst gerissen, als Sandra mit einem resignierten Unterton sagte: »Für dich ist das vielleicht alles ganz einfach, aber wer wird mir glauben?«

Er sah sie an. Ihr Trotz verschwand sofort.

»Wenn meine Mutter dieses Foto zu sehen kriegt, schlägt sie mich tot.« Aus ihrem Mund klang das nicht wie eine dramatische Floskel, sondern leise und verzagt wie eine Tatsachenfeststellung. Er hätte es verstanden, wenn sie verängstigt, wütend oder vielleicht auch hysterisch gewesen wäre; aber das war zuviel für ihn. »Ich dürfte dich nie wiedersehen«, sagte sie, »und vielleicht würden sie mich totschlagen. Nicht mit Absicht, aber es könnte passieren. Meine Mutter regt sich leicht auf, und sie ist stark. Viel zu groß und stark für mich. Und Vater weiß nicht, was er tut, wenn er betrunken ist. Er betrinkt sich bestimmt, wenn er dieses Foto sieht, und wenn er zuviel getrunken hat, ist er imstande und bringt jemanden um, ohne es zu wollen.« Sie verzog ihren Mund zu einem freudlosen Lächeln. »Sie haben ja nichts, was ihnen etwas bedeutet oder worauf sie stolz sind, außer mir. Daß ich ein anständiges Mädchen bin. Wenn sie dieses Foto sehen, werden sie nicht mehr daran glauben, daß ich anständig bin. Und das kann man ja auch verstehen. Du siehst also, wir werden uns nie mehr wiedersehen, egal, was geschieht. Du hast ja meine Eltern kennengelernt und weißt, daß es keinen Zweck hat, ihnen die Wahrheit sagen zu wollen.«

Ja, das wußte er, und in den Stunden, die folgten, malte er sich genüßlich aus, wie er nach London fahren und diesen C. W. Owen aufspüren würde – falls das überhaupt sein richtiger Name war –, um den Kerl grün und blau zu schlagen. Aber aus diesem schönen Traum würde leider nichts werden. Er mußte auf Sandra Rücksicht nehmen und konnte deshalb nichts riskieren. Möglicherweise hatte der Kerl doch nicht geblufft, als er drohte, in so einem Fall die Fotos sofort zu verschicken. Also verkaufte Niall alles aus seinem Besitz, was Geld bringen konnte, und brachte schließlich fünfzig Pfund zusammen, die er an die Adresse in der Cromwell Road schickte. Als Antwort auf seine freundlichen Bemühungen erhielt er die dringende Aufforderung, den runden Betrag von einhundert Pfund per Post zu übersenden.

»Und dies«, schrieb C. W. Owen in seiner spaßhaften Art, »ist nun wirklich mein letztes Ersuchen. Sofort nach Erhalt Ihres geschätzten Briefs werde ich Ihnen sämtliche Abzüge und das Negativ zugehen lassen.

Sie haben mein Ehrenwort als ehemaliger Eton-Schüler, alter Junge. Was für ein Schlingel Sie aber auch sind! Lernen sie daraus, daß sich das süße Leben nicht auszahlt – jedenfalls nicht für Sie!«

Der nächste Tag war ein Sonntag. Niall machte einen Besuch in der Soames Street. Er hatte Sandra nicht mehr gesehen, seit er ihr den Brief und das Foto gezeigt hatte, und als er vor ihr stand, weiteten sich ihre Augen vor Schrecken. Sie kam ihm in diesem Augenblick besonders klein und schwach vor. Mrs. Morgan dagegen erschien ihm besonders groß und grimmig, und ihren Mann fand er auch nicht besonders gewinnend. Beide waren dann aber doch sehr nett zu ihm, als er sagte, er müsse zu einem Besuch aufs Land fahren, und da es so ein schöner Tag sei, würde er Sandra gern mitnehmen.

Als sie die Soames Street hinter sich gelassen hatten, sah sie ihn mit ihren großen Augen an.

»Ist etwas schiefgegangen?«

»Er hat seine Forderungen ein bißchen erhöht, das ist alles. Er will jetzt hundert Pfund haben.«

»Oh, nein! Soviel hast du doch bestimmt nicht?«

»Nein. Deshalb will ich jetzt nach Ballyconeen fahren und meinen Großvater bitten, mir etwas zu leihen. Ihm werde ich nicht erklären müssen, wofür ich's brauche, und er wird den Mund halten, wenn ich ihn darum bitte, da bin ich sicher. Er ist der Vater meiner Mutter, und die beiden sind sich sehr ähnlich. Mach dir keine Sorgen, Sandra! Der liebe Mr. Owen sagt, daß er danach genug hat.«

»Glaubst du, daß er das ernst meint?«

»Wir wollen's hoffen. Mehr ist dann für ihn auch nicht mehr zu holen.«

»Hundert Pfund ...«, sagte sie nachdenklich. Plötzlich schob sie seinen Ärmel hoch. »Tatsächlich, deine Uhr ist weg, die goldene, die du zu deinem einundzwanzigsten Geburtstag bekommen hast! Und wo ist das Transistorradio, das du immer hier im Auto gehabt hast?«

»Wenn du es unbedingt wissen willst, ich habe beides versetzt. Was macht das schon? Ich habe ganz andere Sorgen, als einer Armbanduhr und einem Radio nachzutrauern.«

»Ja, du hast Sorgen, nicht wahr?« sagte sie. »Große Sorgen, und alles ist meine Schuld.«

»Ach, Unsinn! Es ist genausogut meine Schuld, weil ich nicht verhindert habe, daß du dich mit diesen miesen Typen einläßt.«

»Weil ich's unbedingt wollte. Immer will ich etwas, das du nicht willst. Du siehst richtig müde aus, beinahe alt. Bestimmt machst du dir so viele Sorgen, daß du nicht mehr richtig zum Studieren kommst. Damit bin ich dir auch immer zur Last gefallen, nicht wahr? Weil ich dich vom Studieren abhalten wollte. Ich passe eben nicht zu einem Jungen wie dir. Du brauchst eine Freundin aus deinem Milieu. Ich dachte schon, du wolltest nichts mehr mit mir zu tun haben, weil ich wegen diesem Brief so feige gejammert habe, obwohl ich dir das doch alles eingebrockt hatte. Ich habe fest geglaubt, du wärst fertig mit mir. Warum bist du heute gekommen?«

»Ich dachte mir schon, daß du dasitzen und brüten würdest, und da wollte ich dich herausholen.« Er lachte. »Und wahrscheinlich hätte ich während dieser ganzen Fahrt vor mich hingebrütet, wenn du nicht da wärst und drauflosreden würdest.«

»Wenn du wie die andern wärst, hättest du dich nicht drum gekümmert, ob ich mich elend fühle. Und du hättest mich auch nicht wiedersehen wollen. Und du hättest mich nicht reden hören wollen, weil du denken würdest, daß ich mit meinem Gerede schon genug Unheil angerichtet habe. Dieser C. W. Owen war bestimmt einer von den Engländern auf der Party, meinst du nicht? Vielleicht der dicke, schmierige. Und ich habe diesem Dreckskerl auch noch alle Namen geliefert, die er brauchte, weil ich so groß dahergeredet habe von meinem Freund mit dem vielen Geld und vom schicken Modegeschäft meiner Mutter.« Sie warf ihm einen Blick zu. »Ach, das hast du dir schon gedacht? Und du hast nichts gesagt, weil du es für mich nicht noch schlimmer machen wolltest? Du bist wirklich ein merkwürdiger Junge.« Sie schwieg eine Weile, dann sagte sie: »Niall!«

»Ja?«

»Dreh um. Soll dieses Stinktier sich seine hundert Pfund doch anderswo holen! Du hast ganz recht: Man darf sich nicht erpressen lassen! Ich habe dich schon wieder zu etwas überredet, was du eigentlich gar nicht wolltest. Aber jetzt möchte ich, daß du hart bleibst. Und wenn er sein blödes Foto herumschickt, dann ist das auch nicht weiter schlimm. Deine Leute werden deswegen sowieso nichts sagen, und ...« Sie schluckte und fuhr dann mit fester Stimme fort: »... meine Eltern werden vielleicht zuerst ein bißchen böse sein, aber mehr nicht. Was ich sonst gesagt habe, war Unsinn. Ehrenwort! Und vielleicht verschickt er die Fotos auch gar nicht. Komm, laß uns zurückfahren. Alles andere wird sich finden. Bitte!«

Sie machte ein Gesicht wie jemand, der auf dem Weg zum Galgen Tapferkeit demonstrieren möchte, aber dabei halbtot ist vor Angst. Er legte seine Hand auf ihren Arm.

»Ich brächte es nicht fertig, den armen Mr. Owen ausgerechnet jetzt zu enttäuschen.«

Mit einem unterdrückten Schluchzen berührte sie seine Hand, bevor er sie zurückzog. Dann lehnte sie sich in ihrem Sitz zurück, als sei sie sehr müde.

Als sie den Wegweiser mit der Aufschrift »Ballyconeen 2 Meilen« erreichten, setzte sie sich wieder auf.

»Ich möchte nicht zu deinem Großvater mitkommen. Laß mich hier aussteigen. Es ist hübsch hier mit diesem Wäldchen da drüben und dem Bach. Und sieh mal, Niall, dort auf dem Feld sind Lämmer! Sind die nicht niedlich? Ich warte hier auf dich, bis du zurückkommst.«

»Du bist wirklich die sprunghafteste Beifahrerin, die man sich vorstellen kann«, sagte er, »und außerdem hast du auf deine Weise einen gewaltigen Dünkel. Aber nicht einmal du könntest behaupten, mein Großvater gehöre zu den oberen Zehntausend. Er hat eine kleine Kneipe und steht selbst hinter der Theke. Also sei vernünftig!«

»Das versuche ich ja zu sein. Mir geht es gar nicht darum, daß manche Leute mehr Geld haben als ich oder sich besser ausdrücken können. Ich sage nur, daß manche Menschen besser sind als andere, egal was sie besitzen oder wie sie sprechen. Und ich möchte etwas Besseres aus mir machen, um solchen Menschen gewachsen zu sein. Bitte laß mich ausssteigen, Niall. Vielleicht bin ich eines Tages soweit, daß ich deinen Großvater kennenlernen kann.«

»Du bist wirklich sonderbar«, sagte er. »Heute noch mehr als sonst.«

»Ich habe in der letzten Zeit viel nachgedacht. Das habe ich früher nie getan. Vielleicht werde ich jetzt erwachsen. Vielleicht bin ich schon erwachsen geworden. Ganz plötzlich.«

Er gab ihr seinen alten, ölverschmierten Regenmantel, um sich daraufzusetzen, und fuhr dann allein weiter nach Ballyconeen. Er fand seinen Großvater allein in der Küche sitzen, wo er in Ruhe seine Sonntagszeitung las, denn bis zur Öffnung der Gastwirtschaft waren noch zwei Stunden Zeit. Der alte Herr war erfreut über den unerwarteten Besuch, und Niall kam gleich zur Sache.

»Ich kann dir nicht sagen, bis wann ich dir das Geld zurückzahle, Opa. Auf jeden Fall nicht vor meinem Examen. Aber bis dahin werde ich natürlich schon etwas für mein Auto bekommen.«

»Wenn du das verkaufst«, sagte Mr. Tobin empört, »lasse ich dich nicht mehr ins Haus!« Er sah aus dem Fenster und schmunzelte. »Für diese Kiste gibt dir doch sowieso keiner mehr etwas, höchstens ein Schrotthändler. Am besten schreibe ich dir gleich einen Scheck, bevor wir noch lange herumreden. Wo habe ich nur wieder meinen Federhalter?« Er reichte Niall den Scheck und fragte: »Hast du noch was auf dem Herzen? Kann ich noch etwas für dich tun?«

»Danke, aber ich glaube, jetzt komme ich klar.«

»Hm ... Wie geht's deiner Mutter?«

»Sie läßt dich grüßen. Ich habe ihr nur gesagt, daß ich nach Ballyconeen fahre, weil das Wetter so schön ist. Weiter nichts.«

»Es gibt manchmal Dinge, die man lieber für sich behält. Das ist auch mein Motto. Wie wär's mit einer schönen Tasse starkem Tee? Halt, nein! Da habe ich noch etwas Besseres!«

Sie setzten sich in den Schankraum der Kneipe, deren Fensterläden noch geschlossen waren, und tranken jeder eine Flasche Guinness. Bevor Niall das Dorf wieder verließ, hielt er kurz an einem kleinen Kramladen und kaufte Limonade, Kekse und eine Tafel Schokolade. Als er den Wegweiser erreichte, kam Sandra ihm über eine Wiese entgegengelaufen. Sie hielt eine Schlüsselblume in der Hand.

»Sieh mal, was ich gefunden habe, Niall! Die erste Schlüsselblume. Es war herrlich in dem Wäldchen. Wie in einem Walt-Disney-Film. Eigentlich ist es auf dem Land gar nicht so langweilig. Vielleicht könnten wir ... Ich meine, irgendwann hat man ja mal genug von Eisdielen und Kinos, nicht? Und da dachte ich, wir könnten vielleicht manchmal ... Natürlich nur, wenn wir ...« Sie zögerte. »Naja, wenn du mich überhaupt wiedersehen willst.«

»Du wirst dich noch wundern, was für eine frischluftbegeisterte, wanderfreudige Naturfreundin ich aus dir machen werde, mein Mädchen«, sagte er.

Sie picknickten im Windschatten einer Hecke und ließen sich von der Sonne wärmen. Ihre Jugend erlaubte es ihnen, noch ganz dem Augenblick zu leben, und sie waren sehr glücklich.

Am nächsten Tag löste Niall den Scheck seines Großvaters ein und schickte das Geld dem Erpresser. C. W. Owen schrieb sehr betrübt zurück. Bisher habe er immer sein Wort gehalten, teilte er mit, das werde ihm jeder in Eton bescheinigen, aber unvorhergesehene Umstände zwängen ihn, weitere vierzig Pfund zu erbitten. Dies sei nun aber ganz gewiß das letzte Ansuchen dieser Art, und da sich der arme Goldesel schon ziemlich verausgabt habe, gebe C. W. Owen ihm großzügigerweise eine Woche Zeit, um diesen letzten, aber wirklich allerletzten Betrag zu beschaffen.

Als Jills normalerweise ruhiger und ausgeglichener Bruder sie ein paarmal hintereinander heftig anfuhr, war sie überrascht und verletzt. Sie war zwar bereit zuzugeben, daß sie selbst in letzter Zeit vielleicht etwas reizbar gewesen war, aber jeder verständnisvolle Mensch hätte doch eingesehen, daß sie unter großer innerer Anspannung stand. Leider wußte niemand von dieser Anspannung, und außer ihr gab es in »Brookdale« keinen verständnisvollen Menschen. Selbst die alte Molly in ihrer Küche, die Jill immer besonders gern gehabt hatte, murmelte etwas von Übellaunigkeit und Glaubersalz und irgendeinem gräßlichen Gebräu, dessen Rezept in Ballyconeen von Generation zu Generation vererbt wurde und das im Frühling das Blut junger Mädchen garantiert reinigen sollte. Als sie dann eines Tages sah, wie Molly in einem Topf etwas ganz Ekelhaftes anrührte, das gewiß nicht als Mahlzeit für die Familie gedacht war, und sich dabei vielsagend zu ihr umdrehte, da wußte Jill plötzlich, was sie zu tun hatte.

Es war im Grunde sehr einfach: Sie mußte aus der Enge ihres Zuhause ausbrechen und etwas Neues anfangen. Die Situation in »Brookdale« war unerträglich geworden. Sie konnte unmöglich länger mit einer Mutter unter einem Dach leben, die ein doppeltes Spiel spielte – und wer sagte ihr, daß nicht auch ihr Vater und ihr Bruder ein doppeltes Spiel spielten, denn nachdem sich ein erster Riß in der Fassade bourgeoiser Wohlanständigkeit gezeigt hatte, war gar nicht abzusehen, was dahinter noch alles zum Vorschein kommen würde. Vielleicht war nicht einmal Molly die einfache, liebe alte Seele, die sie zu sein schien – und genau genommen hatte sie gar nicht so lieb ausgesehen, wie sie da über ihr Gebräu aus Krötenaugen, Fledermäusen und wer weiß was gebeugt stand, sondern eher wie eine alte Hexe. Also würde sie »Brookdale« den Rükken kehren. Und da Irland ein verlogener, bourgeoiser Staat war und außerdem zu klein, um einem einen hinlänglichen Abstand zur eigenen Familie zu ermöglichen, würde sie auch ihm den Rücken kehren. Mutig und entschlossen würde sie hinaus in die Welt gehen und »ja« zum Leben sagen.

»Ich haue ab«, erklärte sie Jules. »Laut Gesetz kann man sowieso nicht gezwungen werden, daheim zu leben, wenn man über sechzehn ist, aber meine Eltern würden einen schrecklichen Aufstand machen, und darum habe ich mich entschlossen, heimlich wegzugehen. Nicht aus Feigheit, verstehst du, sondern nur, um uns allen nutzlosen Streit zu ersparen. Ein schneller

Bruch ist die sauberste Lösung. Ich werde verschwinden, während sie auf den Kanarischen Inseln sind.«

Mit tiefer Befriedigung bemerkte sie, wie entgeistert Jules aussah. Vielleicht merkte er endlich, was er an ihr verlor. In diesem Augenblick wurde ihr klar, daß sie nur das gewollt hatte.

»Aber warum?« fragte er. »Ich verstehe den Grund nicht. Sie sind doch gute Eltern. Du wirst nicht bevormundet oder unterdrückt. Alle Wünsche würden sie dir erfüllen. *En tout cas*, fast alle. Wenn du weggehst, während sie so weit weg sind, und wenn sie dann zurückkommen, und du bist nicht mehr da, dann ist das ... *cruel*, grausam. Deine arme Mutter ...«

Also so war das! Nicht ihretwegen machte er sich Sorgen, sondern wegen ihrer Mutter, und daß er sie verlieren könnte. Denn verlieren würde er sie, wenn keine Tochter mehr da war, die ihm einen bequemen Vorwand bot, in »Brookdale« herumzusitzen, so wie ihre Mutter auf ihren Kavalier verzichten müßte, wenn die Tochter erst mal nicht mehr da war. Es bereitete Jill eine grimmige Genugtuung, daß beide *sehr* unglücklich sein würden.

»Keine Sorge, Mutter wird sich schon trösten. Besonders jetzt, wo sie auf den Geschmack gekommen ist.«

Er schwieg. Nach einer Weile sagte er dann leise, mehr zu sich selbst als zu ihr: »Oh, wie dumm ich bin! Ich bin schrecklich dumm!« Jill stimmte ihm innerlich zu. Er zuckte leicht mit den Schultern. »Und wovon willst du leben, *chérie*?« fragte er. »Vom Malen? Wohl kaum. Aber vielleicht beherrschst du inzwischen Steno und Maschineschreiben *à merveille*?«

»Nein, aber da, wo ich hingehe, würde das auch nicht viel nützen. Anderswo mag das ja von Nutzen sein, aber ich will mich auf elementarste Bedürfnisse konzentrieren. Ich will mich als Person einbringen, mit meiner Einsatzbereitschaft und meinem Willen zu helfen.«

»Das sind natürlich wertvolle Qualitäten, aber wo willst du die einbringen? Du hast was von der Welt gesagt, aber die Welt ist groß.«

»Afrika.«

»Das ist auch ziemlich groß.«

»Manchmal glaube ich, du legst es darauf an, mich zu ärgern, Jules.«

»Das ist eine Schwäche«, gab er zu, »die man mir schon öfters vorgehalten hat.«

»Dann versuch gefälligst, dich davon frei zu machen, und red nicht mit mir wie mit einem Kind, denn du bist ja selber noch eins«, sagte Jill und traf damit ins Schwarze. »Ich hab's mir genau überlegt. In dieser verlogenen Umgebung kann ich nicht mehr leben. Ich muß meinem Leben einen Sinn geben. All diese Unterschriftensammlungen und Protestaktionen gegen die Zustände in irgendwelchen fernen Ländern, um die sich dann doch niemand kümmert – davon habe ich die Nase voll. Ich will jetzt in so ein Land gehen und an Ort und Stelle etwas Nützliches tun, den Massen Lesen und Schreiben beibringen oder Gewerkschaften organisieren helfen oder sonstwas tun, was den Menschen hilft. Goldküste oder Sklavenküste oder ... ach, es ist mir völlig Wurst, in welches Land ich gehe, solange es nur weit weg ist von diesem Provinzleben hier!«

Sie befürchtete, dieser letzte Satz könnte mehr nach Verdrossenheit als nach Menschenliebe geklungen haben, aber Jules reagierte nicht mit seinem üblichen trägen, überlegenen Lächeln. Im Gegenteil, er sah sie sehr ernst an, wie sie mit Befriedigung feststellte.

»*Eh bien,* für die unterprivilegierten Schwarzen wird es natürlich ein Vorteil sein, wenn du ins ferne Afrika gehst, aber deine *pauvre maman,* deine arme Mutter wird sehr traurig sein, wenn sie dich verliert.«

Das sah ihm ähnlich! Immer dachte er nur an diese Frau, selbst wenn man ihm erzählte, daß man in die tropischen Fieberwälder gehen wollte! Sie lachte kurz auf.

»Mutter ist keineswegs so mütterlich, wie es den Anschein hat.«

»Wie dumm! Wie furchtbar dumm!« rief er aus, so daß sie erschrak. Dann lächelte er sie auf seine wunderbare, verträumte Art an. »Nicht du, *chérie,* sondern ich. *C'est moi, Jules LeMaître, qui vous parle. Espèce d'imbécile!* Da, vor Aufregung vergesse ich schon mein Englisch! Ich zittere, wenn ich mir meine tapfere kleine Freundin in der Wildnis vorstelle. Umgeben von so vielen Gefahren. Da gibt es Lepra, Malaria, Schlangen, Krokodile. Und Leoparden! Fast den ganzen Zoo, könnte man sagen. Und es ist zwar nicht *à la mode,* das zu sagen, aber die Menschen dort sind nicht immer freundlich.«

Sie war so gerührt, daß sie es nicht übers Herz brachte, ihn für diese letzte Bemerkung zu rügen, wie sie es sonst getan hätte. Bei einem Blick in den Spiegel hinter der Theke des Cafés stellte sie mit Genugtuung fest, daß ihr Gesicht die ruhige Gelassenheit eines Mädchens zeigte, das dem Tod – dem Märtyrertod, genaugenommen – gefaßt entgegensieht. Aber traurig wäre es doch, so früh schon zu sterben ... Ihr Spiegelbild begann zu verschwimmen. Alles ... ihr verpfuschtes Leben ... einfach alles war ... ganz furchtbar traurig.

Kitty war gerade dabei, den Tisch in der Diele zu polieren, als Jules am nächsten Morgen klingelte. Sie war überrascht, ihn schon so früh zu sehen, aber sie freute sich, da er ihr einen willkommenen Vorwand bot, das Staubtuch aus der Hand zu legen und ein wenig zu plaudern.

»Jill ist schon weg«, sagte sie. »Sie kommt erst zum Mittagessen wieder.«

»Ich weiß. Sie wollte zu ein paar Bekannten aus Sambia gehen ... oder war es Nigeria? Aber ich wollte mit Ihnen sprechen. Unter vier Augen, bitte.«

Kitty führte ihn ins Wohnzimmer und schloß die Tür. Jules wirkte blaß und nervös. Der arme Junge hatte offenbar Sorgen, und sie war froh, daß er damit wenigstens zu ihr kommen konnte, da seine eigene Mutter weit weg war. Aufmunternd sagte sie: »Wir sind ganz allein im Haus. Es kann uns also niemand stören.«

»Ihre Tochter«, sagte Jules, »hat vor, von zu Hause wegzulaufen, während Sie und Ihr Mann auf den Kanarischen Inseln sind.«

Kitty ließ sich in den erstbesten Sessel sinken.

»Was? Wohin denn? Und warum? Doch nicht etwa ... Jules, doch nicht etwa mit dir?«

Er lächelte leise.

»Was die letzte Frage betrifft: nein. Die anderen Fragen will ich auch beantworten, aber dazu muß ich zuerst von mir reden.« Er sah bemerkenswert gut aus und wirkte, was eine reizende Mischung ergab, zugleich bescheiden, als er sagte: »Da ist etwas, das ich erst seit gestern weiß. Ich will damit nicht prahlen, aber ich glaube, daß Ihre Tochter in mich verliebt ist.«

»Aber natürlich ist sie das«, sagte Kitty. »Sie verliebt sich häufig. Mir ging es in ihrem Alter genauso. Erst als ich Stephen kennenlernte, merkte ich, daß alles andere nur ... naja, Vorübungen waren. Bei Jill wird das ähnlich sein. Es ist nur erstaunlich, daß du nichts davon gewußt hast.«

»Das konnte ich nicht wissen. Jill hat immer nur gesagt, daß sie mich gern hat, so wie man einen guten Freund gern hat.«

»Mein lieber Junge«, sagte Kitty mitleidig, »das ist doch eine uralte Masche. Aber vielleicht ist sie bei französischen Mädchen unbekannt.«

Jules lächelte schelmisch.

»Ich muß also noch dazulernen, *n'est-ce pas*? *Ah, n'importe*! Es geht um etwas Ernstes. Ich habe einen schweren Fehler gemacht und in meiner Dummheit Jill erzählt, daß ich eine andere Frau leidenschaftlich liebe. Ich habe es ihr erzählt, weil ich dachte, wir seien einfach Freunde und sie würde sich über meine Liebe zu dieser Frau freuen, weil sie sie kennt und auch sehr gern hat.«

»Das ist natürlich eine arge Kränkung für ein Mädchen«, sagte Kitty. »Kein Wunder, daß das arme Kind in letzter Zeit so schlecht gelaunt war. Aber ich begreife nicht, weshalb das ein Grund für sie sein sollte, von zu Hause wegzulaufen.«

»Sie werden es verstehen, wenn ich Ihnen sage, wer die Frau ist, die ich liebe.« Jules stand sehr aufrecht vor ihr. »Sie sind es, Madame. *Je vous adore*. Ich liebe Sie. Leidenschaftlich.«

»Ach, du meine Güte!« entfuhr es Kitty, und dann konnte sie eine Weile nichts mehr sagen, weil sie einen Lachanfall unterdrücken mußte, der ganz unverzeihlich gewesen wäre. Jules stand weiter in Habtachtstellung und wartete. Kitty biß sich fest auf die Unterlippe. Sie durfte jetzt auf keinen Fall etwas tun, das die Selbstachtung dieses netten Jungen verletzte. Schließlich hatte sie sich gefaßt, und sie sagte mit einigermaßen ruhiger Stimme (wobei man das leichte Zittern ihrer inneren Erregung zuschreiben konnte, die nach so einem Geständnis ja verständlich war): »Das ist für mich eine große Ehre, Jules.«

Erleichtert fragte er: »Dann sind Sie mir also nicht böse, Madame? Sie müssen wissen, daß ich mein Geheimnis mit ins Grab genommen hätte, wenn ich nicht ungewollt eine Situation heraufbeschworen hätte ...« (Wie perfekt der Junge doch Englisch sprach! Die französischen Schulen mußten hervorragend sein.) »... die für ihre Tochter gefährlich sein könnte.«

»Ja, das verstehe ich, und natürlich bin ich dir nicht böse. Im Gegenteil, ich freue mich sogar. Und wer weiß, wenn Stephen nicht wäre ...« Diese kühne Andeutung entsprang Kittys ganz unnötiger Sorge um Jules' Selbstachtung, die zu stärken sich gewiß noch unzählige Frauen mit aller Kraft bemühen würden. »Aber ich bin nun mal auf einen einzigen Mann festgelegt. Trotzdem habe ich dich sehr, sehr gern, Jules.«

»Gern haben! Hm, das kennt man«, sagte er trübsinnig.

»So, nun setz dich mal und laß uns das alles vergessen. Nein, ganz so habe ich es nicht gemeint, denn an diesen Augenblick werde ich mich immer gern erinnern. Ich wollte sagen, daß diese Sache unser Verhältnis nicht belasten sollte, denn das wäre wirklich sehr schade.«

»Niemand könnte sich in Ihrer Gegenwart von etwas belastet fühlen, Madame.«

»Oh, wie nett du das gesagt hast! Das tut mir richtig gut. So, nachdem wir uns ausgesprochen haben, sollten wir mal an Jill denken. Jetzt begreife ich auch, weshalb sie weglaufen will. Sie muß schrecklich wütend auf mich sein.«

»Das ist sehr ungerecht von ihr!« sagte er heftig.

»Aber ganz verständlich. Du lieber Himmel! Bist du sicher, daß sie wartet, bis wir verreist sind?«

»Sie sagte, sie wolle allen Beteiligten nutzlose Streitereien ersparen. Ja, sie wird warten. Man kann ja auch nicht von heute auf morgen nach Afrika fahren.« Er überlegte einen Augenblick. »Ich bezweifle, daß sie überhaupt bis Afrika kommen wird, aber selbst mit einem kleinen Guthaben auf dem Postsparbuch kann man irgendwohin fahren. Und ich fürchte, daß sie in ihrer momentanen Verfassung eine Dummheit begehen könnte. Wenn diese Gefahr nicht bestünde, hätte ich Jill natürlich niemals verraten.«

»Du hast das einzig Richtige getan, Jules, und ich bin dir dafür sehr dankbar. Du lieber Himmel, es bleibt ja gar nicht mehr viel Zeit bis zu unserer Abreise! Wie soll ich es bis dahin nur schaffen, Jill zur Vernunft zu bringen?«

Sechstes Kapitel

Man sagt zwar, ein Unglück komme selten allein, dachte Kitty und seufzte, aber das Schicksal muß es ja auch nicht gleich übertreiben. Jahrelang hatte es sie in Ruhe leben lassen, und jetzt verpaßte es ihr eine kalte Dusche nach der anderen. Kaum hatte sich Kitty ein wenig von dem Schock erholt, den Jules' Geständnis ihr bereitet hatte, und gerade hatte sie angefangen, darüber nachzudenken, wie der armen Jill zu helfen wäre, da erreichte sie die nächste Hiobsbotschaft, diesmal von Niall.

Schon seit einiger Zeit hatte sie das Gefühl gehabt, daß mit Niall etwas nicht stimmte und daß mehr dahinter steckte als Überarbeitung. Wenn er sich unbeobachtet glaubte, verdüsterte sich sein Gesicht häufig, und er schien in Gedanken versunken. Daß er blaß und apathisch wirkte, mochte man noch seiner vielen Arbeit zuschreiben, nicht aber die Tatsache, daß er sich nach außen anders darstellte, als er sich fühlte. Eine zufällige Begegnung mit einem seiner Universitätslehrer in der Grafton Street brachte dann die Gewißheit, daß Nialls verändertes Verhalten nichts mit seinem Studium zu tun hatte.

Dr. Horton schien sehr erfreut zu sein, sie zu treffen. Nachdem er herzlich ihre Hand geschüttelt und ihr wegen ihres Aussehens ein Kompliment gemacht hatte (durch seine altmodisch-galante Art fühlte sie sich in eine Salonschönheit des neunzehnten Jahrhunderts mit Krinoline und Spitzenkragen verwandelt), erkundigte er sich nach seinem Schüler. Sie erfuhr nun, daß Niall sich schon seit einigen Tagen nicht mehr im College gezeigt hatte.

»Er war aber nicht krank«, sagte Kitty. »Das

heißt ...« Sie zögerte und sagte dann langsam: »Ich glaube nicht, daß er krank ist.«

Dr. Horton lachte mit gespielter Heiterkeit und sagte dann: »Nun, ein junger Mann kann ja nicht nur über seinen Büchern sitzen, nicht wahr? Wir haben von unserm jungen Helden immer nur Glanzleistungen erwartet und ihn dabei vielleicht zu sehr an die kurze Leine genommen.«

»Sie haben also auch bemerkt, daß er sich verändert hat?« Dr. Horton machte eine beschwichtigende Geste, aber Kitty schüttelte den Kopf: »Ich denke ja nichts Schlechtes von dem Jungen, aber ich bin nicht so naiv, wie ich aussehe. Zumindest hoffe ich das.«

Dr. Horton machte ein erstauntes Gesicht und sagte dann verlegen: »Ich bitte um Verzeihung, gnädige Frau.« Er schwankte leicht, als ein vorübergehender Passant ihn anstieß. »Wir stehen hier offenbar im Weg. Wie wäre es, wenn wir unser Gespräch bei einer Tasse Tee fortsetzten?«

»Mit Vergnügen«, erwiderte Kitty, hakte sich bei diesem Kavalier der alten Schule ein und ließ sich in ein kleines Restaurant führen.

Dr. Horton sprach nun so offen zu ihr, wie sie es mit ihm getan hatte. Niall hatte die großen Erwartungen, die man in ihn gesetzt hatte, in letzter Zeit bitter enttäuscht. Es war, als interessierte er sich überhaupt nicht mehr für seine Studien.

»Auch mir ist der Gedanke gekommen«, sagte Dr. Horton, »daß den Jungen irgend etwas bedrückt. Aber in so einem Fall muß man sehr behutsam sein. Vielleicht nehmen wir das alles zu ernst, und es gibt eine ganz simple Erklärung dafür. Niall ist schließlich noch sehr jung, Mrs. O'Connor, und es wird bald Frühling ...«

»Falls er verliebt ist, scheint ihn das nicht besonders fröhlich zu stimmen«, sagte Kitty.

Es war sicherlich dumm von ihr, aber bis jetzt war sie noch gar nicht auf den Gedanken gekommen, Niall könnte eine Freundin haben. Auf dem Heimweg aber, als ihr Bus eine Weile in einem Stau steckenblieb, sah sie Niall nicht weit entfernt mit einem Mädchen vor einem Geschäft stehen. Die beiden redeten sehr ernst miteinander. Das Mädchen, fast noch ein Kind, hielt ihn mit beiden Händen am Arm und sah ihm mit großen Augen ins Gesicht. Du meine Güte! dachte Kitty, das Kind himmelt ihn ja geradezu an. Dann fuhr ihr Bus weiter.

Ein Brief, den sie am nächsten Tag aus Ballyconeen erhielt, verstärkte noch ihre Sorge und Unruhe. Ihr Vater schrieb, er habe sich über Nialls kurzen Besuch gefreut, und er hoffe, daß die Familie wohlauf sei. Es sei ihm allerdings aufgefallen, fuhr Mr. Tobin fort, daß der Junge selbst nicht besonders gut ausgesehen habe. Es sei schon manchmal vorgekommen, daß Eltern, obwohl sie nur das Beste wollten, von einem begabten Jungen zuviel verlangt hätten. Und das Leben bestehe ja nicht nur aus Arbeit. Vergnügungen seien aber heutzutage nicht ganz billig. Er wisse natürlich, daß Stephen ein liebevoller Ehemann und Vater und ein großzügiger Mensch sei, aber ein Junge wie Niall, der selbst noch nichts verdiene, bringe es möglicherweise nicht fertig, seinen Vater zusätzlich um etwas zu bitten, wenn er mal ein bißchen knapp bei Kasse sei. Kitty solle das besser für sich behalten, und vielleicht bilde er sich das auch alles nur ein, aber er habe den Jungen nun mal gern und er habe sich das von der Seele reden müssen. Kitty werde selbst am besten beurteilen können, ob an dem, was er da geschrieben habe, etwas dran sei, und wenn ja, werde sie auch wissen, was man da tun könne.

Jetzt erst fiel es Kitty auf, daß Nialls klappriges altes Auto die meiste Zeit in der Garage stand, wo es ihn nichts kostete. Seine Armbanduhr war schon ungewöhnlich lange zur Reparatur weg, und sein Transistorradio hörte man auch nicht mehr. Sie ging unverzüglich in sein Zimmer und fand an der Wand, dort, wo sein Lieblingsbild, eine Originalzeichnung von Augustus John gewesen war, einen billigen Tankstellenkalender hängen. Sie wollte nicht weiter in seine Privatsphäre eindringen und feststellen, was sonst noch aus seinem Zimmer verschwunden war, aber das war auch nicht nötig. Das fehlende Bild genügte ihr völlig!

Am liebsten wäre sie zu Niall gegangen und hätte gefragt: »Was hast du denn für ein Problem? Ist es das Mädchen? Oder Geld? Oder beides? Sag's mir, damit ich etwas für dich tun kann.« Aber im Umgang einer Mutter mit den stachligen Gegenständen ihrer Liebe ist nichts so wichtig wie Vorsicht und Fingerspitzengefühl. Deshalb sagte sie eher beiläufig zu ihm: »Na, was macht dein alter Karren? Ist bestimmt nicht billig, soviel Sprit, wie der schluckt.«

»Ich komme schon klar damit«, sagte Niall.

»Wenn du mal was brauchst, neue Reifen oder eine Batterie oder sonst was fürs Auto – ich habe da irgendwo einen alten Ring, den ich sowieso nicht mehr trage. Ich wollte ihn schon immer verkaufen, wenn er mir wieder in die Hände fällt. Du kannst also deiner Rostlaube bestellen, daß sie noch eine Weile fahren darf.«

Er sah sie prüfend an, und sie lächelte ihm mit himmlischer Unschuld zu. Etwas schroff sagte er: »Vielen Dank, aber ich hätte mir das Auto nicht zugelegt, wenn ich es nicht unterhalten könnte.«

Zum Kuckuck mit dieser Überempfindlichkeit! Ach, zum Kuckuck mit allem! dachte sie. Es war erst wenige Stunden her, seit Jules sie mit seinem Besuch in Aufruhr versetzt hatte, und nun stand sie am Fenster, fingerte nervös an der Jalousie und starrte hinaus auf die

Straße. Bisher hatte sie stets auf Stephens Verständnis und Güte gezählt, wenn sie einen Rat wegen der Kinder brauchte, aber diesmal war sie ganz auf sich gestellt. Über Jill konnte sie nicht mit ihm sprechen, weil es zwischen Mutter und Tochter Dinge gibt, die auch vor dem liebevollsten Ehemann geheim bleiben mußten, und über Niall konnte sie nicht mit ihm sprechen, weil eine Mutter zu gewissen Zeiten bereit sein muß, sich zwischen ihren Sohn und seinen Vater zu stellen, auch wenn er ein noch so guter Vater ist, und eine solche Gelegenheit war jetzt möglicherweise gekommen. Es war ein grauer Nachmittag, und auch die menschenleere Straße dieses Wohnviertels sah grau aus. Nur ein junges Mädchen ging draußen ziellos auf und ab. Kitty kniff die Augen zusammen. Gerade war das Mädchen wieder auf der gegenüberliegenden Straßenseite vorübergegangen. Es sah dem Mädchen sehr ähnlich, das sie vom Bus aus an Nialls Arm hatte hängen sehen. Jetzt kam es wieder vorbei. Ja, das mußte das Mädchen sein. Zum Kuckuck mit Vorsicht und Fingerspitzengefühl! dachte Kitty, damit komme ich nie weiter. Sie lief aus dem Haus, überquerte die Straße und sagte: »Hallo! Ich bin Nialls Mutter. Ich wollte dich schon lange mal kennenlernen.« Sie nahm das Mädchen beim Handgelenk, und ehe es so recht wußte, was mit ihm geschah, war es schon im Wohnzimmer.

Das Mädchen – das Kind – wie auch immer – sah sie wütend an.

»Wie kommen Sie dazu, mich hier hereinzuzerren? Was glauben Sie denn, wer Sie sind?«

»Ich habe dir doch gesagt, wer ich bin«, sagte Kitty ruhig.

»Ja, ich weiß schon Bescheid. Die mit dem Nerzmantel!«

»Ganz recht. Du bist also wirklich Nialls Freundin.

Gott sei Dank! Wie peinlich, wenn ich das falsche Mädchen erwischt hätte. Und nun verrate mir bitte, wer du bist.«

»Das müssen Sie schon selber rauskriegen, wenn Sie so schlau sind. Er hat Ihnen jedenfalls nichts von mir erzählt, da könnte ich wetten. Sie haben wohl auf der Lauer gelegen? Wollten rauskriegen, was er für Freunde hat und ob welche dabei sind, die nicht zu ihm passen?«

»Ich wollte dich gerne kennenlernen«, sagte Kitty, »weil ich weiß, daß du ihn magst. Und ich mag ihn natürlich auch. Und wenn wir uns zusammentun, könnten wir ihm vielleicht helfen.«

Das Mädchen wich zurück. Es sah erschrocken aus.

»Wieso helfen? Er hat Ihnen davon bestimmt nichts erzählt.«

»Nein, aber ich dachte, du würdest mir vielleicht etwas erzählen. Weil wir ihn beide gern haben.«

Mit ironisch affektiertem Tonfall sagte das Mädchen: »Ich bedaure außerordentlich, Mrs. O'Connor, aber ich fürchte, ich muß jetzt gehen. Es hat mich sehr gefreut, Ihre Bekanntschaft zu machen.« Mit einem Blick auf ihr Handgelenk fügte sie kindlich schmollend hinzu: »Sie haben mir wehgetan.« Als Kitty ihre Hand ergriff, versuchte sie, sie zurückzuziehen. »Tun Sie mir ja nicht noch mal weh!«

»Es tut mir leid.« Sachte strich Kitty über das schmale Handgelenk, auf dem ihre Finger rote Flecken hinterlassen hatten. »Ich bin manchmal etwas grob.« Sie ließ die Hand des Mädchens los. »Auf Wiedersehen. Es war dumm von mir, daß ich dich ganz umsonst hier hereingeholt habe. Tut mir leid. Offenbar bedeutet Niall dir doch nicht so viel, wie ich dachte.«

Das Mädchen hatte schon die Tür erreicht, drehte sich jetzt aber blitzschnell um.

»Wieso glauben Sie, daß er mir nicht viel bedeutet?

Kein anderer Mensch bedeutet mir soviel wie er, damit Sie's nur wissen! Er bedeutet mir alles, jawohl, denn er hat mehr für mich getan als irgendwer sonst auf der Welt!« Tränen liefen ihr über das schmale, blasse Gesichtchen. »Mehr als mein Vater oder meine Mutter. Niemand war jemals so gut zu mir wie er, niemand! Ich würde für ihn sterben, wenn er's von mir verlangte, hören Sie? Und was hab' ich für ihn getan? Unglück hab' ich ihm gebracht, nichts als Unglück! Ach, ich wünschte, ich wäre tot!«

Kitty legte einen Arm um sie und führte sie zum Sofa. Dort blieb sie still sitzen und hielt das schluchzende Mädchen eine ganze Weile, bis es seinen Kopf hob.

»Ich muß es jemandem erzählen. Ich kann es nicht mehr für mich behalten. Sie können da nicht helfen, niemand kann das, aber ich muß darüber sprechen. Versprechen Sie mir, daß Sie's niemandem weitersagen? Auch Niall nicht? Nein, ich weiß, daß Sie's nicht tun werden. Niall liebt Sie, und er hat recht damit, denn Sie sind genauso wie er. Ich wollte ihm nie glauben, daß Sie so sind, wie er Sie beschrieben hat, aber Sie sind doch so.«

Oh, mein Gott! dachte Kitty voller Angst, was kann es zwischen meinem Sohn und diesem Kind nur geben, das ihnen soviel Qual bereitet? Laut sagte sie: »Alles, was du mir erzählst, bleibt unter uns. Das verspreche ich dir.«

Das Mädchen beruhigte sich allmählich und fing an zu erzählen. Alle Achtung, dachte Kitty, während sie den energischen Mund des Mädchens beobachtete und die schönen Augen, die aus dem blassen Gesicht leuchteten; die Kleine ist aus gutem Holz geschnitzt. Sie hörte ihr zu, ohne sie auch nur einmal zu unterbrechen. Als sie fertig war, seufzte Kitty erleichtert auf. »Ist das alles?« fragte sie.

»Alles?« Das Kind bekam vor Erstaunen ganz große Augen. »Aber etwas Schlimmeres kann man sich doch gar nicht denken!«

»Ich schon«, sagte Kitty. »Ich habe eine Phantasie wie ein Gruselkabinett.« Sie tätschelte die schmächtigen Schultern, und als die großen Kinderaugen – obwohl das kaum möglich schien – noch größer wurden, drückte sie das Mädchen impulsiv an sich und gab ihr einen Kuß. »So, Sandra, nun ist alles heraus, und dir ist wohler ums Herz und mir auch. Und nun müssen wir unseren Verstand gebrauchen und überlegen, was zu tun ist.«

»Da gibt es nichts zu tun«, sagte Sandra kläglich. »Auch wenn Niall die vierzig Pfund rechtzeitig auftreibt, wird das nichts nützen. Deshalb habe ich ja auch da draußen auf ihn gewartet. Ich wollte ihm sagen, daß er sich die Mühe sparen soll. Wir schieben damit die Sache doch nur hinaus, und wir können sie nicht endlos hinausschieben. Dieser Owen wird immer mehr haben wollen.«

»Das ginge mir genauso«, stimmte Kitty zu, »wenn ich ein Erpresser wäre und es mit so einem lieben, verschüchterten Ding zu tun hätte. Aber es stimmt nicht, daß man da nichts tun kann. Man kann immer etwas tun. Es kann gut ausgehen oder schlecht, aber dieses Risiko muß man eingehen. ›Abwarten und Tee trinken‹ ist jedenfalls Blödsinn. Zuviel Tee tut nicht gut. So, Kind, nun lauf nach Hause und mach dir keine Sorgen mehr. Überlaß das ruhig mir.« Und mit einem ironischen Lächeln fügte Kitty hinzu: »Auf ein Problem mehr oder weniger kommt's mir heute wirklich nicht an.«

Als sie das Kind zum Abschied noch einmal an sich drückte, drückte Sandra sie mit aller Kraft wieder.

»Sie sind einfach wunderbar! Nicht einmal Niall weiß, wie wunderbar Sie wirklich sind. Sie sehen so lieb aus, und das sind Sie natürlich auch, aber Sie sind ... ach, einfach toll!« Dann trat sie einen Schritt zurück und sagte hilflos: »Auf Wiedersehen.«

»Mach's gut«, sagte Kitty. »Wenn mich nicht alles täuscht, werden wir uns für den Rest unseres Lebens noch sehr oft sehen.«

Am Gartentor drehte Sandra sich noch einmal um und winkte. Sie wirkte so klein und verlassen, daß Kitty an sich halten mußte, um nicht hinauszulaufen und sie wieder zurückzuholen. Das hat natürlich auch an Nialls Herz gerührt, dachte sie. Na, er hätte eine schlechtere Wahl treffen können. Als die schmächtige Gestalt schließlich ihren Blicken entschwunden war, trat sie zurück ins Zimmer, nahm sich ein Pfefferminzpraliné, ließ sich in einen Sessel fallen und dachte: Und was in aller Welt soll ich nur gegen Mr. C. W. Owen aus der Cromwell Road unternehmen?

Dieser Montag war wahrhaftig ein Schwarzer Montag für Kitty gewesen. Sie lag die halbe Nacht wach und grübelte, aber ohne Erfolg. Am nächsten Abend sollte im Schloß von Dublin der große Empfang für die fürstlichen Besucher stattfinden. Ausgerechnet! dachte Kitty, als sie am nächsten Morgen ihr Gesicht kritisch in ihrem Toilettenspiegel betrachtete. Was sie da sah, war alles andere als zufriedenstellend. Wenn eine Frau erst mal über vierzig ist, sagte sie zu ihrem übernächtigten Spiegelbild, braucht sie ihren Schlaf besonders dringend. Und gerade jetzt, wo du besonders gut aussehen wolltest, meine liebe Puss, hast du fatale Ähnlichkeit mit einer Hinterhofkatze, die man nach zehn Tagen aus dem Liffey gefischt hat. Nun reiß dich zusammen und rette, was noch zu retten ist!

Ihr Termin beim Friseur war um zehn Uhr. Claudes Salon war überfüllt, und Kitty nahm an, daß sie den meisten der anwesenden Damen am Abend wieder begegnen würde, aber Claude nahm sie trotzdem sofort dran.

»Der Tag heute wird die reinste Hölle sein«, sagte er. »Hoffentlich schneide ich nicht so einer Dame die Gurgel durch, bevor es Feierabend ist. Aber wenigstens ist es schön, daß ich mit Ihnen anfangen kann. Sie wirken immer wie ein Lebenselixier.« Munter plauderte er weiter, aber als er schließlich die Trockenhabe in Position bringen wollte, runzelte er die Stirn und sah Kitty genauer an. »Na, besonders fröhlich sehen sie heute aber nicht aus. Eher so, als wäre Ihnen die Petersilie verhagelt.«

»Da haben Sie nicht unrecht«, gab Kitty resigniert zu.

»Das kann jedem mal passieren. Da hilft nur eins: Ab in die nächste Bar!«

»Das geht leider nicht. Ich muß nachdenken.«

»Erst in die Bar, dann nachdenken«, sagte Claude kategorisch.

Aber sie dachte weiter nach. Zuerst unter der Trokkenhaube, die sich dafür besonders gut eignete, später in der Badewanne, die auch ein guter Ort zum Nachdenken war. Und so ging es den ganzen Tag weiter, ohne daß ihr auch nur der Schatten einer Lösung für die Probleme ihrer Kinder einfiel. Als sie schließlich ihr Abendkleid anzog (ohne rechte Freude, weil sie schon wußte, daß es Stephen nicht gefiel), hatte sie Kopfschmerzen und mußte ein Aspirin nehmen. Aber als sie dann Stephen in seinem Smoking sah, unbeschreiblich gut aussehend und elegant wie immer (ach, mein liebster, liebster Schatz!), beschloß sie, ihre Grübelei vorläufig aufzugeben (da für Jill und Niall im Augenblick doch nichts dabei herauskommen würde) und sich mit Stephen einen wirklich schönen Abend zu machen.

Es fiel ihr nicht schwer, sich an diesen Entschluß zu halten, nachdem sie erst einmal im Schloß waren. Die Empfangsräume waren prunkvoll dekoriert und erleuchtet, und die dezente Musik des Orchesters wurde vom Stimmengewirr der vielen Menschen übertönt, so daß man ohnehin nicht hätte nachdenken können. Und da war die Fürstin in einem weiß schimmernden Kleid, in Wirklichkeit noch viel schöner als im Film, und der Fürst neben ihr setzte allem die Krone auf! Getragen von dieser zauberhaften Atmosphäre, ließ Kitty sich bald selig treiben, traf hier alte Bekannte, wurde dort neuen Leuten vorgestellt, bewunderte die Garderoben und die Blumengestecke, und immer wieder warf sie einen Blick auf die Fürstin. Es war die schönste Party ihres Lebens!

Schon bald nach ihrer Ankunft hatte sie Stephen in der Menge verloren. Jetzt erblickte sie ihn wieder in einiger Entfernung. Er unterhielt sich gerade mit einer bildhübschen Frau in einem schwarzen Samtkleid. Es war diese Miß Burke aus seiner Abteilung, die sie neulich bei ihrer Geburtstagsfeier im Restaurant des Hotels gesehen hatte. Die beiden gaben ein hübsches Paar ab. Sie sieht genauso aus, dachte Kitty übermütig, wie ich früher Stephen zuliebe gern ausgesehen hätte. Und dann hörte sie, wie eine Männerstimme in ihrer Nähe sagte: »Na, endlich steigt unsere Eva mal von ihrem Podest runter.«

Darauf entgegnete ein anderer: »Hätte nie gedacht, daß ausgerechnet O'Connor auf die hereinfallen würde. Er soll nämlich eine verdammt nette Frau haben, dieser Hornochse!«

»Unsere Eva ist aber was ganz Besonderes.«

»*Chacun à son goût.*«

Darauf lachten beide.

Und da heißt es immer, nur die Frauen seien Klatschmäuler! dachte Kitty empört und vergaß dann diese belanglosen Worte gleich wieder, um sich weiter zu amüsieren. Nach einer Weile stieß sie im Gedränge mit jemandem zusammen, und als sie sich umdrehte, um sich zu entschuldigen, stellte sie fest, daß es sich um Miß Burke und Stephen handelte, in deren Gesellschaft sich inzwischen ein bekannter Zeitungsredakteur befand. Als Stephen sie miteinander bekannt machte, kam das Schicksal des Weges und verpaßte ihr den K.-o.-Schlag.

Kitty merkte genau, daß ihr Mann sich Mühe gab, Eva nicht so anzusehen, und sie merkte auch genau, daß er versuchte, ihren Namen mit neutraler Stimme auszusprechen, aber beides gelang ihm nicht. Genausowenig konnte die Frau trotz ihres kühlen Äußeren verbergen, wie heftig sie auf Kittys Mann reagierte. Bisher hatte Kitty immer fest an die Treue ihres Mannes geglaubt, aber nun ließ ihre Liebe zu ihm sie schlagartig und schmerzlich erkennen, was da zwischen diesen beiden im Gange war.

Es ist ein seltsames Gefühl, wenn man plötzlich glaubt, alles Blut sei aus dem Körper gewichen, die Knochen seien weich geworden und man sei nur noch eine leere Hülle, die von nichts mehr gehalten wird. Aber irgendwie hält man sich dann doch aufrecht und lacht und lächelt und redet weiter.

»Miß Burke gehört zu der Handelsdelegation, mit der wir auf die Kanarischen Inseln fliegen, Kitty.«

»Wie schön.«

Wie wunderschön! Du würdest dich vielleicht auf den Kanarischen Inseln langweilen, Kitty, wenn ich andauernd beschäftigt bin, und ich versuche mir vorzustellen, wie du zur Abwechslung mal in etwas Strengerem aussehen würdest. Ich bin faltig, fett und über vierzig, Stephen, und diese Frau ist jung und sieht selbst in diesem einfachen schwarzen Kleid bezaubernd aus, und sie unterhält sich mit diesem Zeitungsmann über Kultur und Politik, wie ich das nie könnte. Ich verabscheue sie, auch wenn das vielleicht unfair ist, aber eins sehe ich doch ganz klar: So wie sie habe ich mir ganz früher die ideale Frau für dich vorgestellt, und es scheint, daß ich damit recht behalten habe. Wenn ich mir dessen sicher bin, ganz sicher, dann, mein lieber, guter Mann, werde ich sehen, was sich für dich tun läßt. Da! Jetzt habe ich zu dem Redakteur etwas gesagt, das ihn zum Lachen bringt, aber du findest das nicht amüsant. Ich kann dich nicht mehr zum Lachen bringen, Stephen. Du vergleichst mich wahrscheinlich mit Eva Burke, und ich komme dabei nicht gut weg. Du schämst dich zwar, daß du das tust, aber du kannst nicht anders, mein Liebling. Der Unterschied zwischen uns ist zu offensichtlich. Ich werde mich jetzt besser verabschieden und – wie sonderbar! – der Redakteur begleitet mich. Ob ich gern ein Glas Champagner hätte? Aber ja, mit Vergnügen. Erst die Cocktails, dann das Nachdenken. Irgendwie muß ich diesen Abend überstehen.

Sie überstand ihn bemerkenswert gut, und der Champagner tat das seine dazu. Sie nahm zwar an, daß er eigentlich nur für die Creme der Anwesenden vorgesehen war, aber der Redakteur ließ wahrscheinlich seine Beziehungen spielen und sorgte dafür, daß ihr Glas nie leer wurde. Auf Partys hatte sie sich schon immer wohlgefühlt, denn sie hatte stets gern Menschen um sich, und umgekehrt kamen die Menschen auch meist gern zu ihr, aber sie war ganz überrascht festzustellen, daß sie ausgerechnet an diesem Abend soviel gesellschaftlichen Erfolg hatte wie noch nie. Es wurde ihr sogar die Ehre zuteil, dem Fürsten und der Fürstin vorgestellt zu werden und dem Präsidenten der Republik die Hand zu schütteln, allerdings konnte sie sich nicht mehr erinnern, wem sie das zu verdanken hatte. Bei der Unterhaltung stellte sich heraus, daß diese hochgestellten Persönlichkeiten ganz reizende und unkomplizierte Menschen waren, die sie sogar zu einer Besichtigung ihres Palastes einluden, falls sie einmal Urlaub am Mittelmeer machen sollte. Nur schade, daß das jetzt alles ganz unwichtig geworden war ...

Auf der Fahrt nach Hause bemerkte Stephen: »Du warst ja heute abend ganz im Mittelpunkt des Geschehens.«

»Es war eine reizende Party.« Waren sie schon so weit, daß sie nur noch Konversation machten? Wie furchtbar! Sie schloß die Augen und sang leise vor sich hin: »Wie geht's mir so gut. Mein Fell gibt mir Mut, wenn eisige ...«

»Hör auf damit!« sagte er schroff, und gleich darauf: »Bitte entschuldige! Ich habe ein bißchen Kopfschmerzen.«

Als sie zu Hause waren, gab sie vor, sich noch eine Tasse Kakao machen zu wollen, und ließ ihn schon nach oben gehen. Sie setzte sich im Dunkeln ins Wohnzimmer.

Hör auf mit deinem albernen Liedchen, du alberne Person! Wer will sich denn heute noch an den Gestiefelten Kater von damals erinnern! Sie hatte ihre Cocktails gehabt, nun war es Zeit nachzudenken. Stephen – Niall – Jill. Jetzt mußte sie über alle drei nachdenken, und dabei war es ihr noch gestern morgen so vorgekommen, als sei schon einer zuviel für sie. Hör auf mit deinem Liedchen, du alberne Person! Sie mußte jetzt mit aller Kraft nachdenken. Diese Menschen waren ein Teil von ihr. Sie waren in Not. Aber wie zum Spott ging es nur immer und immer wieder in ihrem Kopf herum: Hör auf mit deinem albernen Liedchen!

Mit einem Ruck stand sie plötzlich auf, und entschlossen sagte sie in das Dunkel hinein: »Hör auf mit dem Selbstmitleid, Schmusekatze. Was soll das? Du hast doch Krallen, oder?«

Siebentes Kapitel

Die Nacht auf Mittwoch war Kittys zweite schlaflose Nacht hintereinander, aber obwohl sie am nächsten Morgen todmüde war und sich elend fühlte, funktionierte ihr Kopf erstaunlicherweise wie ein Computer. Während der langen durchwachten Stunden hatte sie ihn mit Daten gefüttert, und jetzt produzierte er auf einmal Lösungen für ihre Probleme – für zwei ihrer Probleme, genauer gesagt, denn für das dritte war eine Lösung erst möglich, wenn sie sich von Eva Burke ein vollständiges Bild gemacht hatte.

Zutiefst unglücklich, aber nach außen heiter und vergnügt, fragte sie Stephen beim Frühstück, ob es ihm recht sei, wenn sie nicht, wie zunächst geplant, gemeinsam mit ihm und den andern von Dublin aus fliege, sondern schon am nächsten Tag allein nach London vorausfahre und sich am Freitag mit ihm am Londoner Flughafen treffe.

»Es wäre so eine günstige Gelegenheit, einen Einkaufsbummel in der Oxford Street zu machen.« Verschwenderische kleine Puss! Sie verzog ihre Lippen zu einem Lächeln, das hoffentlich überzeugender aussah, als sie sich fühlte. »Ich hätte auch in Dublin noch ein paar Sachen für unsere Reise kaufen müssen, so daß uns außer für die eine Übernachtung keine zusätzlichen Kosten entstehen.«

Es widerstrebte ihr, Stephen etwas vormachen zu müssen. Und er tat ihr leid dafür, daß er ihr etwas vormachen mußte. Er spielte seine Rolle gut, aber schließlich hatte er darin auch schon mehr Übung als sie. (Zieh deine Krallen wieder ein, Puss! Mach sie nicht jetzt schon stumpf, sie werden noch gebraucht. Und vergiß nicht: Was auch geschieht, du darfst sie niemals gegen Stephen einsetzen!) Er ging sofort auf ihren Vorschlag ein und versprach, ihr ein Flugticket zu besorgen. Während sie mit Bitterkeit daran denken mußte, wie sehr er sich wahrscheinlich über jeden Augenblick freute, den er sie los war, plauderte sie noch eine Weile unbeschwert über Badekleidung, Sonnenbrillen und Sandalen.

Als er aufbrach, um ins Büro zu fahren, gab sie ihm wie immer einen Abschiedskuß. Das war nun aber nicht gespielt. Sie wollte ihm diesen Kuß geben. Auch wenn er sie nicht mehr liebte, bedeutete das nicht, daß Kitty ihre jahrzehntelange Liebe zu ihm von einem Augenblick zum nächsten vergessen konnte, einfach so. Eher würde es wohl so sein, dachte sie, daß sie sich von dieser Liebe niemals freimachen könnte, was auch kommen mochte.

Kurz nachdem Stephen gegangen war, verließ auch Jill fast grußlos das Haus, und wenig später folgte Niall, den Mund sorgenvoll zusammengekniffen und mit einem Ausdruck in den Augen, der Kitty jedesmal wehtat, wenn sie ihn ansah. Sie erinnerte sich jetzt dunkel an etwas, das sie einmal bei einer Zivilschutzübung gelernt hatte, und bereitete sich eine Tasse extrastarken Tee, gab drei gehäufte Teelöffel Zucker hinein und trank das Gebräu dann in großen Zügen. Es schmeckte zwar abscheulich, war aber angeblich gut für die Nerven. Anschließend machte sie sich auf, um den ersten Teil ihres Plans in die Tat umzusetzen.

Das Haus, in dem Jules wohnte, wirkte sauber, war aber ansonsten entsetzlich häßlich. Seine Zimmerwirtin führte Kitty in einen kleinen Raum und bat sie zu warten. In dem schmucklosen, anscheinend nie benutzten Kamin standen ein paar Plastikblumen, auf dem Kaminsims befanden sich ein paar vergilbte Familienfotos, und der Fußboden war mit Linoleum ausgelegt. So eine Umgebung konnte einen melancholisch machen, aber Kitty war entschlossen, sich davon nicht kleinkriegen zu lassen. Herausfordernd fixierte sie deshalb das Konterfei eines finster aussehenden Herren mit Schnauzbart, der möglicherweise der Großvater der Zimmerwirtin war, bis Jules hereinkam.

Er begrüßte sie so liebenswürdig und charmant, als hieße er sie in einer prächtigen Villa willkommen, und fragte dann besorgt: »Es hat sich doch hoffentlich nichts Schlimmes und Unerwartetes ereignet? Ist Jill etwa schon auf und davon?«

»Nein«, erwiderte Kitty, »und ich glaube sogar, daß ich jetzt weiß, wie man sie davon abbringen kann, wegzulaufen. Aber du mußt mir dabei helfen. Deswegen bin ich hier. Und ich fürchte, du wirst nicht gerade begeistert sein, wenn du hörst, worum es sich handelt.«

Sie erklärte ihm nun, welcher Gedanke ihr gekommen war, während sie sich im Dunkeln unruhig hin und her gewälzt hatte, und man merkte nur zu deutlich, daß er wirklich nicht begeistert war. Als sie ihm alles gesagt hatte, sah er sie lange schweigend an. Sein Blick war vorwurfsvoll, und schließlich sagte er gepreßt: »Ich wünschte, Madame, Sie hätten mich gebeten, mein Leben für Sie zu opfern. Das wäre mir leichter gefallen.«

Kitty seufzte.

»Ich dachte mir schon, daß du so reagieren würdest. Aber du mußt verstehen, daß niemandem damit geholfen wäre, wenn du dein Leben opfern würdest. Im Gegenteil, dadurch würde alles nur noch schlimmer.«

Zweifelnd sagte er: »Sie vertrauen bei Ihrem Plan aber sehr stark auf die Zuneigung Ihrer Tochter.«

»Ja, das tue ich«, bestätigte Kitty.

»Bitte entschuldigen Sie, aber ich glaube nicht, daß dieses Vertrauen gerechtfertigt ist. Ich darf jetzt ganz offen mit Ihnen sprechen. Jill ist in vieler Hinsicht ein sehr nettes Mädchen, aber sie ist schrecklich egozentrisch. Sie tut zwar so, als sei sie eine Idealistin, eine selbstlose Wohltäterin der Menschheit, aber ist sie das? *Cela me fait rire!* Sie spielt das doch nur *pour s'amuser.* Was tut sie denn schon? Sie redet, redet, redet! Und wovon redet sie? Von sich, immer nur von sich.«

Kitty faltete die Hände im Schoß und sah zu dem Schnauzbart hinüber. Seltsamerweise gab er ihr neue Kraft.

»Ich denke, es gibt zwei Arten von Idealisten. Die einen wollen den Menschen helfen, weil sie das interessant und aufregend finden, weil sie das, wie du gesagt hast, als eine Art Spiel betrachten; und es gibt andere, die aus Mitleid und Nächstenliebe helfen wollen. Erinnerst du dich an die Stelle in der Bibel, wo der Heilige Paulus sagt, wenn er all seine Habe an die Armen verteilt und seinen Leib hingäbe zum Verbrennen, aber keine Liebe hätte, so nützte es ihm nichts?« Dieser Schnauzbart kannte bestimmt seine Bibel. Damals, zu seiner Zeit, wußte man noch, was richtig und was falsch war, auch wenn man sich nicht immer daran hielt. »Wenn bei dem, was man tut, keine Liebe und Güte dabei ist, hat am Ende niemand etwas davon. Ich hoffe, daß Jill das eines Tages auch begreifen wird.« Im stillen tat sie bei dem Schnauzbart, der ihr soviel Kraft gegeben hatte, Abbitte für ihre anfangs so unfreundlichen Gedanken über ihn, und dann wandte sie sich hilfesuchend an Jules. »Jill kann einem manchmal schon auf die Nerven gehen, aber sie ist meine einzige Tochter, und ich möchte sie nicht verlieren.«

»Chère madame«, sagte Jules fast ehrerbietig, »Sie sollen sie nicht verlieren, wenn ich es verhindern kann. Ich werde tun, worum Sie mich gebeten haben, und machen Sie sich keine Sorgen ...« Er lächelte pfiffig. »... ich werde meine Sache gut machen, auch wenn mir die Worte im Hals steckenbleiben.«

»Danke, Jules, vielen Dank! Ich werde dir dafür ewig dankbar sein. Ach, fast hätte ich's vergessen. Da ist noch eine Kleinigkeit, um die ich dich bitten wollte«, sagte Kitty so beiläufig, als wollte sie sich einen Regenschirm ausborgen. »Könntest du mir bitte den Revolver deines Vaters leihen? Ich werde auch gut darauf aufpassen.«

Er sah sie verblüfft an, sagte aber sofort: »Selbstverständlich«, ohne weitere Fragen zu stellen.

Trotz dieser bewundernswerten Zurückhaltung fühlte sich Kitty verpflichtet, ihre Bitte irgendwie zu begründen, und deshalb sagte sie: »Die Kanarischen Inseln sind ja so weit weg, weißt du, irgendwo draußen im Atlantik, Hunderte von Meilen von der spanischen Küste entfernt. Es klingt vielleicht verrückt ...« Vielleicht! dachte Kitty. Daß ich nicht lache! »... aber irgendwie würde ich mich mit dem Revolver sicherer fühlen. Es ist so wie ... na, wie wenn man sich für alle Fälle ein zweites Taschentuch einsteckt.«

»Ein Revolver«, sagte Jules ernst, »ist aber etwas ganz anderes als ein Taschentuch. Und ich versichere Ihnen, daß es auf den Kanarischen Inseln weder Raubtiere noch Schlangen gibt.« Um seine Mundwinkel zuckte es leicht. »Auch die Inselbewohner sollen nicht wilder sein als andere Weiße.«

»Ja, ich weiß, es klingt albern ...« Das zumindest war die reine Wahrheit. »... und natürlich werde ich Stephen nichts davon erzählen, denn er würde nur mit mir schimpfen, weil ich so dumm bin, und mir die Pistole abnehmen; und wenn du auch so denkst, habe ich dafür volles Verständnis ...«

Das war ein raffinierter Schachzug, denn nun hatte Jules die Möglichkeit, sich großzügiger und verständnisvoller zu zeigen als ihr eigener Mann, und es ging Kitty durch den Kopf, daß ihr Computergehirn offenbar einen schlechten Einfluß auf ihre Moral hatte. Wenn alles vorüber war, würde sie viele gute Vorsätze fassen müssen. Ohne lange nachzudenken, sagte Jules: »Wenn es zu Ihrem Glück auch nur im mindesten beiträgt, sehe ich keinen Grund, weshalb Sie den Revolver nicht mitnehmen sollten.«

Hinter der verschlossenen Tür von Jules' möbliertem Zimmer erhielt Kitty eine Lektion in der Handhabung einer Schußwaffe. Bis dahin hatte sie noch nie einen Revolver aus der Nähe gesehen, und sie war mit seinem höchst gefährlichen Aussehen sehr zufrieden.

Als Jules ihn aus dem Futteral nahm und das Öl abgewischt hatte, erhielt der bläuliche Stahl noch zusätzlich einen drohenden Glanz, den Kitty sehr ermutigend fand.

»Und so schießt man«, erklärte Jules, indem er ihr seine rechte Seite zuwandte und mit dem ausgestreckten Arm die ungeladene Waffe hielt. »Dadurch bietet man dem Gegner eine möglichst kleine Fläche.«

An die Möglichkeit, daß man auch auf sie schießen könnte, hatte Kitty noch gar nicht gedacht, und nun wurde ihr mit Schrecken klar, daß das nicht auszuschließen war. Revolver-Kitty würde also blitzschnell ziehen müssen. Sie übte so lange mit Jules als Zielscheibe, bis sie eine gewisse Routine im Umgang mit dem Schießeisen hatte.

»Ich glaube, jetzt kann ich's. Hier kommen die Patronen hinein, und dieses Ding dreht sich, bis alle sechs abgefeuert sind. Sehr schön. Mehr als sechs werde ich auch nicht brauchen«, sagte Kitty nachdenklich, und als sie Jules' Gesicht sah, fügte sie eilig hinzu: »Wahrscheinlich brauche ich nicht einmal eine, aber es ist doch beruhigend zu wissen, daß man sich notfalls sechsmal zur Wehr setzen kann.«

Skeptisch sah er sie an und sagte dann: »Es gibt da noch eine Schwierigkeit, die wir bisher außer acht gelassen haben. In vielen Ländern ist es nicht erlaubt,

Waffen zu tragen. Es wird sehr riskant für Sie sein, wenn Sie durch den Zoll gehen.«

»Dir ist das doch auch gelungen. Warum sollte ich es dann nicht können? Ich verstehe ja, daß du dir Sorgen machst, man könnte mich verhaften und den Revolver deines Vaters beschlagnahmen. Aber du brauchst deswegen wirklich keine Angst zu haben, sonst hätte ich dich nie um diesen Gefallen gebeten. In London werden sie sich nicht weiter um mein Gepäck kümmern, weil ich nur ein Transitpassagier bin, und auf den Kanarischen Inseln gibt es keinen Zoll, weil diese glücklichen Menschen so gut wie keine Steuern zahlen.« Sie machte eine Pause. »Schwierig ist es höchstens in Madrid«, sagte Kitty dann, denn sie hatte sich alles ganz genau überlegt, »aber ich nehme an, daß sie Touristen nicht so gründlich durchsuchen wie ihre eigenen Leute. Mein Mantel hat schöne große Taschen, und darin werde ich den Revolver verstauen. Obendrauf tue ich noch meinen Seidenschal. Und mein bester Schutz ist doch die Tatsache, daß ich so harmlos und anständig aussehe.«

Jules mußte lächeln.

»Das bezauberndste an Ihnen, *chère Madame*, ist die Tatsache, daß Sie einerseits harmlos und anständig aussehen, andererseits aber auch so, als könnten Sie ganz anders sein.«

Diese Bemerkung ließ es Kitty geraten erscheinen, sich schnell zu verabschieden. Sie steckte den Revolver und die Munition in ihre Handtasche und hielt Jules zum Abschied die Hand hin. Er ergriff sie zu einem formvollendeten Handkuß und sah Kitty dann betrübt an, wobei er sie mehr denn je an einen jugendlichen Charles Boyer erinnerte.

»Sie sagen mir also *adieu*?«

»Ja, falls mit Jill alles in Ordnung kommt.«

Sie wußte, daß er das Gefühl des gebrochenen Herzens genoß, auch wenn er selbst noch zu jung war, um das zu begreifen. Sie tat für ihn, was ihr möglich war, und berührte seine Wange leicht mit ihren Lippen, wobei sie leise sagte: »Wie schade, daß ich dir nicht begegnet bin, als ich siebzehn war.« Und damit verließ sie ihn und hoffte, daß diese Episode seinem Selbstwertgefühl keinen Schaden zugefügt habe, sondern ihm später Anlaß sein würde, mit wehmütigem Lächeln an die leidenschaftlichen Torheiten seiner Jugend zurückzudenken.

Sie hatte alle Hände voll zu tun, ihren Koffer zu packen und Stephens Sachen zurechtzulegen, und so ging der Tag schnell herum. Am nächsten Morgen fuhr Stephen sie zum Flughafen. Der Anblick ihres sorgenvoll dreinblickenden Sohnes beim Abschied bestärkte sie noch einmal in dem, was sie in London vorhatte, aber dieses gute Gefühl wurde von Jill fast wieder zunichte gemacht. Jill war kurz angebunden und abweisend wie ein böses, trotziges Kind, aber auch wie ein sehr einsames Kind, das jeden Augenblick in Tränen ausbrechen kann. Kitty gab beiden einen munteren Kuß (wobei Jill den Kopf zur Seite drehte, so daß sie den Kuß aufs Ohrläppchen kriegte), dann kletterte sie ins Auto, und es gelang ihr, während der ganzen Fahrt zum Flughafen ihr fröhliches Geplauder nicht abreißen zu lassen. Als ihr Flugzeug zur Startbahn rollte, suchte sie die Besucherterrasse nach Stephen ab, aber er war nirgends zu sehen. Natürlich hatte er sich eilen müssen, ins Büro zu kommen – ins Büro und zu Eva. Quaddeln und Warzen sollst du kriegen, Eva Burke! dachte Kitty wütend, denn dies war nicht die richtige Zeit, um auch noch die andere Wange hinzuhalten. Dies war vielmehr die Zeit, um sich in die richtige, unchristliche Stimmung für den harten Job zu bringen, der vor ihr lag, und in diesem Augenblick fiel ihr wieder ein Lied aus dem Weihnachtsmärchen ein, in dem sie vor zweiundzwanzig Jahren mit roten Stulpenstiefeln und in einem weichen Kostüm aus Pelz mit spitzen Katzenohren aufgetreten war, und in Gedanken sang sie es wie ein Schlachtlied:

Fanfarenklang und Trommelschlag,
Die Menge ruft »hurra!«
Der Stiefelkater naht: »Gebt acht!
He, London, ich bin da!«

London, ich bin da! dachte Kitty, als sie am Air-Terminal aus dem Bus stieg und sich geradewegs in die Cromwell Road aufmachte.

Die Cromwell Road schien gar kein Ende nehmen zu wollen, aber schließlich fand sie doch das Haus, wo C. W. Owen sich versteckt hielt. Sein Name stand zwar nicht am Klingelbrett, aber sie hatte auch nicht damit gerechnet, daß ein Erpresser es ihr ganz so leicht machen würde. Die Hausnummer stimmte jedenfalls. Sie drückte auf die mit »Hausmeister« beschriftete Klingel, worauf sich im Kellergeschoß eine knochige alte Frau zeigte und hinaufrief: »Ja? Was ist?«

»Ich suche einen Mr. Owen«, sagte Kitty.

»Hier gibt's keinen Mr. Owen, Gnädigste. Können Sie die Schilder an den Klingeln nicht lesen?«

Kitty konnte verstehen, daß sie unfreundlich war. Schließlich mußte sie da unten im Keller hausen, und nach diesem C. W. Owen zu urteilen, gab es in den Stockwerken über ihr eine Menge unangenehmer Zeitgenossen.

»Genauer gesagt, suche ich denjenigen, der hier die Post für Mr. Owen entgegennimmt.«

»Ich weiß nicht, was Sie meinen«, antwortete die alte Frau. »Sie haben sich wohl in der Hausnummer geirrt.«

Das fing ja schon gut an! Vorsichtig, um mit ihren Absätzen nicht hängenzubleiben, stieg Kitty die eiserne

Treppe ins Kellergeschoß hinunter. »Sie verschwenden Ihre Zeit, Gnädigste«, sagte die alte Frau. »Ich habe Ihnen doch gesagt, daß ich Ihnen nicht weiterhelfen kann.« Aber Kitty ließ sich nicht abschrecken. »Puh!« sagte sie, als sie unten angekommen war. »Diese Stufen möchte ich aber nicht andauernd rauf und runter gehen müssen.«

Die magere alte Frau stand mit verschränkten Armen in ihrer Wohnungstür, bereit, sich sofort zurückzuziehen, wenn es nötig wäre.

»Das können Sie laut sagen, liebe Frau. Deshalb achte ich auch drauf, daß alle Klingeln beschriftet sind und daß man die Namen gut lesen kann. Das spart mir viel unnötige Mühe.«

»Ich hätte ja auch im Leben nicht erwartet, daß Sie die Treppe heraufkommen«, sagte Kitty. »Rheuma, stimmt's? Ja, ich weiß, wie das ist.« Die alte Frau war so krumm und schief wie ein Schlehdorn im Winter und tat Kitty so leid, daß sie fast vergessen hätte, weshalb sie eigentlich gekommen war. »Ich selbst habe zwar kein Rheuma, aber ich kenne eine Frau, die es hat. Die Ärmste ist das reinste Barometer, so wetterfühlig ist sie. Wann ist es denn schlimmer bei Ihnen, bei feuchtem oder trockenem Wetter?«

»Nebel«, sagte die alte Frau. »Da ist es am schlimmsten.«

»Bei uns gibt's zwar nicht soviel Nebel wie hier, aber Feuchtigkeit setzt unserer Molly auch ganz schrecklich zu. Sehr heiße, trockene Tage sind aber fast genauso schlimm, sagt sie. Besonders, wenn wir Ostwind haben.«

»Davon kann ich auch ein Lied singen! Nimmt sie denn was dagegen? Ich meine natürlich nicht so'n Zeug, was der Arzt verordnet«, sagte die alte Frau verächtlich. »Diesen Apothekerkram kann man genausogut in den Ausguß schütten.«

»Da haben Sie recht! Nein, Molly hat ihr eigenes Rezept. Sie hat's mal von dem Heilpraktiker aus ihrem Heimatdorf bekommen. Es scheint ihr wirklich zu helfen. Wenn Sie's mal versuchen wollen, könnte ich sie bitten, Ihnen eine Flasche von der Medizin zu machen.«

»Kann's ja mal probieren. Barnes ist mein Name, Mrs. Daisy Barnes. Sie kommen aus Irland, stimmt's? Hab' ich gleich gemerkt. Man hört's an der Aussprache. Diese versoffenen irischen Radaubrüder, die sich auf allen Baustellen herumtreiben, kann ich ja nicht ausstehen, aber gegen anständige Iren habe ich nichts. Und überhaupt, eine Lady ist immer eine Lady, egal woher sie kommt, hab' ich nicht recht?« Mrs. Barnes zögerte einen Augenblick. »Vielleicht wollen Sie Mr. Owen eine Nachricht hinterlassen? Wäre ja möglich, daß er hier wirklich mal auftaucht.«

Das erinnerte Kitty an den Grund, warum sie hier war, und ein Gefühl des Triumphes überkam sie, das sie aber sorgfältig verbarg.

»Das geht leider nicht. Es ist etwas sehr Persönliches.«

»Tja, ich weiß nicht so recht. Ich meine, eine Dame wie sie, das ist doch was ganz anderes als die, die sonst nach ihm fragen. Was mach' ich denn da? Sie werden verstehen, daß die Herren hier im Haus ihren Geschäften ungestört nachgehen wollen.«

»Selbstverständlich, und sie können von Glück sagen, daß eine so zuverlässige Person wie Sie sich um sie kümmert. Aber das mit Mr. Owen ist wirklich zu schade, denn morgen muß ich London wieder verlassen, und ich werde mich dann leider eine ganze Weile nicht mit ihm in Verbindung setzen können. Naja«, sagte Kitty achselzuckend, während sie die offensichtlich schwankend gewordene Mrs. Barnes beobachtete wie ein Habicht, »vielleicht habe ich ein anderes Mal mehr Glück.« Und bei diesen Worten trat sie zwei Schritte zurück, als wollte sie gehen, obwohl sie in Wahrheit nur darauf wartete zuzupacken.

Mrs. Barnes folgte ihr zwei Schritte.

»Wenn Sie Mr. Owen sprechen wollen ... Ich will damit natürlich nicht behaupten, daß ich ihn kenne! ... Aber hat das vielleicht etwas damit zu tun, daß er Schriftsteller ist?«

»Und ob es damit zu tun hat, daß Mr. Owen Schriftsteller ist«, antwortete Kitty. »Ich interessiere mich sehr für das, was er schreibt.«

Mrs. Barnes, deren verbissene Diskretion nur noch von Kittys Hartnäckigkeit übertroffen wurde, dachte darüber nach, während sie sich eine Haarsträhne hinters Ohr strich.

»Soll das heißen, daß am Ende doch noch etwas dabei herauskommt?«

»Wenn ich mich mit ihm unterhalten könnte, glaube ich bestimmt, daß etwas dabei herauskommt.«

»Ja, das ist natürlich etwas anderes«, sagte Mrs. Barnes und strahlte. »Da wird er sich aber freuen. ›Mit den Absagen, die ich schon bekommen habe, Mrs. Barnes, könnte ich mein Zimmer tapezieren‹, sagt er immer. ›Dann hätten's wenigstens die Wanzen warm.‹ Macht gerne mal ein Späßchen, der Mr. Morton, wissen Sie. Immer aufgeräumt und freundlich ist er. ›Brauchen verdammt lange, diese Idioten bei den Verlagen‹ ... entschuldigen Sie, Gnädigste, aber so drückt er sich immer aus ... ›Brauchen verdammt lange, bis sie mein Talent entdecken‹, sagt er, ›und von irgendwas muß der Mensch doch leben.‹ Deshalb schickt er seine Geschichten jetzt unter einem anderen Namen herum, hat er mir neulich erzählt. Nimmt dafür den Namen seines Großvaters, Charles William Owen, der ein ziemlicher Stinkstiefel gewesen sein soll, wenn ich das mal so sagen darf. Die Post für meine Herren nehme *ich* natürlich entgegen, und ich habe ihm hoch und heilig versprechen müssen, daß ich keiner Menschenseele verrate, wer Mr. Owen ist. Ich hab's natürlich auch nie jemandem erzählt, aber jetzt ist das ja was anderes, nicht?« Sie schob wieder die Haarsträhne hinters Ohr, diesmal etwas nervös und unsicher. »Ich meine, weil Sie doch eine Lady sind und weil Sie was Geschäftliches mit ihm zu besprechen haben und weil es so dringend ist. Das ist doch was anderes, nicht?«

»Diesmal ist es wirklich etwas anderes, und Mr. Morton wird Ihnen da gewiß recht geben. Er ist doch hoffentlich zu Hause?«

»Ja, der ist zu Hause. Hat sich noch nicht mal seine Frühstücksmilch geholt. Kann sein, daß er noch im Bett liegt«, sagte Mrs. Barnes und fügte dann hinzu, als wollte sie diesen von ihr offenkundig sehr geschätzten Hausbewohner gegen den Verdacht der Faulheit in Schutz nehmen: »Er arbeitet nämlich oft bis in die Morgenstunden.«

»Schriftsteller sind ja bekanntlich Langschläfer. Nun, Mrs. Barnes, es hat mich sehr gefreut, Sie kennengelernt zu haben«, sagte Kitty aufrichtig, und auf der Eisentreppe drehte sie sich noch einmal um: »Ich werde auch nicht vergessen, Ihnen Ihre Medizin zu schicken.«

»Besten Dank auch«, sagte die arme Mrs. Barnes.

Mit grimmiger Befriedigung las Kitty das Namensschild mit der Aufschrift »H. Morton«, klingelte dann aber schlauerweise bei Mr. M. Halpin. Da sich hierauf niemand meldete, versuchte sie es bei Mr. F. Conway. Als dieser ihr schließlich im Morgenmantel und mit verschlafenen Augen die Haustür öffnete, entschuldigte sie sich sehr charmant dafür, aus Versehen bei ihm geläutet zu haben. Das mache doch gar nichts, sagte Mr. Conway, zeigte ihr den Weg ins obere Stockwerk und zog sich dann gähnend wieder zurück, nachdem er sich eine der beiden Milchflaschen genommen hatte, die auf einem wackligen Tischchen im Hausflur standen. Erfreut betrachtete Kitty die verbliebene Flasche. Mit einem C. W. Owen, der im Bett lag und möglicherweise noch schlaftrunken war, würde sie leichter fertig werden. Sie stieg die Treppe hinauf ins Obergeschoß.

Auf dem Treppenabsatz holte sie erst einmal tief Luft. Gleich würde sie sämtliche Sauerstoffreserven benötigen. Hier oben gab es drei Wohnungstüren. Hinter der von Mr. Morton war trotz der noch nicht abgeholten Milchflasche das unregelmäßige Klappern einer Schreibmaschine zu hören. Kitty klopfte, aber das Klappern ging weiter. Sie klopfte noch einmal, diesmal lauter. Eine Stimme rief unwillig: »Herein! Kommen Sie herein, wenn es sein muß.«

Kitty reckte ihr Kinn hoch und trat ein.

Achtes Kapitel

C. W. Owen saß an einem Tisch aus rohem Kiefernholz, das Gesicht Kitty zugewandt, und vor ihm stand eine Schreibmaschine. Kitty sah ihn überrascht an. Er war gar nicht fett und schmierig, wie sie nach Sandras Beschreibung angenommen hatte. Er war vielmehr jung und blond, und wenn er nicht ein so ärgerliches Gesicht gemacht hätte, wäre er sogar ein ganz gut aussehender junger Mann gewesen. Sein Gesicht glättete sich aber gleich darauf, und er stand auf. Mit der gewinnenden Höflichkeit in Gestik und Tonfall, die den Engländer aus gutem Hause verriet, sagte er: »Hallo! Suchen Sie jemanden? Vielleicht kann ich Ihnen weiterhelfen?«

Im Türschloß steckte ein Schlüssel. Kitty drehte ihn herum, während der junge Mann noch sprach, zog ihn ab und steckte ihn blitzschnell in ihre Tasche, bevor sein Lächeln einem Ausdruck größter Verblüffung gewichen war.

»So, Mr. Owen«, sagte sie, »nun können wir uns ganz ungestört und in Ruhe unterhalten.«

Er zuckte leicht zusammen, faßte sich aber gleich wieder.

»Ich fürchte, Sie irren sich, gnädige Frau. Mein Name ist Morton, Henry Morton. Vermutlich hat man Ihnen eine falsche Adresse gegeben. Ich kenne sämtliche Bewohner dieses Hauses und versichere Ihnen, daß kein Mr. Owen darunter ist.«

In Kittys Nähe stand ein ramponierter alter Holzstuhl. Ohne sich von der Stelle zu rühren, zog sie ihn zu sich heran. Sie war froh, sich nach dem Treppensteigen setzen zu können.

»Wir wollen nicht unnötig Zeit verlieren, Mr. Owen.

Mein Name ist O'Connor. Sie erpressen meinen Sohn, und ich bin hergekommen, um dem ein Ende zu machen.«

Er hatte sich inzwischen wieder ganz in der Gewalt und erkundigte sich freundlich: »Und Sie haben das Haus von der Polizei umstellen lassen?«

»Nein, ich bin allein gekommen. Ich finde, wir beide sollten vernünftig miteinander reden.«

Er war ein großer, kräftiger junger Mann, und sie war deshalb froh, daß das Zimmer geräumig war und zwischen ihr und ihm eine gewisse Entfernung lag. Aber als er so dastand und sie undurchsichtig anlächelte, kam er ihr immer größer und kräftiger vor, und deshalb sagte sie: »Es wäre mir lieber, wenn Sie sich setzen würden.«

Er setzte sich, wirkte aber nach wie vor groß und kräftig und lächelte weiter undurchsichtig.

»Bitte entschuldigen Sie, Mrs. O'Connor, aber in Anbetracht Ihres Irrtums bezüglich meiner Identität wage ich zu bezweifeln, daß ein vernünftiges Gespräch zwischen uns möglich ist.«

Kitty faßte in ihre Manteltasche.

»Mehr haben Sie dazu nicht zu sagen?«

»Nein«, antwortete Mr. Morton schlicht.

Die Geschwindigkeit, mit der Revolver-Kitty jetzt ihre Waffe in Anschlag brachte, machte ihrem Lehrmeister Jules alle Ehre.

»Ich will das Negativ haben, Mr. Owen, und sämtliche Abzüge, die in Ihrem Besitz sind.« Der auf ihn gerichtete Revolver nötigte ihn lediglich, die Augenbrauen hochzuziehen. »Sonst schieße ich!« sagte Kitty.

»Das glaube ich kaum. Sie mögen ein paar sonderbare Ideen haben, aber zu einem Mord sind Sie bestimmt nicht fähig.«

»Ich will Sie ja auch nicht umbringen«, sagte Kitty erschrocken. »Ich will Sie nur irgendwo treffen, wo es weh tut, aber nicht tödlich ist. An der Schulter zum Beispiel, oder am Bein. Das ist zumindest meine Absicht, aber ich muß Sie warnen, daß ich im Zielen nicht sehr gut bin.«

Er stand auf und wirkte jetzt wie ein Riese.

»Versuchen Sie, wenigstens nicht den Magen zu treffen. Wie ich höre, ist das besonders unangenehm.«

Er kam hinter seinem Schreibtisch hervor und ging langsam auf sie zu. Kitty erhob sich.

»Bleiben Sie stehen, oder ich schieße!«

Er ging lächelnd weiter.

»Meine liebe Mrs. O'Connor, das würden Sie doch gewiß nicht tun.«

»Doch!« sagte Kitty und machte sich bereit.

Als ihr Zeigefinger sich um den Abzug legte, blieb er stehen.

»Mein Gott, ich glaube, Sie bringen es fertig und drücken wirklich ab!«

»Gehen Sie zurück zu Ihrem Schreibtisch!« sagte Kitty.

Er schlenderte zurück und setzte sich, und auch Kitty mußte sich setzen. Sie fühlte sich schwach und fror. Er musterte sie aufmerksam.

»Ich habe Sie offenbar unterschätzt, Mrs. O'Connor. Auf den ersten Blick wirken Sie so ...«

»Ich weiß«, sagte Kitty. Sie mußte sich sehr beherrschen, um nicht am ganzen Körper zu zittern. »Harmlos und anständig. Das bin ich auch.«

»Ach, wirklich?« sagte Mr. Morton. »Unsere Vorstellungen von Anständigkeit scheinen weit auseinanderzugehen.« Er schob die Schreibmaschine beiseite und legte seine gefalteten Hände vor sich auf den Tisch. »Am besten fangen wir noch einmal von vorne an und versuchen es mit einem vernünftigen Gespräch. Aber vielleicht wären Sie so freundlich, diese Waffe wegzulegen. Sie sagten doch, daß Sie im Zielen etwas unsicher sind, und diese Dinger, wissen Sie, gehen manchmal ganz unerwartet los.«

»Ich ziehe es vor, den Revolver in der Hand zu behalten.«

»Ganz wie Sie wünschen. Nun, Mrs. O'Connor, ich bedaure, daß ich schon so viel von Ihrer wertvollen Zeit vergeudet habe, und will deshalb gleich zur Sache kommen. Sie wollen dieses Foto haben, und ich will wie immer Geld haben. Sagen wir ...« Er warf einen prüfenden Blick, erst auf Kitty und dann auf ihre Handtasche, die neben ihrem Stuhl auf dem Boden lag. »Sagen wir dreißig Pfund, und dann wollen wir die ganze dumme Sache vergessen. Einverstanden? Sie sehen, ich gebe Ihnen auf meine letzte Forderung einen Rabatt von fünfundzwanzig Prozent. Da kommen Sie doch gut weg.«

Wütend sagte Kitty: »Selbst wenn ich dreißig Pfund zu verschenken hätte, würde ich sie Ihnen nicht geben. Geben Sie mir augenblicklich dieses Foto, oder ich mache meine Drohung wahr!«

»Sie würden kaltblütig schießen? Auf einen wehrlosen Mann? Das ist aber nicht die feine englische Art.«

»Ich bin auch keine Engländerin«, sagte Kitty. »Und jetzt beeilen Sie sich! Wenn ich noch lange warten muß, könnten mir die Nerven durchgehen.«

»Das wäre ja reizend«, meinte Mr. Morton. »Aber wir wollen nichts überstürzen. Ich fürchte, Sie können gar nicht so einfach auf mich losballern, denn wenn Sie es täten, gäbe es einen Skandal, der nicht nur Sie, sondern auch Ihren Mann und Ihren Sohn ruinieren würde. Na, Kopf hoch!« sagte Mr. Morton aufmunternd. »Man kann ja nicht immer an alles denken.«

Kitty rief sich Sandras tränenüberströmtes Gesicht und Nialls gequälten Blick in Erinnerung, und das gab ihr neue Kraft. Sie hob den Revolver und zielte damit (so hoffte sie zumindest) auf Mr. Mortons rechte Schulter.

»Ich habe an alles gedacht und nehme diese Dinge in Kauf, wenn Sie bereit sind, all die schmerzhaften Dinge in Kauf zu nehmen, die man im Krankenhaus mit Ihnen anstellen wird.«

»Es ist zwar schmählich, wenn man die weiße Flagge hissen muß«, sagte Mr. Morton ziemlich hastig, »aber die Vorstellung, von Krankenschwestern befummelt zu werden, läßt auch den stärksten Mann erzittern. Also gut, Sie sollen Ihr hübsches Foto haben.«

Sie hielt weiter den Revolver auf ihn gerichtet, während er zu einer Kommode ging, die zwischen seinem Bett und dem Gasherd stand, und aus einer Schublade einen braunen Umschlag zog. Kitty forderte ihn auf, den Umschlag mitten ins Zimmer auf den Boden zu legen, und er gehorchte. Als er wieder hinter seinem Schreibtisch saß, hob sie den Umschlag vorsichtig auf, ging damit zurück zu ihrem Stuhl und schüttete seinen Inhalt mit der linken Hand auf ihren Schoß, währen sie den Revolver in der rechten hielt.

»Sie lesen wohl oft Kriminalromane?« bemerkte Mr. Morton, als diese Prozedur abgeschlossen war.

»Nein, meistens Liebesromane«, sagte Kitty zerstreut und warf einen Blick auf das Negativ, das noch schrecklicher wirkte, als sie es sich vorgestellt hatte.

»Aha. Es liegt Ihnen also im Blut? Was für eine bemerkenswerte Frau Sie doch sind.«

Nun wiederholte sich das Ganze noch einmal in umgekehrter Reihenfolge, und sie forderte ihn auf, den Umschlag an Niall zu adressieren und ihm ein paar Zeilen beizulegen, aus denen hervorginge, daß Mr. Morton ihn nicht mehr behelligen werde. Als er die Worte: »Der Rest ist Schweigen«, vorschlug, fand sie das sehr treffend und gut formuliert, aber als sie ihm das sagte, wehrte er bescheiden ab und erklärte, das stamme eigentlich nicht von ihm. Anschließend verstaute Kitty alles bis auf den Revolver in ihrer Handtasche und stand auf. Andere Frauen, dachte sie, hätten jetzt möglicherweise Mr. Morton gezwungen, das erpreßte Geld wieder herauszurücken, aber dazu besaß sie jetzt nicht mehr die Kraft. Außerdem hatte er das meiste davon wahrscheinlich schon verjubelt. Er machte den Eindruck eines verschwenderischen jungen Mannes. Sie schloß die Tür wieder auf und war schon im Begriff zu gehen, da blieb sie noch einmal stehen.

»Mrs. Barnes trifft keine Schuld. Sie glaubte, ich käme von einem Verlag und hätte gute Nachrichten für Sie, und selbst dann dauerte es noch lange, bis ich ihr etwas entlocken konnte. Ich habe sie zwar nicht direkt belogen, aber ich habe ... nun, sagen wir, Tricks angewendet.«

»Du lieber Himmel! Dazu sind Sie also auch noch imstande?« Mr. Morton schüttelte den Kopf. »Na, ich hab's wohl nicht besser verdient. Ich hätte mich mit den Iren nicht anlegen sollen ...«

Kitty konnte sich eine spitze Bemerkung nicht verkneifen. »Wie man hört, finden bei Ihnen in England doch genügend wüste Orgien statt, wo Sie Fotos machen könnten. Sie hätten also gar nicht zu uns zu kommen brauchen.« Plötzlich kam ihr ein furchtbarer Gedanke. »Sie tun das doch nicht etwa professionell, oder?« Er grinste. Es war ein spitzbübisches, freches Grinsen, das sie an Niall erinnerte. Die Vorstellung, was dieser junge Tunichtgut für ein Leben vor sich hatte, machte sie ganz unglücklich. »Ach, ich wünschte, ich könnte mal mit Ihnen reden. In Ruhe, meine ich. Irgendwo, wo wir nicht befürchten müssen, daß Sie sich auf mich stürzen oder ich auf Sie schieße.« Die eine Hand am Türgriff, gab sie diesem armen, auf Abwege geratenen jungen Mann, der kaum älter als dreiundzwanzig sein konnte, rasch ein paar gute Ratschläge, soweit das unter diesen sonderbaren Umständen möglich war. »Sie machen einen schlimmen Fehler, wenn Sie versuchen, Ihr Geld mit krummen Touren zu verdienen. Ich verstehe zwar, daß Ihnen das im Augenblick verlockend vorkommt – ein steuerfreies Einkommen ohne viel Arbeit, das es Ihnen ermöglicht, sich Ihrer Schriftstellerei zu widmen ... Aber früher oder später werden Sie dafür bezahlen müssen, das garantiere ich Ihnen. Und Sie sind ja nicht einmal besonders gut in diesem Metier, nicht wahr? Ich meine, wenn ich Sie übertölpeln kann, dann kann das doch auch jeder andere.«

Er verzog schmerzlich das Gesicht, aber gleich darauf grinste er wieder vergnügt. Sie ignorierte das und fuhr fort, ihm zu seinem eigenen Guten die Leviten zu lesen. »Es gibt doch bestimmt viele Möglichkeiten, wie Sie auf anständige Weise Ihr Geld verdienen könnten, bis Sie mit Ihrer Schriftstellerei Erfolg haben.« Sie sah ihn prüfend an. »Ich kann Sie mir zum Beispiel sehr gut als Fernsehunterhalter vorstellen. Aber wenn Sie glauben, daß die einzige Arbeit, die für Sie in Frage kommt, das Schreiben ist, dann hilft nur eins«, sagte Kitty streng, »Sie müssen sich bemühen, noch besser zu schreiben.« Schon wollte sie erleichtert zur Tür hinausschlüpfen, da blieb sie noch einmal stehen. Mr. Morton war in Gedanken versunken, und in seinem Blick lag keine Spur von Groll oder Bosheit. Er hätte ein so *netter* junger Mann sein können, wenn er nicht so verdorben gewesen wäre, und es war kaum zu glauben, daß er wirklich der Schurke war, für den er sich ausgab. Zweifelnd fragte sie: »Wären Sie denn wirklich so gemein und herzlos gewesen, dieses Foto zu verschicken? Hat Eton denn gar keine Spuren bei Ihnen hinterlassen?«

Er erwachte aus seinen Gedanken und setzte wieder sein entwaffnendes Lächeln auf.

»Eigentlich war ich in Winchester. Und Sie, Mrs. O'Connor, hätten Sie wirklich abgedrückt?«

»Ich weiß es nicht«, sagte Kitty.

Während sie die Treppe hinunterstieg, behielt sie die Hand in der Manteltasche, bis sie auf der Straße und in Sicherheit war. Ihre Beine waren so zittrig, daß sie jetzt unmöglich weiterlaufen konnte. Sie nahm das erste Taxi, das sie sah, und ließ sich erschöpft, aber zufrieden auf den Rücksitz sinken. Als sie merkte, daß sie ihre Hand unwillkürlich in die Manteltasche gesteckt hatte, wozu jetzt gar keine Notwendigkeit mehr bestand, zog sie sie erschrocken wieder heraus und streifte ihre Handschuhe über. So beruhigend das Gefühl des Revolvergriffs in ihrer Hand auch war, so gefährlich konnte es auf die Dauer werden.

Im Regent Palace Hotel steckte sie den an Niall adressierten Umschlag mit dem Negativ und Mr. Mortons Abschiedsgruß in den Briefkasten, schrieb Molly ein paar Zeilen wegen der Medizin für Mrs. Barnes und gab sich alle Mühe, die Rolle der Revolver-Kitty abzustreifen. Nachdem sie zu Mittag gegessen hatte, war sie fast wieder die alte Kitty O'Connor, und da sie ja angeblich zum Einkaufen in London war, brach sie zur Oxford Street auf.

Sie brachte einige Stunden damit zu, Schaufensterauslagen zu betrachten und durch Geschäfte und Kaufhäuser zu wandern. Früher hätte ihr so ein Einkaufsbummel am Nachmittag viel Spaß gemacht, auch wenn die wirklich aufregenden Kleider für sie so unerschwinglich waren wie die Kronjuwelen, aber diesmal hätte sie das alles nicht einmal dann reizen können, wenn die ganze Pracht im Sonderangebot gewesen wäre. Selbst die teuersten Modellkleider waren jetzt in ihren Augen nichts weiter als ein paar alberne Stücke Stoff, die auch nicht anders zusammengenäht waren als das, was sie selbst gerade am Leibe trug. Mal waren sie so genäht und in der nächsten Saison anders, aber was spielte das schon für eine Rolle, solange man etwas hatte, das einen anständig bedeckte und warm hielt? Stephen würde es im Augenblick sowieso nicht bemerken, ob sie ihr altes blaues Kleid mit Mantel anhatte oder das Modellkleid von Balmain dort. (Aber auch in dieser trübseligen Stimmung fiel ihr auf, daß dieses Kleid auf besonders raffinierte Weise zusammengenäht war.) In der Bond Street blieb sie zehn Minuten lang vor einem Pelzgeschäft stehen, das Sonderangebote im Fenster hatte. Darunter war ein russischer Nerzmantel, der für fünfzehntausend Pfund fast geschenkt war. Es war ein bildschöner Mantel, dunkel und geschmeidig und glänzend. »Mag's stürmen und schnei'n, mein Pelz hüllt mich ein ...« Kitty warf ihrem matten Spiegelbild in der Schaufensterscheibe einen spöttischen Blick zu. Das war kein Mantel für sie. So ein elegantes Stück war nur etwas für eine elegante Dame, *für jemanden wie Eva Burke.* Kitty wanderte lustlos zurück zur Oxford Street und kaufte sich ein geblümtes Strandkleid, Größe 40, und einen roten Badeanzug, in dem sie vor der kanarischen Küste im Meer planschen würde wie ein überdimensionaler Wasserball.

Da sie am Abend nicht allein in ihrem Zimmer sitzen wollte, ging Kitty mit einem netten Ehepaar aus Nordirland, das sie im Hotel kennengelernt hatte, ins Theater. In einem Musical, das schon seit Monaten mit großem Erfolg gespielt wurde, gelang es ihr, ihr Unglück soweit zu vergessen, daß sie ein paarmal laut lachte. Zu Hause dachte man währenddessen sehr viel an sie.

Der einzige von den dreien, der dabei kein schlechtes Gewissen hatte, war Niall. Er mußte über sich selbst lächeln, als er merkte, wie sehr er seine Mutter vermißte, die immer zur Stelle gewesen war, wenn er Trost brauchte. Er war doch kein kleiner Junge mehr, und diesmal hätte es auch nicht genügt, daß Mutter auf die wehe Stelle einen Kuß gab, um alles wieder gut zu machen …

Kittys Ehemann und Tochter andererseits wären sehr erleichtert gewesen, wenn sie Kitty für eine Weile hätten vergessen können.

Stephen hatte Eva zum Abendessen in ein Hotel dreißig Meilen außerhalb von Dublin eingeladen, aber als er die junge Frau über den kerzenerleuchteten Tisch hinweg ansah, mußte er zu seiner Enttäuschung feststellen, daß auch Kittys Geist anwesend war. Da saß Eva, engelsgleich im flackernden Schein der Kerzen, aber zugleich und sehr störend saß da auch Kitty, rundlich und heiter und unhörbar plaudernd. »Verdammt noch mal!« sagte Stephen leise, und als Eva ihre zart geschwungenen Augenbrauen fragend hob, sagte er entschuldigend etwas von einem hohlen Zahn, auf den er sich gebissen habe.

Im Laufe des Abends wurde es jedoch besser, nachdem Stephen etwas Rotwein getrunken hatte – fast die ganze Flasche, um genau zu sein, denn Eva, die nur einen Salat und ein Omelett gegessen hatte, war beim Trinken genauso zurückhaltend wie beim Essen. Als er sich dann noch einen doppelten Brandy genehmigte, wurde Kittys Bild immer schattenhafter und verschwand endlich ganz, während Eva ihm schöner und schöner vorkam.

Das Hotel war klein und etwas abseits gelegen, und um diese Jahreszeit stiegen dort nur wenige Gäste ab. Bald saßen die beiden allein im Speisesaal. Stephen sah Eva tief in die Augen, aber in diesem Moment knisterte eine der hellrosa Kerzen, und Wachs tropfte auf die Tischdecke.

»Wir sollten sie besser ausblasen«, meinte Eva.

Mit gespitzten Lippen beugte sie sich vor – und das heißt, ihm entgegen. Blitzschnell erhob er sich, lehnte sich über den Tisch und küßte diesen verlockenden

Mund, wobei er sich das Kinn an den Kerzen verbrannte.

»Ich wünschte, wir könnten heute abend in meinem Zimmer gemeinsam eine Kerze ausblasen, Eva. Was meinst du?«

Mit großen Augen lehnte sie sich zurück und sah ihn tadelnd an.

»Wir haben doch beschlossen, geduldig zu sein.«

»Aber sollen wir denn diese Nacht verschenken?« Gereizt von seiner Leidenschaft und dem Schmerz an seinem Kinn, sagte er: »Ist dir denn nicht klar, daß wir auf den Kanarischen Inseln nur vier, höchstens fünf Tage zusammen haben, bevor du mit den andern zurück nach Dublin mußt? Danach sitze ich noch zwei Wochen da unten und kann dich nicht mal sehen!«

Ihr hinreißendes Lächeln ließ seinen Atem stocken.

»Doch, das ist mir klar, aber wir können diese Gelegenheit trotzdem verschenken. Stephen, ich habe noch zwei Wochen Urlaub gut.« Sie lächelte durchtrieben, soweit das bei ihren edlen Zügen überhaupt möglich war. »Wenn meine Pflichten als Mitglied der Handelsdelegation beendet sind, verbringe ich meinen zweiwöchigen Urlaub auf den Kanarischen Inseln.«

»Liebste. Und dann ...?«

»Ja, Stephen. Dann!«

Auch Jills Essen an diesem Abend war von starken Gefühlen begleitet. Sie saß mit Jules in einem schäbigen Schnellimbiß. Es gab Hamburger mit Pommes frites und Cola. Alles war für dieses Abschiedsmahl bewußt so ausgesucht, daß Jules es abscheulich finden mußte. Sie war todunglücklich, und er war daran schuld. Da war es doch nur recht und billig, wenn sie ihn auch leiden ließ. Nach Afrika wollte sie eigentlich gar nicht so dringend, sie wollte eigentlich überhaupt nicht hier weg, aber nun hatte sie soviel Lärm darum gemacht, daß ihr gar nichts anderes mehr übrigblieb, als zu gehen – irgendwohin. Wenn sie es nicht tat, würde sich dieser blöde Bengel noch wegen ihrer Inkonsequenz ins Fäustchen lachen, während er sein Techtelmechtel mit ihrer unsäglichen Mutter fortsetzte. Bei dem Gedanken daran, daß sie ihre Mutter hatte abreisen lassen, ohne ihren Abschiedskuß zu erwidern, mußte Jill heftig blinzeln. Es war eine lange Flugstrekke, und manchmal stürzte so ein Flugzeug ja ab! Dann hätte sie keine Mutter mehr. Und in Afrika oder sonstwo zu sein, wäre natürlich auch nicht besser als keine Mutter mehr haben. Wie man es auch drehte und wendete: Das Leben war scheußlich.

Jill war nur froh, daß Jules das Leben offensichtlich auch scheußlich fand, auch wenn das in seinem Fall wohl nur an dem Gestank des Öls lag, das in dieser Frittenbude benutzt wurde. Dann aber stieg in ihr die Hoffnung auf, daß es vielleicht doch nicht bloß das Öl war, das ihm zu schaffen machte. Der Gestank konnte sicher vieles bewirken, aber nicht, daß die Stimme eines jungen Mannes anfing zu zittern oder daß er so bedeutungsvoll seine Augen niederschlug, um ihr im nächsten Moment glutvolle Blicke zuzuwerfen. Ihr gebrochenes Herz machte so wilde Sprünge, daß ihr ganz schwindlig wurde.

»Ma petite«, begann er, dann folgte eine lange Pause.

Ihr Herz blieb fast stehen. Wie er sie ansah! Dieser sehnsüchtige Blick! Nein, das konnte nicht an dem Geruch liegen. Wahrscheinlich hatte er jetzt, fünf Minuten vor zwölf ... Aber sie war schon einmal getäuscht worden und wollte kein neues Risiko eingehen. Deshalb sagte sie nur: »Du ißt ja deinen Hamburger gar nicht. Schmeckt er dir nicht?« (Als ob einem so etwas je schmecken könnte!)

»Er ist sicherlich ausgezeichnet.« (Das war nicht nur Höflichkeit! Daß er so etwas über die Lippen brachte, war ein sicheres Indiz dafür, daß er völlig durcheinander war.) »Aber bevor ich esse, muß ich mir etwas von der Seele reden – und vom Magen, *apparemment.*« Er verzog das Gesicht zu einer komischen Grimasse. »Dieses Geständnis fällt mir nicht leicht. Es wäre leichter, etwas sehr Schlimmes zu gestehen, als so eine Dummheit. Ich war ein Esel, und du wirst jetzt bestimmt über mich lachen.«

»Durchaus nicht«, sagte Jill höflich.

»Ah, nein. Wie konnte ich dich so falsch einschätzen. Du stehst ja über solcher Schadenfreude. Du siehst großzügig über vergangene Fehler hinweg. Deshalb befürchte ich auch nicht, daß du mich auslachst, wenn ich sage ...« Er holte tief Luft. »Jill, geh bitte nicht weg von hier! Ich liebe dich! *Je t'adore.* Von ganzem Herzen.«

Mit einemmal waren alle Risse in ihrem Herzen gekittet, und es machte ein paar gewaltige Sprünge. Eins zu null für mich, Mama! Es war der größte Triumph ihres Lebens.

»Mich?« fragte sie.

»Ach, *chérie,* wen denn sonst? Jetzt, wo ich dich verlieren sollte, ist mir das klargeworden – letzte Nacht.« Er streckte seine Hand nach der ihren aus, zog sie, die Handfläche nach oben, an seine Lippen. Ein wohliger Schauer durchrieselte sie. »Du wirst doch nicht wirklich nach Afrika gehen? Bitte bleib hier! Erlaube mir, daß ich nahe bei dir bin! Nicht so wie früher, sondern so ...« Er küßte ihre Hand mehrmals. »*Comme ci! Comme ci!*«

Noch nie hatte er bezaubernder ausgesehen, und bei dem Gedanken, daß dieser bezaubernde junge Mann nun ganz ihr gehörte, wurde Jill vollends schwindlig. Nur gut, daß hier so viele Leute waren, die an ihren Hamburgern kauten und neugierig guckten, denn wer weiß, wozu sie sonst in diesem Moment imstande gewesen wäre! Entschlossen, seine gute Meinung von ihr nicht zu enttäuschen und großzügig über vergangene Fehler hinwegzusehen, schenkte sie ihm ein wehmütig verzeihendes Lächeln, und als sie seine Hand leicht drückte, erwiderte er das so temperamentvoll, daß sie leise aufschrie. Er lächelte ihr zärtlich zu.

»Es war dumm, daß ich mir Sorgen gemacht habe. Du bist so klug. Ich hätte wissen müssen, daß du verstehen würdest. Du sagst jetzt sicherlich: Es ist eine uralte Geschichte, die sich schon tausendmal abgespielt hat. Der grüne Junge – du siehst, ich kann jetzt über mich lachen –, der grüne Junge und die reife Frau. Aber ich bin darauf hereingefallen.«

»Wie bitte?«

»Ja, ich bin darauf hereingefallen. Oh, ich bin so froh, daß du Verständnis hast. Wenn die Reize einer Frau allmählich schwinden, versucht sie mit allen Mitteln, sich zu beweisen, daß es nicht wahr ist. Alles ist ihr dann recht, auch wenn er fast noch ein Schuljunge ist. So kam es, daß deine Mutter – natürlicherweise, wirst du sagen – mir schöne Augen gemacht und Kirschkuchen für mich gebacken hat ...«

»Wie bitte?!«

»Ach, es hat ihr ja nicht geschadet, daß sie mir den Kopf verdrehen wollte. Es hat eher gewirkt wie eine Medizin, wie ein Hormonpräparat. Es hat sie sozusagen verjüngt. Und jetzt, wo ich wieder zur Besinnung gekommen bin, wird es uns auch nicht schaden, nicht wahr, *chérie*?« Er lachte. »Ach, es ist wirklich komisch! Eben sehe ich noch eine Göttin vor mir – und dann wache ich plötzlich auf und sehe nur eine rundliche Frau anfang Vierzig, durch und durch bürgerlich, wie du immer sagst, ein Hausmütterchen, das eine kleine Affäre ohne Risiko sucht.« Er nickte verständnisvoll. »Aber, *naturellement,* ich werde sie immer verehren, denn sie ist ja die Mama meiner Jill.«

Mit einem Ruck zog Jill ihre Hand zurück, wobei sie

eine Flasche mit Ketchup umstieß, und sprang so energisch auf, daß auch noch ihr Stuhl umfiel.

»Wie kannst du es wagen, so von meiner Mutter zu sprechen!« Die aufmerksamen, hamburgerkauenden Zuhörer ringsumher waren ihr jetzt völlig gleichgültig. »Du eingebildeter Affe! Meine Mutter würde sich totlachen, wenn sie deinen Blödsinn hören könnte, denn so ein Quatsch würde ihr nicht mal im Traum einfallen. Sie war einfach nett zu dir, weil du hier fremd bist, verstehst du, und weil du hier sonst niemanden hattest. Glaube bloß nicht, daß sie dir schöne Augen gemacht hat – sie *hat* einfach schöne Augen, und Kirschkuchen würde sie für jeden backen. Wie kommst du überhaupt dazu, so arrogant über meine Mutter zu reden? Ich will dich nie mehr wiedersehen, du mieser Kerl! Du, du ... Möchtegern-Casanova!«

Neuntes Kapitel

Am Freitagmittag traf sich Kitty, wie verabredet, mit ihrem Mann und den anderen drei Mitgliedern der Handelsdelegation am Londoner Flughafen. Eva Burke sah aus wie ein Mannequin. Da das durch und durch bürgerliche Hausmütterchen noch unter dem Eindruck des Vortages stand, faßte es instinktiv in seine Manteltasche, und seine Finger legten sich beinahe liebevoll um den vertrauten Griff. Aber was immer in der Cromwell Road gelten mochte, der Londoner Flughafen war nicht der Ort, wo eine wohlsituierte Dame mittleren Alters verstohlen nach einem Revolver greifen sollte, und als ihr Mr. O'Brien und Mr. Halloran vorgestellt wurden, nahm Kitty ihre Rechte rasch aus der Tasche, um den beiden die Hand zu schütteln. Geschickt vermied sie es, mit Eva Burke mehr als ein höfliches Lächeln zu tauschen, denn alles weitere wäre ihr bei einer Person, deren Anblick sie fast zum Schußwaffengebrauch animiert hätte, wie eine plumpe Anbiederung vorgekommen. Mit Sorge stellte sie fest, daß es wohl nicht leicht sein würde, gegenüber Eva Burke objektiv zu bleiben.

Beim Wiedersehen mit Stephen hatte sie das Gefühl gehabt, schon lange von ihm getrennt gewesen zu sein, und für kurze Zeit vergaß sie, daß er, auch wenn er jetzt neben ihr stand, in Wahrheit weiter von ihr entfernt war als je zuvor. Sie wurde aber bald wieder daran erinnert, als er Eva ansah. Wenn er nach so vielen Jahren Erfahrung in der Politik nicht gelernt hatte, seine Gefühle besser zu verbergen, dann war es ja kein Wunder, wenn das ganze Ministerium über die beiden redete. Diese Reise, dachte Kitty besorgt, könnte für alle außer Eva eine ziemlich peinliche Sache werden.

Deren Selbstbeherrschung war allerdings so ausgeprägt, daß sie durch nichts zu erschüttern schien. Mr. O'Brien und Mr. Halloran dagegen kamen ihr schon jetzt ein wenig verlegen vor. Mr. O'Brien war ein rundlicher, jovialer Mann, während Mr. Halloran eher schmächtig war, und beide gaben sich alle Mühe, nett zu ihr zu sein. Diesen beiden zuliebe nahm sie sich zusammen und fing an, vergnügt drauflos zu plaudern, so daß die Atmosphäre bald ganz entkrampft war und niemand mehr daran dachte, Kitty zu bemitleiden.

Als aus dem Lautsprecher die Mitteilung kam, daß sich der Abflug der Iberia-Maschine nach Las Palmas über Madrid um eine Stunde verzögern würde, gingen sie in den Warteraum und bestellten sich Kaffee.

»Na!« sagte Mr. O'Brien mit einem herzhaften Lachen, das zu seiner Leibesfülle paßte. »Die fangen mit dem ›mañana‹ wohl schon hier an?«

Wenn Evas Lächeln über diesen Scherz vielleicht nicht direkt hochnäsig war, so fehlte doch nicht mehr viel. Kitty vermutete, daß sie für Small-talk nicht viel übrig hatte.

»Mein lieber Ted, meinen Sie nicht auch, daß diese gängigen Klischees oft sehr irreführend sein können! Vergessen Sie nicht, daß wir Iren auch in dem Ruf stehen, unzuverlässig zu sein. Ich selbst habe auf B.E.A.-Flüge mindestens genausooft warten müssen wie auf Flüge irgendeiner anderen Gesellschaft.«

Natürlich, sie war schon um die ganze Welt gereist, nein: geflogen! Wahrscheinlich sprach sie mehrere Sprachen fließend und konnte einem genau sagen, in welchem abgelegenen Winkel von Marseille man eine erstklassige Bouillabaisse für nur zwei Sous bekommen konnte. Miau! Dann wandte sich Eva an Kitty und sagte: »Von Ihrem Mann hörte ich, daß Sie ein handliches kleines Buch mit spanischen Redewendungen suchen, Mrs. O'Connor. Ich habe hier am Bücherstand etwas sehr Brauchbares gefunden.« Kitty schämte sich jetzt fast für ihre kratzbürstigen Gedanken, und als wollte sie das wiedergutmachen, sagte sie: »Nennen Sie mich doch einfach Kitty.« Früher oder später wäre das sowieso fällig gewesen, denn man konnte dem armen Mädchen ja nicht zumuten, Kitty mit ihrem Nachnamen anzureden, während sie mit Stephen und den andern per Vornamen verkehrte.

»Und ich heiße Ted«, sagte Mr. O'Brien gleich darauf, »und Halloran hier heißt Martin. Nur keine Förmlichkeiten. Im Kampf um neue Absatzmärkte für unsere grüne Insel stehen wir doch alle Schulter an Schulter, nicht wahr?« Er salutierte. »Fern ihrer Heimat, unter Flanderns rotem Mohn, sind begraben die Helden vom irischen Bataillon.«

»Ich darf mich sicherlich als Truppenhelferin dazurechnen?« sagte Kitty und sah Stephen lachend an. Die alte Gewohnheit, einen Scherz miteinander zu teilen, war nicht so leicht abzulegen. Aber Stephen sah müde und unglücklich aus und starrte geistesabwesend in seine Tasse. Oh, mein Schatz, bitte sei nicht traurig! dachte Kitty. Das könnte ich nicht ertragen. In diesem Augenblick wäre sie gern bereit gewesen, Eva zu nehmen und ihm auf den Schoß zu setzen, damit er nur wieder freundlicher aussah. Aber irgendwie fiel es schwer, sich vorzustellen, daß Eva bei einem Mann auf dem Schoß saß. Bei der Liebe war sie bestimmt genauso korrekt und gründlich wie sonst. Als Kitty die beiden prüfend ansah, kam sie allerdings zu dem Schluß, daß bisher zwischen ihnen noch gar nichts vorgefallen sein dürfte und daß sie nur dagesessen und darüber geredet hatten. Kein Wunder also, daß Stephen müde aussah. Kitty merkte plötzlich, daß Eva mit ihr sprach, und das, was sie da gerade mit ihrer wohlklingenden Stimme dahersagte, war nun wirklich wie eine Ohrfeige!

»... spare ich die Reisekosten und bleibe noch auf den Kanarischen Inseln, um dort meinen Resturlaub zu verbringen. Die Heimfahrt werde ich zur Abwechslung mal mit dem Schiff machen. Ich glaube sogar, daß ich mit demselben Schiff reise wie Sie und Stephen. Ist es nicht die ›El Cid‹?«

Als ob du nicht genau wüßtest, wie das Schiff heißt, du scheinheiliges Biest! dachte Kitty wütend. Ich hoffe nur, daß du von der ersten bis zur letzten Minute an Bord seekrank bist! Sie stand auf und ging zu dem Bücherstand, um sich den spanischen Sprachführer zu kaufen und ein bißchen ruhiger zu werden. Wenig später wurden sie aufgefordert, sich zum Ausgang zu begeben, und es gelang ihr, sich zwischen Bill und Martin in die Schlange einzureihen, wo sie wieder ganz zur Ruhe kam. Im Flugzeug setzte sie sich dann aber bewußt neben Eva. Angriff ist die beste Verteidigung, dachte sie, und außerdem mußte sie dieses Mädchen besser kennenlernen, bevor sie entscheiden konnte, was zu tun sei. Ted O'Brien nahm den zum Mittelgang gelegenen Sitz neben ihr, nicht ohne dabei lautstark zu bemerken, nun habe er wohl den armen Stephen von seinem rechtmäßigen Platz verdrängt. Kitty war ihm dankbar für sein diplomatisches Geschick, mit dem er verhindert hatte, daß sie drei oder vier Stunden lang zwischen den beiden Verliebten sitzen mußte.

Bis das Flugzeug Madrid erreichte, hatte Kitty genug herausgebracht, um zu wissen, daß sie und Eva in ihrem Wesen so grundverschieden waren, wie es zwei Frauen nur sein können. Es war klar, daß Stephen, nachdem er sich einmal aus der alten Bindung gelöst hatte, auf der Suche nach dem völlig Neuen war.

Sie hatte recht gehabt mit ihrer Vermutung, daß Eva touristische Geheimtips kannte – allerdings nicht nur in Frankreich, sondern in fast allen europäischen Ländern. Dabei war Eva keine Angeberin. Sie hielt es nur für eine Selbstverständlichkeit, daß man heutzutage im Urlaub weiter weg fuhr als zum Lough Coreib oder nach Galway, und wenn man alleinstehend war und gut verdiente, gab es natürlich keinen Grund, das nicht zu tun. Kittys bisherige Reiseerfahrungen beschränkten sich allerdings auf London und die Isle of Man, und selbst da konnte sie mit Eva nicht mithalten. Der Hauptort Douglas sei ja von Touristen überschwemmt, aber auf der anderen Seite der Insel, in einer kleinen, versteckten Bucht gebe es eine reizende Pension, da müsse Kitty unbedingt einmal hinfahren. Kitty nickte. Und ob sie dieses traumhafte Antiquitätengeschäft in Chelsea kenne, keine drei Minuten von der King's Road entfernt? Kitty schüttelte den Kopf.

»Wenn ich irgendwo hinfahre«, sagte Kitty heiter, »sehe ich anscheinend immer nur das, was andere Touristen auch sehen. Aber sobald ich Irland verlasse, bin ich ja auch ein Tourist.«

»Haben Sie denn nicht manchmal den Wunsch, ein Land und seine Bewohner so kennenzulernen, wie sie wirklich sind?« fragte Eva ernst. »Einen meiner schönsten Urlaube habe ich in einem kleinen rumänischen Dorf bei einer Bauernfamilie verbracht.«

»Ich ziehe ein gutes Hotel vor«, sagte Kitty. »Im Urlaub möchte ich verwöhnt werden. Und ich finde, kein Mensch ist wirklicher als ein anderer. Ich meine, wenn jemand vor mir steht, dann ist er doch wirklich, oder?«

Ted O'Brien gab ihr einen Rippenstoß.

»Ihnen fehlt das tiefere Empfinden!«

Beharrlich setzte Kitty ihre Bemühungen fort, Eva näher kennenzulernen. Es war nicht ganz einfach, denn das einzige, wofür sie sich *beide* interessierten (es saß auf der anderen Seite des Mittelgangs und las gerade ein Buch), war ausgerechnet das, worüber sie *nicht* reden konnten. Als endlich etwas zu essen serviert wurde – englischer Fünfuhrtee und gar nichts Spanisches –, war Kitty vor Anspannung ganz ausgehungert. Es dauerte eine Weile, bis sie bemerkte, daß Eva den kalten Schinken und die Zunge unberührt auf ihrem Teller ließ und nur den Salat aß. »Falls Ihnen das nicht schmeckt – ich glaube, es gibt auch kaltes Roastbeef.«

»Danke, sehr freundlich, aber ich esse nie Fleisch.«

»Also Vegetarierin.« Und Stephen aß so gerne Steak, medium gebraten, und Cordon bleu und ... Ach, du meine Güte! Besorgt erkundigte sie sich: »Ist es nur der Verzehr von Fleisch, den Sie ablehnen, oder auch die Zubereitung für einen anderen?«

»Ich finde es sehr unangenehm, mit Fleisch zu hantieren.« Eva lächelte. »Aber ich bin nicht dogmatisch. Immerhin bin ich ja im Begriff, die Bewohner der Kanarischen Inseln zum Konsum von mehr irischem Rindfleisch zu überreden. Ich kann nur die Vorstellung nicht ertragen, daß Tiere getötet werden, um mich persönlich mit Nahrung zu versorgen, wenn ich genausogut etwas anderes essen kann.«

»Weiche Birnen vermutlich«, murmelte Ted O'Brien und zwinkerte Kitty zu. Sie antwortete mit einem tadelnden Blick und wandte sich ab. »Ich kann das verstehen«, sagte sie. »Es gibt mir jedesmal einen Stich, wenn ich kleinen Lämmern auf der Weide zusehe und mich dann dabei ertappe, wie ich an Pfefferminzsauce und grüne Bohnen denke. Ich wünschte nur, ich wäre so konsequent wie Sie.« Eva lächelte wieder nachsichtig, und Kitty nippte verdrossen an ihrem Kaffee. Dieses Mädchen war ihr anscheinend in jeder Hinsicht überlegen, im Aussehen und in ihrer Moral und in allem. An dieser verdammten Person schien alles vollkommen zu sein!

Es war schon dunkel, als sie in Madrid landeten. Der Flughafen sah nicht so aus, als könnte man dort ohne weiteres einen Revolver durch die Kontrollen schmuggeln. Am Fuß der Gangway standen regungslos zwei bewaffnete Polizisten in dunklen Umhängen. Mit scharfen Blicken musterten sie alle Passagiere, die das Flugzeug verließen. »Tun Sie einfach so, als hätten Sie nichts zu verbergen«, flüsterte Ted O'Brien, und Kitty lächelte etwas gequält. Der Scherz war treffender, als der Mann ahnte! In dem Gebäude, wo die Paßkontrolle stattfand, waren noch mehr Polizisten, und der Revolver in Kittys Tasche wurde immer größer und schwerer, so daß sie fast Schlagseite bekam. Sie war grenzenlos erleichert, als es ihr schließlich gelungen war, an sämtlichen Gesetzeshütern Spaniens vorbeizukommen, und sie wieder im Flugzeug saß. Dann wurden leichte Leinenslipper an die Fluggäste ausgeteilt, rote für die Damen, hellbraune für die Herren, und Kitty, beeindruckt von soviel Fürsorglichkeit, streifte ihre sogleich über und fiel bald darauf erschöpft in tiefen Schlaf.

Am Flughafen in Las Palmas nahmen sie zu viert ein Taxi zum Hotel Santa Catalina, wo eine großzügige irische Regierung für die Handelsdelegation Zimmer gebucht hatte. Als Kitty schließlich mit Stephen allein in ihrem Doppelzimmer war, fragte sie besorgt: »So ein Zimmer muß ja ein Vermögen kosten, so wie das aussieht. Bekommt man für ein irisches Pfund wirklich so viele Peseten?«

»Nun, im Augenblick kommen ja die Steuerzahler für die Kosten auf.« Er hantierte unschlüssig an einem Koffer. »Allerdings wären die Preise wirklich zu hoch, wenn wir unsern Urlaub hier verbringen wollten und alles aus eigener Tasche bezahlen müßten. Andererseits habe ich nichts finden können, was weniger kostet und doch einen gewissen Komfort bietet. Las Palmas ist um diese Jahreszeit ausgebucht. Wie wäre es, wenn wir nach Teneriffa gingen, sobald Vater Staat hier nicht mehr für uns bezahlt?« Kitty schwieg. Sie ahnte, daß noch etwas kommen würde. »Eva hat von Cook's Reisebüro die Adresse einer Residencia in Santa Cruz bekommen – an der Rambla dos Flores, glaube ich. Der Preis für ein Zimmer mit Bad ist für hiesige Verhältnisse ziemlich günstig. Versuchen wir das doch mal.«

»Will Eva«, erkundigte sich Kitty beiläufig, »dort auch ihren Urlaub verbringen?«

»Kann sein. Natürlich liegt die Entscheidung ganz bei dir. Wenn du lieber ...«

»Nein, nein, ich bin ganz einverstanden«, sagte Kitty freundlich und wahrheitsgemäß. Je mehr Zeit sie zu dritt verbrachten, um so lieber war ihr das in einem gewissen Sinn, denn noch vor ihrer Rückkehr nach Dublin mußte eine Entscheidung fallen, so oder so. Dieses Versteckspiel mit Stephen würde sie nicht lange aushalten. Er hörte auf, an dem Kofferschloß herumzuhantieren und sah sie erleichtert an. »Eva kann uns glatt eine ortskundige Führerin ersetzen«, sagte sie. »Sie spricht bestimmt perfekt Spanisch und wird uns genau sagen, was man gesehen haben muß. Nein, ich weiß, daß sie noch nie auf den Kanarischen Inseln war, aber sie wird im Nu heraus haben, was wir uns ansehen müssen.«

Im ersten Augenblick befürchtete sie, sie könnte zu bissig gewesen sein, aber als sie ihn dann ansah und bemerkte, wie er ein zufriedenes Lächeln über dieses, wie er wohl glaubte, Kompliment zu verbergen versuchte, da wurde ihr klar, daß ihm diese verdammte Eva den Kopf so sehr verdreht hatte, daß er Kittys Ironie schon gar nicht mehr wahrnahm. Als sie ihre Haarbürste auf die Frisierkommode legte, verspürte sie große Lust, das Ding ihrem lieben Gatten an den Kopf zu werfen.

Während also auf Gran Canaria ein Elternteil von

einem tätlichen Angriff auf den andern träumte, bewirteten fünfzehnhundert Meilen entfernt die beiden jungen O'Connors einen Gast in »Brookdale«, fest davon überzeugt, daß ihre Mutter, wäre sie dabeigewesen, ihre Gastfreundschaft wärmstens befürwortet hätte – auch wenn die alte Molly in der Küche gegenteilige Ansichten vor sich hin brummelte. Der Gast saß regungslos und schweigsam vor dem Kaminfeuer, eingerahmt von Niall und Jill, die ebenfalls schwiegen. Als die Uhr schlug, sagte Jill: »Mach doch mal die Nachrichten an!«

»Nun beruhige dich doch endlich, Schwesterchen«, sagte Niall. »Sie sind längst wohlbehalten in Las Palmas gelandet.«

Jill stand auf und stellte das Radio an. Als der Nachrichtensprecher nichts von einem Flugzeugunglück meldete, schaltete sie wieder ab. Seit sie am Morgen aufgewacht war, hatte sie jede Nachrichtensendung gehört, fest davon überzeugt, daß sie es gar nicht verdiente, eine Mutter zu haben, und daß sie auch keine mehr haben würde, bevor der Tag vorüber sei. Allmählich hatte diese Überzeugung zwar der Einsicht Platz gemacht, daß es vielleicht doch übertrieben wäre, sämtliche Insassen eines Flugzeugs sterben zu lassen, nur um ein einzelnes egoistisches, dummes Ding zu bestrafen. Trotzdem hatte sie weiter die Nachrichten gehört.

Während sie noch im Bett lag, hatte sie zum ersten Mal in ihrem Leben kritisch über sich nachgedacht. Bisher hatte es immer so ausgesehen, als bestünde dafür keine Notwendigkeit. Sie war stets die allgemein beliebte Jill O'Connor gewesen, intelligent, illusionslos, progressiv, kämpferisch und engagiert. Im stillen hatte sie sich dafür bewundert. Aber nun hatte sich gezeigt, daß ausgerechnet diese Jill eine hohle Charaktermaske gewesen war, unter der sich eine eingebildete, engstirnige, gehässige, egoistische, nutzlose (und diese Liste abwertender Attribute ließe sich noch beliebig verlängern) Person verbarg, die abstoßend und widerlich war. Diese frühere Jill war unfähig gewesen, die guten Seiten ihrer Mutter anzuerkennen, und sie hatte sie auch nur auf eine sehr herablassende Art gern gehabt. In ihren Gedanken hatte sie ihre Mutter sogar beschimpft, war eifersüchtig auf sie gewesen und hatte zugelassen, daß so ein französischer Schnösel sich einbildete, er könnte bei ihr landen, wenn er ihre Mutter schlecht machte. Und zu guter Letzt hatte sie ihre Mutter auch noch in einem absturzgefährdeten spanischen Flugzeug davonfliegen lassen, ohne ihr einen Abschiedskuß zu geben!

»Ach, Mama, liebste Pussy-Mama«, schluchzte Jill, »bitte verzeih mir, und bitte, bitte komm heil zurück!« Dann weinte sie eine ganze Weile, und es war niemand da, um ihre Tränen zu trocknen und sie zu trösten und Pläne für den nächsten Tag zu machen, um sie auf andere Gedanken zu bringen.

Die Jill, die dann aus dem Bett aufstand, war voller guter Vorsätze, und als erstes machte sie sich mit solchem Elan daran, das Haus von oben bis unten zu putzen, daß die alte Molly schließlich ganz verstört war und erklärte, eine von ihnen werde wohl gehen müssen. Es war dann Jill, die ging, allerdings nicht, ohne Molly zuvor ordentlich anzufauchen, was mit ihren guten Vorsätzen nicht ganz in Einklang zu bringen war. Zerknirscht rannte sie aus dem Haus, tröstete sich aber mit dem Gedanken, daß es eben eine gewisse Zeit brauchte, bis man ein völlig neuer Mensch war. Aber auch wenn es noch dauern würde, sie war jedenfalls auf dem besten Weg. Ihr altes Ich hatte sie abgelegt, und nun konnte sie ihre ganze Energie der Erschaffung einer neuen, besseren Jill widmen. Sie fuhr mit dem Bus bis St. Stephen's Green, setzte sich in der blassen Märzsonne auf eine Parkbank, sah den Enten zu und hing ihren Gedanken nach.

Der Anblick der Enten wirkte beruhigend. Als sie den Park verließ, fühlte sie sich schon ein wenig besser, und gedankenverloren schlenderte sie an der äußeren Einfriedung von St. Stephen's Green entlang. Vor dem Sherbourne Hotel stand ein Zeitungsjunge und schwenkte die ›Irish Times‹ mit einer großen Schlagzeile über Tansania. Jill ging weiter. Am St. Vincent's Hospital stand ein Ambulanzwagen, aus dem gerade zwei Sanitäter eine Tragbahre zogen. Darauf lag ein alter Mann, grau im Gesicht und mit angstvollen Augen. Jill stand so dicht dabei, daß sich ihre Blicke trafen. Sie streckte ihre Hand aus und strich ihm über die Schulter, wobei sie aufmunternd lächelte und das V-Zeichen machte. Das Gesicht des alten Mannes, in dem sich eben noch Verzweiflung gespiegelt hatte, hellte sich auf. Mühsam drehte er den Kopf zur Seite und lächelte zurück. Jill sah ihm nach, bis man ihn ins Krankenhaus getragen hatte.

Plötzlich sagte jemand hinter ihr: »Ciao, Jill! So'n Zufall, daß ich dich hier treffe.« Sie drehte sich um. Es war einer ihrer früheren Verehrer, ein Kunststudent im sechsten Semester, allgemein als Blobs bekannt. »Ich habe versucht, dich anzurufen, aber du warst nicht zu Hause, und Eure Haushälterin wußte auch nicht, wo du steckst.«

»Ich habe den Enten im Park zugesehen.«

»Was? Hast du denn noch nicht die Zeitung gelesen?«

»Nein«, sagte Jill.

»Na, in Tansania ist es so gekommen, wie wir befürchtet haben. Das Komitee trifft sich heute abend. Tansania hat vermutlich keine Botschaft in Dublin, aber es muß ja irgendeine andere Botschaft geben, vor der man in diesem Fall demonstrieren kann. Na, darüber reden wir später. Also bis heute abend um acht! Und noch was. Bevor wir uns treffen, könntest du doch mal deine alten Transparente durchsehen. Ein paar davon können wir diesmal bestimmt wieder verwenden. Die meisten Aufschriften passen ja immer.«

»Ich werde nicht kommen«, sagte Jill bedächtig. »Und ich sortiere auch keine Spruchbänder mehr. Tut mir leid.«

Er sah sie entgeistert an.

»Was ist denn mit dir los? Ist dir nicht klar, daß das von größter Wichtigkeit ist?«

»Nein«, sagte Jill. Und während er sie immer noch sprachlos anstarrte, bemühte sie sich mit zögernden Worten, ihm und sich selbst ihre neue Einstellung zu erläutern. »Ich sage nicht, daß das unwichtig ist. Nur für mich ist es im Moment nicht wichtig. Selbstverständlich müssen wir darauf aufmerksam machen, wenn irgendwo auf der Welt Unrecht geschieht. Wir wissen ja nur zu gut, was geschehen kann, wenn Menschen ihre Augen verschließen und schweigen. Es war aber, glaube ich, falsch von mir, mich immer nur um die großen, weltpolitischen Dinge zu kümmern und die kleinen Probleme um mich herum, bei denen ich hier und jetzt hätte helfen können, dabei völlig zu übersehen. Ach, ich weiß nicht, ob du verstehst, was ich sagen will. Als ich noch klein war, hatten wir mal ein Lesebuch, in dem der Vers stand: ›Tu zuerst die kleinen Dinge,/sieh auf das, was nahe liegt;/hilf dem Schwachen auf die Sprünge,/stütz das Bäumchen, das sich biegt.‹«

»Das muß ja ein gräßliches Lesebuch gewesen sein«, sagte der junge Mann.

»Schon möglich«, gab Jill zu. »Aber im Augenblick denke ich genauso. Vielleicht bin ich eines Tages wieder soweit, daß ich mich auch für die großen

Dinge einsetzen kann, aber jetzt muß ich mir erst mal beweisen, daß ich auch im kleinen Maßstab was kann.«

»Es liegt mir natürlich fern«, sagte Blobs, »dich von deiner neuen Einstellung oder Einbildung abbringen zu wollen. Soweit es dich betrifft, kann also Tansania ruhig vor die Hunde gehen?«

»Um Himmels willen, nein! Aber es gibt doch noch genügend andere, die sich um Tansania kümmern können. Von jetzt an«, sagte Jill zufrieden, »werde ich nämlich sehr viel zu tun haben. Weißt du, liebster Blobs, gerade eben ist etwas ganz Wundervolles geschehen. Ich habe mich endlich für einen Beruf entschieden!«

Auch Niall hatte an diesem Tag seine Mittagspause im Park verbracht, allerdings nicht bei den Enten. Er hatte auf einer versteckten Steinbank unter den glänzenden braunen Knospen einer Kastanie gesessen und C. W. Owens Negativ, sein treffend gewähltes Shakespeare-Zitat und den dazugehörigen Umschlag in Flammen aufgehen lassen. Als das, was Sandra bedroht hatte, nur noch ein Häufchen Asche war, zerrieb es Niall zwischen seinen Händen und streute den schwärzlichen Staub unter dem Schild »Abfälle wegwerfen verboten« auf den Rasen, wo ihn der nächste Regenschauer davonspülen würde. Endlich war diese Last von seiner Seele, und zum ersten Mal seit Wochen ging er wieder ins College, um sich mit Schwung an die Arbeit zu machen.

Um sechs Uhr abends schob er sein Mikroskop allerdings wieder beiseite. Um diese Zeit verließ Sandra die Wäscherei, und er mußte ihr die gute Nachricht so schnell wie möglich bringen. Er kam sich vor wie der Weihnachtsmann, als er in die Soames Street einbog und Sandra niedergeschlagen vor ihrer Haustür stehen sah. Rasch lief er zu ihr und nahm ihre Hände.

»Du wirst es nicht glauben, Mädchen, aber vor diesem Owen haben wir ab sofort Ruhe! Frag mich nicht warum, aber er hat kalte Füße bekommen. Er hat mir das Negativ geschickt und geschrieben, daß er mich nicht länger ausquetschen will.«

»Ich hab's gewußt, daß er kalte Füße bekommen würde!« sagte sie, und als er sie ungläubig lächelnd ansah, errötete sie leicht. »Ich meine, ich hatte so ein Gefühl, daß alles gut werden würde. Schon seit ein paar Tagen hatte ich dieses Gefühl.«

»Du hast dir aber nichts davon anmerken lassen«, sagte er.

Sie lächelte geheimnisvoll und seufzte dann tief. »Wie wunderbar! Jetzt kannst du endlich wieder glücklich sein, Niall.«

»Jetzt können *wir* wieder glücklich sein. Komm, das müssen wir feiern! Eine Eistüte für uns zwei kann ich mir gerade noch leisten.«

»Ich kann hier nicht weg«, sagte sie. »Dad ist krank. Der Arzt war heute schon zweimal bei ihm. Mama will mich nicht zu ihm lassen, deshalb nehme ich an, daß es ihm wirklich schlecht geht. Ich kann Mama jetzt nicht allein lassen.«

In diesem Augenblick kam Mrs. Morgan in den Hausflur und zog die Wohnungstür leise hinter sich zu. Als sie zu den beiden trat, fragte sie: »Wollten Sie mit Sandra ausgehen, Niall?«

»Ich wußte ja nicht, daß Ihr Mann krank ist, Mrs. Morgan. Es tut mir sehr leid. Kann ich irgend etwas tun?«

»Ja. Sandra, geh und zieh dir rasch etwas an!«

»Aber Mami, ich will dich doch nicht ...«

»Beeil dich, aber sei leise und störe Vater nicht!« Sie wartete, bis Sandra gegangen war, dann sagte sie leise: »Er wird bald sterben. Ins Krankenhaus will er nicht, und ich kann nicht viel für ihn tun, aber wenigstens kann er hier ...« Es zuckte um ihren Mund, als sie sich in dem verkommenen Hausflur umsah. » ... in seinem eigenen Bett sterben und nicht unter Fremden.« Mit ruhiger Stimme fragte sie dann: »Sie wissen vermutlich nicht viel über Leberzirrhose, Niall? Nein, das dachte ich mir. Es ist jedenfalls nicht schön zu sehen, wie jemand daran stirbt. Sandra wird ohnehin nicht viele schöne Erinnerungen an ihren Vater haben. Da möchte ich ihr wenigstens diesen Anblick ersparen.« Wieder sah sie sich in dem Flur um, und ihre Lippen zitterten. »Man sagt mir nach, ich sei hochnäsig gegenüber meinen Nachbarn, aber ich weiß, daß jeder in diesem Haus und in dieser Straße trotzdem gern bereit wäre, Sandra bei sich aufzunehmen, bis alles vorüber ist. Aber auch jetzt bin ich noch zu hochnäsig, um meine Tochter bei ... solchen Leuten wohnen zu lassen und zu riskieren, daß sie ihre Lebensweise annimmt. Sie halten mich vielleicht für verrückt, weil ich solche großen Ansprüche stelle, obwohl ich doch selbst hier lebe, aber so bin ich nun mal, und so bleibe ich auch. Und jetzt bitte ich Sie um einen Gefallen, Niall. Gehen Sie mit Sandra aus, und halten Sie das Mädchen so lange von diesem Haus fern, wie Sie können.« Sie lächelte grimmig. »Sie sehen, ich muß Ihnen jetzt vertrauen.«

Sandra ging niedergeschlagen mit Niall davon. Einmal fragte sie: »Glaubt Mama, daß Dad wieder gesund wird?« Und Niall antwortete: »Er ist sehr schwer krank, Sandra.« Nach einer langen Pause sagte sie dann: »Ja, ich weiß. Er war ... er ist kein glücklicher Mensch, aber es hat ihm ... es macht ihm immer Freude, sich mit dir zu unterhalten, Niall.« Ihre Stimme bebte. »Mama hätte mich nicht wegschicken sollen. Ich bin kein Kind mehr. Ich könnte ihr doch helfen.« »So hilfst du ihr auch«, sagte er. »Indem du mal ein bißchen weggehst. Das fällt dir sicherlich nicht leicht, aber jetzt kommt es auf das an, was sie will, nicht was du willst.« Sie schwieg eine ganze Straße lang, dann sagte sie: »Es ist schön, wenn man einen Freund wie dich hat, der einem alles klar und verständlich macht. Ein Freund wie du gibt einem große Sicherheit.«

Als ihre Schritte langsamer wurden, sah er sie an und bemerkte, daß sie blaß und müde wirkte. Sie gingen ins nächste Café und setzten sich an einen Tisch. Plötzlich entdeckte er Jill, die zwei Tische weiter saß und aufmerksam zu ihnen herüberschaute.

»Da drüben ist meine Schwester.« Sandra warf Jill einen ängstlichen Blick zu, aber bevor sie aufstehen oder Einwände machen konnte, sagte er: »Warte einen Moment. Ich muß mit ihr reden.«

Jill sah ihm mit gerunzelter Stirn entgegen. »Um ehrlich zu sein, ich bin ziemlich erstaunt«, sagte sie. »Das ist doch gar nicht dein Typ, großer Bruder.«

»Könntest du ausnahmsweise mal deine witzigen Bemerkungen unterlassen?« Er schluckte seinen Ärger herunter und erklärte mit knappen Worten, wer Sandra war. »Würdest du dich zu uns setzen und ein bißchen mit ihr reden? Es wird ihr guttun, wenn sie sich ... akzeptiert fühlt.«

»Die arme Kleine!« Jill schob ihren Stuhl zurück, blieb aber noch sitzen und sagte dann: »Niall, wir könnten sie doch heute abend zu uns nach Hause mitnehmen. Sie könnte bei uns bleiben, bis ... naja, sie könnte einfach bei uns bleiben.«

»Daran hab ich noch gar nicht gedacht.«

»Mutter wäre bestimmt einverstanden. Am besten gehen wir gleich zu Mrs. Morgan und besprechen alles mit ihr.«

Verlegen sagte er: »Danke, Schwesterchen. Ich wußte, du würdest mir helfen. Sandra ist allerdings störrisch wie ein Maulesel und wird sich wahrscheinlich sehr sträuben. Trotzdem vielen Dank!«

»Ich werde sie schon überzeugen«, sagte Jill.

Und zu seinem Erstaunen gelang ihr das tatsächlich.

Von dieser Seite hatte er Jill bisher noch nicht kennengelernt. Sie war offen und herzlich und ganz ungezwungen mit Sandra, und Sandra ging sofort auf sie ein, ohne eine Spur von Unsicherheit und Abwehr. Sie waren einfach zwei junge Mädchen, die sich eben kennengelernt hatten und auf Anhieb gut verstanden. Als Jill dann sagte: »Es kommt öfters vor, daß wir Freunde ohne Vorankündigung zu uns nach Hause mitbringen, und meine Mutter freut sich, wenn sie kommen. Sie würde uns bestimmt Vorwürfe machen, wenn sie später erführe, daß wir dich nicht eingeladen hätten«, da antwortete Sandra, um Nialls Verblüffung vollkommen zu machen: »Ja, ich glaube, so ist sie wirklich«, und fügte dann hastig hinzu: »So hat Niall sie mir immer beschrieben.« Nach kurzem Schweigen sagte sie: »Du siehst ihr sehr ähnlich.« Sie wurde rot. »Ich meine ... so habe ich mir vorgestellt ... nach Nialls Beschreibungen!«

Niall konnte sich gar nicht erinnern, das Aussehen seiner Mutter jemals genauer geschildert zu haben, und mit Sicherheit hatte er bisher keinerlei Ähnlichkeit zwischen ihr und Jill festgestellt. Aber seltsamerweise sah er diese Ähnlichkeit jetzt auch, und zwar weniger in den Gesichtszügen als in ihrem Ausdruck. Es berührte ihn ganz sonderbar, im Gesicht seiner kämpferischen kleinen Schwester seine Mutter wiederzuentdecken.

Gemeinsam gingen sie in die Soames Street. Auch dort stießen sie nicht auf Feindseligkeit und Abwehr. Mrs. Morgan sah nur verblüfft die Geschwister an, die wie Bewacher links und rechts neben Sandra standen, und mit heiserer Stimme sagte sie: »Gott schütze euch!« Dann wandte sie sich ab.

So kam es, daß Sandra nun still und blaß, aber auch beruhigt und zufrieden in »Brookdale« am Kamin saß. Als ein glühendes Stück Kohle auf die weißen Kacheln vor der Feuerstelle rollte, griff sie instinktiv nach dem Schürhaken, zog dann aber die Hand wieder zurück. Niall nahm die kleine Messingschaufel und warf das Kohlenstück zurück in die Glut. Er lächelte Sandra zu.

»Das Sprichwort bezieht sich nur auf das Schüren des Feuers, weißt du.«

»Wovon redest du denn?« fragte Jill träge aus den Tiefen ihres Sessels. Mit ihrer scheinbaren Schläfrigkeit tarnte sie aber nur die wache Aufmerksamkeit, mit der sie ihren Bruder und Sandra beobachtete.

»Es heißt doch, man solle in einem fremden Haus kein Feuer schüren, bevor man nicht sieben Jahre lang zu den Gästen gehört hat«, sagte Sandra und erwiderte Nialls Lächeln. »Ist es nicht seltsam, wie man manchmal die Gedanken eines anderen erraten kann?«

»Für unseren Familienfrieden ist es wahrscheinlich ein Segen, daß der große Bruder *meine* Gedanken nicht lesen kann.«

»Aber mir gefällt es. Es erspart einem viele Worte. Ich meine, wenn man jemandem etwas genau erklären will und nach den passenden Worten sucht und ... naja, dann merkt man plötzlich, daß er einen schon längst verstanden hat.« Sandra zog nachdenklich die Augenbrauen zusammen. »Es gibt auch ein Wort dafür.«

»Telepathie zum Beispiel.« Mit einem vielsagenden Blick auf ihren Bruder fuhr Jill fort: »In euerm Fall könnte das aber noch andere Ursachen haben. Ich prophezeie euch ... Na, bitte«, sagte sie dann, als Niall Sandra den Schürhaken reichte. »Genau das habe ich vorausgesehen. So, nun schüre mal kräftig!«

»Aber das ist gar nicht nötig. Das Feuer brennt doch sehr schön«, wandte Sandra ganz sachlich ein.

»Es ist auch nur symbolisch gemeint«, erklärte Niall ernst. »Bestimmten Menschen wird die Verfügungsgewalt über den Schürhaken eben schon gleich zu Anfang verliehen.«

»Aber natürlich nur, wenn von vornherein feststeht, daß die betreffende Person während der vorgeschriebenen Zeit regelmäßig zu Besuch kommt«, sagte Jill.

Freudestrahlend nahm Sandra das symbolträchtige Gerät und stach damit ins Feuer, so daß eine Flamme hoch über die andern hinausloderte. Verträumt sah sie ihr nach.

»Ihr habt das natürlich nicht ganz ernst gemeint, aber das Komische dabei ist, daß es mir so vorkommt, als käme ich wirklich schon seit sieben Jahren hierher. Ich kann es kaum glauben, daß ich heute erst zum zweiten ...« Sandra stockte und errötete. »... daß ich heute schon das Recht erhalte, hier das Feuer zu schüren. Wißt ihr, dieser Raum wirkt so, als habe er einen schon immer zu Besuch erwartet. Und die Einrichtung paßt genau zu eurer Mutter ... nehme ich an.« Sie schaute sich um. »Er ist so anheimelnd.«

»Hm!« sagte Jill. Mutters Geschmack in Fragen der Wohnungseinrichtung war so altmodisch, daß er fast schon wieder modern war. Aber wirklich nur fast. Die Viktorianer waren bekanntlich strenge, aufrechte Menschen, die ihre Möbel mit allerhand Wülsten und Knäufen versahen, vermutlich um zu verhindern, daß man sich darauf herumlümmelte. Mutter dagegen liebte alles Bunte und Weiche. Man könnte also sagen, es sei ihr gelungen, von zwei Stilrichtungen die negativen Elemente zu vereinigen. »Eventuelle Ansätze von Schönheit sind unbeabsichtigt und rein zufällig, aber ich gebe zu«, sagte Jill, »der Raum hat auch seine guten Seiten.«

»Er ist so eingerichtet, daß man sich darin wohlfühlen soll. Das merkt man sofort. Es gibt ja auch Wohnungen, die hauptsächlich zum Ansehen da sind. Vor einiger Zeit war ich mal auf der Ausstellung ›Perfektes Wohnen‹. Alles war ganz modern mit Zentralheizung und ...« Sie überlegte. »Was tut man in so einer Wohnung eigentlich nach sieben Jahren?«

»Wahrscheinlich gestattet man den Gästen dann, den Thermostat zu bedienen«, meinte Niall.

Sandra mußte über seine schlagfertige Antwort lachen. Dann wandte sie sich wieder an Jill.

»Ich glaube, es kommt gar nicht darauf an, wo man wohnt. Wenn man mit dem richtigen Menschen zusammenlebt, wird immer ein Zuhause daraus.«

Eine Einsicht, zu der jemand durch eigenes Nachdenken gelangt ist, sollte man nicht als Binsenweisheit abtun. Behutsam sagte Jill: »Da hast du recht.«

Allmählich ließ Sandras Redefluß nach, und sie sah gedankenverloren ins Feuer. Erst nach einer Weile gab sie sich einen kleinen Ruck, als habe sie sich auf die Gebote der Höflichkeit gegenüber ihren Gastgebern besonnen.

»Dieses Foto von euerm Vater ...« Mutter war einfach nicht davon abzubringen, überall die Konterfeis ihrer Lieben aufzustellen, die ihr während deren Abwesenheit Gesellschaft leisten mußten, und einige davon standen auf dem Kaminsims, wo sie unweigerlich jedem auffallen mußten. » ... Niall sieht ihm sehr ähnlich. Er sieht sehr klug aus.« Niall wich dem ironischen Blick seiner Schwester wohlweislich aus. Plötzlich brach Sandra in Schluchzen aus. »Ob ... ob es mit Dad überhaupt noch mal besser wird, Niall?«

Niall konnte nur wiederholen, was er ihr darauf schon einmal geantwortet hatte: »Du weißt, daß er sehr krank ist, Sandra.«

Sandra preßte die Lippen zusammen und schloß für einen Moment die Augen. Als sie sich gefaßt hatte, sagte sie: »Dad war ganz anders, als ich noch klein war. Mama war auch anders. Damals wohnten wir in Clontarf. Wir waren sehr glücklich. Ich war zwar noch klein, aber daran erinnere ich mich genau. Was Dad so verändert hat, ist eine Krankheit wie andere Krankheiten auch. Das wußte ich nicht, bis Niall es mir erklärt hat. Und dafür, daß man krank wird, kann man ja nichts. Ich hoffe jetzt, daß ich mich eines Tages an Dad nur noch so erinnern werde, wie er zu seiner besten Zeit war.«

Kurz darauf kam Molly mit wichtiger Miene herein und verkündete, es sei jetzt höchste Zeit, daß das Kind ins Bett komme, es müsse ja schon so früh aufstehen, und überhaupt sei die Arbeit in einer Wäscherei nicht das richtige für so ein Kind. Zuerst hatte Molly ja gemurrt, was sie sich eigentlich dabei dächten, »so eine« als Schlafgast ins Haus zu bringen, kaum daß ihre Eltern mal weg wären, aber Sandra hatte so zart und blaß ausgesehen, daß auch Molly sich erweichen ließ. Sie scheuchte jetzt Sandra vor sich her in das rosa tapezierte Gästezimmer und versprach ihr, in zehn Minuten noch einmal mit einer Tasse Kakao vorbeizukommen und sie gut zuzudecken.

»Na?« fragte Niall, sobald sie allein waren.

Jill wandte sich zur Seite, um ein Lächeln zu verbergen. Dies war nicht der richtige Moment, um ihrem Sinn für Humor nachzugeben. »Es muß wohl etwas dran sein an Sandra«, sagte sie, »sonst wäre Molly mit ihrem kolossalen gesellschaftlichen Dünkel nicht so von ihr eingenommen.«

Niall lachte. »Ach, ich war ziemlich sicher, daß sie Molly entwaffnen würde.«

»Du möchtest also das Urteil einer kritischen Schwester hören?« Sie machte eine Pause, dann sagte sie: »Sie gefällt mir.«

Er war sichtlich erleichtert. »Das hatte ich gehofft, aber ich war nicht sicher, ob du vielleicht nur aus Mitleid nett zu ihr warst.«

»Am Anfang hat das wohl eine Rolle gespielt, aber nur ganz am Anfang. Sie hat eine sehr gewinnende Art. Und sie ist wirklich noch erstaunlich kindlich, wenn man bedenkt, aus was für einer Umgebung sie kommt.«

»Naiv ist sie sicherlich, aber nicht dumm.«

»Nein.« Jill dachte angestrengt nach. »Kindlich war vielleicht nicht das richtige Wort. Das ist ja auch keine Eigenschaft, die man in unserem Alter besonders sympathisch findet. Sie ist eher ... hm ... ja, wie ist sie nur?« Dann schnipste sie mit den Fingern. »Ich glaube, jetzt hab' ich's!« sagte sie triumphierend. »Sie ist durch und durch natürlich geblieben. Natürlich und offen. Das ist heute so selten, daß es abgebrühte, kaltschnäuzige Typen wie uns glatt überwältigt.«

Langsam, als hätte er gerade eine Entdeckung gemacht, sagte er: »Ja, da hast du vielleicht recht.«

»Niall, du weißt doch wohl, daß Sandra dich anhimmelt?«

Nachdenklich entgegnete er: »Zuerst war mir das nicht klar, aber ich fürchte, du hast recht.«

»Sie wird damit schon fertigwerden, und dich wirft es sicher auch nicht um. Aber darf ich dich mal fragen, was du für sie empfindest?«

»Sie ist doch noch ein Kind.«

»Kinder werden aber irgendwann erwachsen. Hast du das nicht bemerkt?«

»Doch, so allmählich begreife ich es. Um ehrlich zu sein, ich weiß nicht, was ich für sie empfinde. Ich weiß nur eins: Wenn sie nicht in meiner Nähe wäre, würde ich mir ständig Gedanken machen, was wohl mit ihr ist.« Er lächelte. »Das klingt nicht gerade nach der großen, leidenschaftlichen Liebe, was?«

»Für mich klingt es sehr nach Liebe, Sonnyboy, ob dir's gefällt oder nicht. Auf die Adjektive kommt's nicht so sehr an. Und ich glaube, wenn's bei dir mal gefunkt hat, dann ein für allemal. Sie kann von Glück sagen, und du möglicherweise auch, mein Junge. Ja, wenn ich's mir recht überlege, hast du auch Glück.«

»Erstaunlich, was in deinem Lockenkopf alles drinsteckt! Aber wie wär's, wenn wir jetzt schlafen gingen, du kluges Kind?«

»Geh du nur. Ich warte noch die Spätnachrichten ab.«

»Oh, Gott!« stöhnte Niall.

Jill schaltete das Radio ein und lauschte mit angespanntem Gesicht.

Zehntes Kapitel

Zu der Zeit, als ihre Tochter erleichtert das Radio abschaltete und dann gähnend hinauf in ihr Zimmer ging, lag Kitty bereits im Bett und schlief zum ersten Mal seit vier Nächten wieder normal. Als am nächsten Morgen das Frühstück aufs Zimmer gebracht wurde, war sie sofort hellwach und fühlte sich frisch und sehr gestärkt. Im Bett neben ihr blieb Stephen still liegen, bis der Kellner wieder gegangen war. Als er dann sprach, klang seine Munterkeit nicht sehr echt.

»Hallo! Gut geschlafen?«

»Ausgezeichnet. Und du?«

»Danke, ganz gut.«

Jedem, der diesen ausgesucht höflichen Austausch von Floskeln zwischen Ehemann und Ehefrau mit angehört hätte, wäre sofort klar gewesen, daß da etwas nicht stimmte. Und Kitty nahm es ihm auch nicht ab, daß er gut geschlafen habe. Er sah vielmehr so aus, als ob er die halbe Nacht wach gelegen und (sieh den Tatsachen ruhig ins Auge, Kitty!) an Miß Eva Burke gedacht hätte, die so nah war und doch so fern, im Schlaf wahrscheinlich engelsgleich dahingegossen wie eins von diesen Mannequins, die immer Reklame für Luxusbettwäsche mit fünf Jahren Haltbarkeitsgarantie machen. Sie merkte, wie er sein Frühstück mit Widerwillen betrachtete. Schuld daran war allerdings nicht die Appetitlosigkeit des Verliebten, sondern die Tatsache, daß man ihm zu den Brötchen Erdbeerkonfitüre anstelle der gewohnten Orangenmarmelade serviert hatte.

Kitty tastete auf dem Nachttisch nach ihrem spanischen Sprachführer. »Ach je, ich hätte ›*mermelada de naranja*‹ verlangen müssen.«

»Das macht wirklich gar nichts.«

Eva mit ihrem lupenreinen Spanisch hätte ganz gewiß dafür gesorgt, daß Stephen seine Orangenmarmelade bekam. Sie sah ihm zu, wie er sich heldenmütig Erdbeerkonfitüre aufs Brötchen strich. Wenn er sich heldenmütig und geduldig gab, war das stets ein Alarmzeichen! Kitty plauderte einfach weiter, um sich vom Nachdenken abzuhalten. Es war wirklich kein schönes Gefühl, mit ihrem Mann allein zu sein, während sie genau wußte, daß nicht sie es war, mit der er jetzt gern allein gewesen wäre. Als sie schließlich in die Hotelhalle hinuntergingen, um die andern zu treffen, wäre sie Ted O'Brien und Martin Halloran vor Erleichterung am liebsten um den Hals gefallen. Sogar der Anblick Evas in ihrem grauen Hosenanzug aus Leinen, kühl und beherrscht wie immer, tat Kitty gut – wie eine eiskalte Dusche.

»Ah, Madame Kitty!« Ted schien sich über ihr Kommen zu freuen. »Schön wie der junge Morgen! Die lange Reise hat Ihnen anscheinend nicht das geringste ausgemacht.«

Er selbst wirkte unausgeschlafen, und Martin auch. Nur die schöne Eva wies keine Spuren von Müdigkeit auf. Stephen gab sich sichtlich Mühe, die Wunderfrau nicht mit den Augen zu verschlingen, als er zu Ted sagte: »Entschuldigt, wenn wir euch haben warten lassen.«

»Wir wollten ja schon früher herunterkommen«, sagte Kitty, »aber die Aussicht ist so schön, daß ich gar nicht vom Fenster weg wollte.«

Mit einem Ton des Bedauerns sagte Eva: »Leider gibt es in Las Palmas kaum Bauten von kunstgeschichtlichem Interesse.«

Martin hüstelte verlegen.

»Eva hat uns schon genau informiert. Sie ist bereits seit Morgengrauen unterwegs.«

Eva wehrte mit melodiösem Lachen ab. »Das ist zwar übertrieben, aber ich habe mir zumindest einen ersten Eindruck verschafft. Bedauerlicherweise findet man nur wenig Bemerkenswertes. Überall die landesüblichen Hotelkästen. Der alte, hügelige Stadtkern allerdings, der ziemlich vernachlässigt ist und nur von den Ärmsten bewohnt wird, lohnt einen Besuch, wenn man dazu Zeit hat.«

Als würden sie magisch zueinander hingezogen, trafen sich Evas und Stephens Blicke, und unverbindlich meinte er: »Ja, das könnte interessant sein.«

Ted räusperte sich lange und umständlich. »Na, dann machen wir uns besser mal auf die Socken zu unserem Handels-Palaver. Tut mir leid, Kitty, daß wir Sie hier so allein lassen müssen.«

»Ach, ich komme schon zurecht. Glücklicherweise verstehe ich nichts von Kunstgeschichte, so daß mir sicher alles gut gefallen wird.«

Eva lächelte nachsichtig. »Die besten Geschäfte finden Sie in der dritten Querstraße links. Aber denken Sie daran, daß Preise hier immer Gegenstand von Verhandlungen sind. Die Händler erwarten, daß man mit ihnen feilscht.«

»Oh, danke. Es ist sehr liebenswürdig, daß Sie mich daran erinnern. Und ich muß natürlich auch darauf achten, die Handelsbilanz nicht durch meine Verschwendungssucht aus dem Gleichgewicht zu bringen, nicht wahr?« Es spielte gar keine Rolle, ob sie kompletten Blödsinn redete oder nicht, denn in jedem Fall würde sie doch nur Evas Meinung über sie bestätigen, und Stephen war so damit beschäftigt, seine Leidenschaft unter Kontrolle zu halten, daß er überhaupt nicht hinhörte, was sein dummes kleines Frauchen daherredete. Tollkühn geworden, fuhr Kitty fort: »Wenn man Sie so ansieht, Eva, käme man nie auf den Gedanken, daß Sie nicht nur von Mastschweinen und Kartoffeln, sondern auch von anderen Dingen soviel verstehen. Es ist wirklich erstaunlich.«

Nach einem kurzen einleitenden Hüsteln warf Martin Halloran ein: »Man sollte, glaube ich, die Fähigkeiten einer Frau nicht allein nach ihrem Aussehen beurteilen ... oder nach ihren Gesprächsthemen.« Dabei sah er Kitty an, nicht Eva. Sie erwiderte seinen Blick, ohne eine Miene zu verziehen. »Das wäre gefährlich«, fuhr er nach einem weiteren Hüsteln und mit stetigem Blick auf Kitty fort. »Sehr gefährlich.«

In Ted O'Briens Mundwinkeln zuckte es merklich. Um Kittys Mund hatte in letzter Zeit eher ein strenger Zug gelegen, aber jetzt merkte sie, wie er sich ganz von allein zu einem breiten Lächeln verzog.

»Gilt das auch für Männer?«

»Ganz im Gegenteil«, sagte Martin. »Wir sind ja ziemlich schlichte Gemüter.«

»Also dann, bis heute abend, Madame Kitty!« sagte Ted. »Wir könnten uns doch alle hier zum Essen verabreden. Wenn wir's geschickt anstellen, ist sogar ein Gläschen Champagner auf Spesen drin. Dann könnten wir auf Ihre Frau anstoßen, Stephen, was meinen Sie dazu?«

Eva setzte ein strenges Gesicht auf und sagte: »Ich glaube nicht, daß der Rechnungshof uns Champagner bewilligen würde.«

»Diese Geizhälse! Aber daran könnten wir doch bestimmt ein bißchen drehen, Eva, oder nicht?«

Eva lachte pflichtschuldigst.

»Selbst wenn Sie ernsthaft daran denken sollten, die Spesenabrechnung zu manipulieren, besteht dazu gar keine Notwendigkeit. Wein ist hier sehr gut und dabei billig, und gegen Wein zu unserem Essen ist wohl nichts einzuwenden. Das entspricht ja auch der Landessitte.«

»Keine Sorge, Eva! Auf Ihre Gesundheit werden wir mit klarem, kaltem Wasser anstoßen.«

Kitty fühlte ihre Fingernägel auf der Innenseite ihrer Handflächen. Auch die friedfertigste Katze kann es nun mal nicht lassen, ab und zu zu kratzen: »Wie schön, daß Sie bei uns sind, Eva, und darauf achten, daß wir nicht vom Pfad der Tugend abweichen.«

»Wir müssen jetzt gehen«, sagte Stephen brüsk, und mit einem schiefen Lächeln in Kittys Richtung: »Mach dir einen schönen Tag.«

»Das werde ich«, erwiderte Kitty ruhig.

Die Gruppe teilte sich, wie zu erwarten war, gleich in zwei Paare, aber noch ehe sie außer Sichtweite waren, hatten Ted und Martin die beiden andern in ihre Mitte genommen. Es sah so aus, als würde das junge Glück vorerst nicht so recht zum Zuge kommen, und da Kitty im Augenblick sowieso nichts daran ändern konnte, tat sie das einzig Vernünftige und ging ebenfalls los, um den Tag zu genießen. Meer und Himmel waren von einem tiefen, warmen Blau, und die wunderbare Gewißheit, daß sich daran bis zum Sonnenuntergang nichts ändern würde, hätte ihr Las Palmas unter anderen Umständen als wahres Paradies erscheinen lassen. Und auch jetzt wäre es ein Jammer, dachte sie, wenn sie nicht genießen würde, was sich da anbot.

Aber erst die Arbeit, dann das Vergnügen! Jeden Sommer erhielt Kitty eine wahre Lawine von Ansichtskarten, die ihr Freunde von ihren Urlaubsreisen schickten, und nun mußte sie ihrerseits solche Karten verschicken. Die Versuchung war groß, diese Aufgabe hinauszuschieben, aber Kitty kannte ihre Schwäche. Wenn sie sich nicht hier und jetzt ans Schreiben machte, würde sie die Postkarten schließlich erst in Southampton abschicken. Also kaufte sie in der Hotelhalle Ansichtskarten, setzte sich hin und schrieb drauflos.

Zuerst kamen die mit dem üblichen »Hier ist es schön, mir geht es gut«-Text. Dann schrieb sie ein paar liebevolle Zeilen an Jill und Niall und bat Molly, eine große Flasche mit ihrem Rheumamittel an Mrs. Daisy Barnes, Cromwell Road, London, zu schicken, denn diese habe das Wundermittel sehr nötig, und Kitty habe ihr eine Flasche versprochen. Als noch eine Postkarte übrig war, zögerte Kitty einen Augenblick. Das Foto zeigte einen Passagierdampfer bei der Einfahrt in den Hafen von Las Palmas. »Die Lady läßt sich entschuldigen«, schrieb sie, ein Zitat abwandelnd, an Mr. Henry Morton, »sie ist zu Schiff nach Spanien und hofft, daß Sie sich alles noch einmal haben durch den Kopf gehen lassen. Bleiben Sie bei der Schriftstellerei, dann werden sich manche Leute vielleicht noch freuen, einmal von Ihnen Post zu bekommen.« Da sie Mr. Owen-Morton noch immer mißtraute und es für möglich hielt, daß er selbst eine so harmlose Mitteilung für seine finsteren Zwecke mißbrauchen könnte, wenn sie auch nur die Initialen der Absenderin trüge, unterschrieb sie mit »Gun Boat«.

Nachdem sie auf diese Weise dem armen jungen Dummkopf einen moralischen Rippenstoß versetzt hatte, waren ihre Pflichten erfüllt. Nur wegen Stephen hatte sie noch nichts unternommen. Aber so schwer es ihr auch fiel – sie würde, wie man bei ihr zu Hause sagte, »abwarten und Tee trinken« müssen, solange sie über ihre Rivalin noch nicht besser Bescheid wußte.

An der gegenüberliegenden Wand hing ein großer Spiegel in einem reich verzierten Goldrahmen, und in diesem betrachtete Kitty sich aufmerksam, wie es ihre Gewohnheit war, wenn sie ein kritisches Urteil über sich fällen wollte. Was sie da sah, war ein Alltagsgesicht; nicht gerade abstoßend, zugegeben, aber ein Alltagsgesicht. Spieglein, Spieglein an der Wand, wer ist die Schönste im ganzen Land? Darauf konnte es, so schmerzlich das für sie war, nur eine Antwort geben. Und wer ist uns allen geistig überlegen und hat überdies den Vorteil, mit dir, Stephen, Arbeitszeit und

Freizeit teilen zu können? Auch das war wohl klar. Aber bedeutet sie dir wirklich so viel, daß du ihretwegen alles Bisherige aufgeben würdest?

Diese letzte Frage war die wichtigste. Aber er war ja so verblendet, daß es Wahnsinn wäre, die Antwort ihm allein zu überlassen. Meistens fühlte sich Kitty ihrem Mann unterlegen, aber diesmal war sie doch davon überzeugt, besser als er selbst beurteilen zu können, was gut für ihn war.

»Ich wünschte nur«, sagte Kitty zu ihrem Gegenüber mit dem Alltagsgesicht, »daß ich wenigstens eine Kleinigkeit fände, die es an diesem verdammten Mustergirl auszusetzen gibt. Wenigstens eine einzige dumme Bemerkung, wie sie auch der Gescheitesten mal unterlaufen kann, oder ein winziges Pickelchen auf ihrer Nase! Ach, was soll's!« sagte Kitty zu sich. »Was nicht ist, kann noch werden.« Und damit ging sie hinaus in die Stadt.

Sie machte einen Rundgang, kaufte sich einen Strohhut und Sandalen und verbrachte dann den Rest des Tages an der Playa de las Canteras. Gelegentlich verwickelte sie jemanden mit Hilfe ihres Sprachführers in ein kleines Gespräch, und ihr Mittagessen nahm sie an einem der kleinen Tische an der Strandpromenade ein. Als sie gegen Abend in das Hotel Santa Catalina zurückkehrte, warteten Ted O'Brien und Martin Halloran schon.

Die beiden wirkten bei der Begrüßung ein wenig bedrückt und verlegen, und Kitty merkte auch bald, weshalb. Stephen und Eva, erklärte ihr Ted wie beiläufig, seien gegangen, um sich die Altstadt anzusehen.

»Ohne Abendessen?« Kitty war entsetzt. Nach einem Arbeitstag brauchte Stephen immer etwas Ordentliches zu essen, um wieder zu Kräften zu kommen.

»Eva war der Meinung«, sagte Martin mit ausdruckslosem Gesicht, »daß geistige Nahrung gewöhnlicher Nahrung vorzuziehen sei. Aber sie erwähnte auch, daß sie unterwegs sicherlich ein einfaches Lokal finden würden, wo die Einheimischen verkehrten und wo man eine Kleinigkeit zu sich nehmen könnte.«

»Für sie mag das ja ausreichend sein, aber Stephen braucht etwas Handfestes ...« Kitty zögerte. »So wie ich ihn kenne.« Es entging ihr nicht, daß die beiden Männer sie bedauerten, und sie beschloß, dem Versteckspiel ein Ende zu machen. »Ich will gar nicht so tun«, sagte sie, »als sei mir das, was sich hier abzuspielen scheint, gleichgültig; aber es hat auch keinen Zweck, wenn wir so tun, als ob da nichts wäre. Auf diese Weise machen wir uns nämlich nur gegenseitig das Leben schwer, und das wäre Ihnen gegenüber sehr unfair. Am Ende würden Sie mir deswegen vielleicht noch aus dem Weg gehen.«

»Niemals!« beteuerte Ted O'Brien.

»Nun, das ist sehr nett von Ihnen, aber ich hätte trotzdem immer das Gefühl, das fünfte Rad am Wagen zu sein. Dabei käme ich mir im Augenblick ohne Sie beide ziemlich einsam und verlassen vor. Es ist nämlich gar nicht so einfach, mit Leuten ins Gespräch zu kommen. So, wie ich das Spanische ausspreche, scheint mich niemand recht zu verstehen.« Kitty machte eine kleine Pause, um Atem zu holen. »Aber um auf das zurückzukommen, was ich eigentlich sagen wollte. Sie müssen wissen, daß Stephen noch nie so gewesen ist wie jetzt. Aber so jemand wie Eva ist mir auch noch nie begegnet, so daß ich ihm keinen allzu großen Vorwurf machen kann.« Martin wollte etwas sagen, aber Kitty sprach schon weiter. »Wer weiß, wie ich mich verhalten würde, wenn mir plötzlich ein Supermann zu Füßen läge. Ich bemühe mich schon die ganze Zeit, an Eva einen Makel zu entdecken ... Naja, ich gebe zu, daß ich sie verabscheue, aber das liegt natürlich daran, daß ich Partei bin ...« Diesmal machten beide Männer den Mund auf, um etwas zu sagen, aber mit einer Handbewegung schnitt ihnen Kitty das Wort ab. »Bitte nicht! Ich weiß, daß Sie auf meiner Seite sind und das könnte Sie in Ihrem Urteil beeinflussen. Ich muß mir ganz allein eine Meinung über Eva bilden.«

Martin hüstelte kurz. »Werden Sie lange dafür brauchen?«

»Ich denke, daß ich klar sehe, bevor wir hier wieder abreisen.«

Er sah sie einen Augenblick nachdenklich an. »Mir scheint, daß Sie einen ungewöhnlich ausgeprägten Sportsgeist besitzen. Jedenfalls schließe ich aus Ihren Worten, daß Ihrer Ansicht nach die bessere Frau den Sieg davontragen soll.«

»Zumindest versuche ich, nach dieser Überzeugung zu handeln. Außerdem«, fügte sie nüchtern hinzu, »läuft es sowieso immer darauf hinaus. Natürlich hoffe ich, daß ich die bessere sein werde, aber im Augenblick«, gab sie resigniert zu, »spricht nicht viel dafür.« Sie nahm sich aber gleich wieder zusammen, da sie den beiden nicht die Laune verderben wollte. »Sie würden mir also keinen guten Dienst erweisen, wenn Sie mir das Gefühl gäben, daß ich Ihnen leid tue. Das würde meine Moral untergraben, und es wäre mir überhaupt unangenehm und würde uns nur unnötig belasten. Mitleid ist auch ganz unangebracht, denn ich bin hart im Nehmen, Ja, wirklich! Sie würden staunen, wenn Sie wüßten, wie hart ich bin. So, nun ist es heraus. Wir haben die Leiche im Keller besichtigt, und da wollen wir sie jetzt liegenlassen und uns etwas Schönerem zuwenden, zum Beispiel dem Dinner!« Sie nahm die Speisekarte zur Hand. »Meine Güte, ich bin nur froh, daß wir hier nicht in einem einfachen Lokal für Einheimische sind!«

»Martin, das ist der passende Augenblick für Champagner!« sagte Ted.

»Stimmt! Auf das Wohl dieser Dame können wir mit nichts Geringerem anstoßen.«

Während Kitty, Ted und Martin vergnügt tafelten, saß Kittys Ehemann in einem wirklich sehr einfachen Lokal, nippte vorsichtig an einem billigen Landwein, der ihm in der Kehle brannte, und versuchte, mit trokkenem Brot und einem weichen, sehr scharfen Käse seinen Hunger zu stillen. Aber war es nicht ganz gleichgültig, was er aß, wenn nur Eva ihm gegenübersaß? Sie sah ihn lächelnd an und legte ihre schlanken Hände um ein Glas Ziegenmilch.

»So muß Las Palmas vor vielen hundert Jahren gewesen sein, als Ferdinand und Isabella auf dem spanischen Thron saßen ...«

Zu seinem Erstaunen hörte sich Stephen plötzlich sagen: »Es grünt so grün, wenn Spaniens Blüten blüh'n ...« Er verstummte. Der Landwein war nicht nur sauer, sondern auch stark. Er sah in das bleiche, von dunklem, schimmerndem Haar eingerahmte Gesicht. »Du siehst aus wie eine spanische Königin, die gekommen ist, um ihre entlegenen Provinzen zu besuchen, meine Schöne. War unter deinen Vorfahren vielleicht ein schiffbrüchiger Hidalgo von der Armada?«

»Es wird zwar oft behauptet«, erwiderte Eva, »daß die dunkelhaarigen Iren, die man gelegentlich in Cork, Kerry und Galway antrifft, Nachfahren von Überlebenden der spanischen Armada seien, aber das ist ein Irrtum. Es war vielmehr so, daß die wenigen, die sich schwimmend ans Ufer retten konnten, von den Bewohnern der Gegend auf der Stelle erschlagen wurden.«

»Deine Augen sind wie glitzernde Teiche im Wald«, murmelte Stephen und setzte sich dann mit einem Ruck wieder aufrecht. In einem irischen Wald hatte er ja auch noch nie Teiche gesehen, höchstens Kiefernnadeln und Pilze. Er schob sein Weinglas beiseite. »Kann man hier einen Kaffee bekommen?«

Eva schüttelte den Kopf. »Kaffee ist auf Gran Canaria ein Luxus.« Sie trank ihre Milch aus. »Wenn du soweit bist, könnten wir unsern Erkundungsgang noch ein wenig fortsetzen, solange es hell ist.«

Stephen bezahlte die sehr geringe Rechnung und kletterte dann auf steilen, gewundenen Pfaden an der Seite der geliebten Frau durch die Altstadt. Es war zwar alles sehr malerisch, aber die Atmosphäre der Armut fand er eher bedrückend, und er sagte das auch zu Eva, als sie sich begeistert über maurische Ornamente an einem schrecklich verfallenen alten Haus äußerte, vor dem zwei abgemagerte, zerlumpte Kinder saßen. Das, gab sie ihm zur Antwort, sei die verengte Sichtweise eines nordeuropäischen Städters.

»In diesem Klima gibt es keine wirkliche Armut in unserem Sinne. Man braucht hier keine warme Kleidung oder Heizung und kaum einen Schutz vor Regen und Wind, was bei uns zu Hause soviel kostet. Den Sonnenschein gibt es umsonst, und Brot, Ziegenmilch und Käse sind für jedermann erschwinglich.«

Ach ja, der Käse. Die Wirkung des Weins, den er getrunken hatte, war inzwischen verflogen; dafür machte sich jetzt der Käse unangenehm bemerkbar. Stephen verspürte einen leichten Druck im Magen und zugleich großen Hunger, aber als Eva vorschlug, den Ausflug an einem anderen Tag fortzusetzen, da es schon dunkel werde und die Straßen schlecht beleuchtet seien, bestand er darauf weiterzugehen. Für diesen Käse, dachte er bei sich, hatte er eine Entschädigung verdient. Wenn sie noch ein wenig höher stiegen, würden sie die Stadt bald ganz hinter sich gelassen haben, und mit etwas Glück ließe sich dann irgendwo ein stilles Plätzchen finden, wo niemand sie stören würde. Am Himmel stand bereits recht vielversprechend der

Mond. Leise summte er vor sich hin: *»Up, up and away...!«*

Als er ihre Hand ergriff, um ihren Schritt ein wenig zu beschleunigen, bemerkte er, daß die beiden Kinder ihnen folgten und sie mit großen Augen beobachteten. Mit seiner freien Hand griff Stephen in seine Tasche und holte ein paar Peseten heraus. Strahlend nahmen die Kinder die Münzen an und rannten dann davon.

»Du hättest das nicht tun sollen«, schalt Eva ihn sanft. »Die Menschen hier sind stolz und noch nicht vom Tourismus verdorben.«

Brummig erwiderte Stephen: »Ich habe noch nie ein Kind erlebt, das zu stolz war, um ein Taschengeld anzunehmen.«

»Sei mir nicht böse, Stephen«, sagte sie leise. »Ich weiß, du hast es gut gemeint. Trotzdem ist es so, wie ich es gesagt habe. Du weißt, wir haben früher schon einmal darüber gesprochen.«

Eva hielt nichts von Wohltätigkeit. Und in der Tat, wenn alle so logisch und konsequent wären wie Eva... Aber wie sollte man gewissen Leuten klarmachen, daß sie mit den Pennys, die sie einem Bettler zusteckten, im Grunde nur den sozialen Fortschritt hemmten? Wie sollte man das zum Beispiel jemandem wie Kitty klarmachen, die bekanntlich auf jede rührende Geschichte hereinfiel? Daß ausgerechnet sie ihm jetzt einfallen mußte! Er hätte sich ohrfeigen können.

»Ja, du hast natürlich recht«, sagte er. Entschlossen machte er sich daran, Kitty aus seinen Gedanken zu verdrängen. Hier gehörte sie sowieso nicht her; sie gehörte in eine andere, profanere Welt. Fast war es ihm schon gelungen, Kitty in die ihr zustehenden niederen Sphären zu verweisen, da fragte Eva: »Stimmt etwas nicht, Stephen? Du bist so schweigsam.«

»Tatsächlich? Ich habe dir nur zugehört.«

Er glaubte sich zu erinnern, daß sie die ganze Zeit

gesprochen hatte, während er mit Kitty beschäftigt war.

»Ist das wirklich wahr? Sei offen mit mir, Stephen!«

Eva legte großen Wert auf Offenheit, aber wie sollte man einer Frau, die man gerade zu einem Liebesabenteuer an einen verschwiegenen Ort führen wollte, klarmachen, daß man an eine andere Frau habe denken müssen und sich deshalb ziemlich schäbig vorkomme. Dazu gehörte jedenfalls mehr Raffinesse, als sie Stephen besaß. Zum Glück sah es so aus, als hätten sie endlich einen geeigneten Platz gefunden. Sie befanden sich in einer kleinen, von Büschen umstandenen Mulde. Tief unter ihnen lag die Stadt mit dem Hafen, und über ihnen am Himmel stand groß und hell der Mond. Während Stephen sich nach einem Fleckchen umsah, an dem es keine Kakteen gab, sagte er leise: »Waren wir denn jemals nicht offen miteinander, Liebling?«

»Es kann manchmal schwierig sein, und gewisse Umstände machen es für dich notwendigerweise schwieriger als für mich. Stephen, du weißt, wie ähnlich wir denken, und dank dieser inneren Nähe habe ich intuitiv gespürt, daß dich etwas belastet. Wir müssen das jetzt klären, damit wir diesen Druck ein für allemal los sind. Sag mir, was dich quält, Stephen. Ist es – Kitty?«

Stephen brauchte einige Zeit, um zu begreifen, daß es Evas unerschrockener Mut zur Offenheit gewesen sein mußte, was sie veranlaßte, jetzt plötzlich von Kitty zu reden. Wütend sagte er: »Ich würde es vorziehen, wenn wir meine Frau aus dem Spiel ließen.«

»Aber Stephen, wenn wir das tun, wird sie wie eine Barriere zwischen uns stehen.«

Noch immer wütend, entgegnete er: »Wird? Hat sie das denn nicht schon die ganze Zeit getan?«

»Wenn du das so siehst«, sagte sie mit ruhiger Stimme »dann bedeutet das, daß du unsere Beziehung für etwas Anstößiges hältst. Und das würde mich kränken, auch wenn es von dir nicht beabsichtigt war.« Sie sah wundervoll aus. Und daß er sich schämte, änderte nichts daran, daß er sein Ziel unbedingt erreichen wollte. Deshalb schwieg er. »Du müßtest doch wissen, Stephen, daß ich deiner Frau nichts wegnehmen würde, was ihr gehört. Ich mag sie. Aber ich kenne sie inzwischen gut genug, um zu wissen, daß zwischen euch beiden Welten liegen. Sie könnte niemals etwas anderes für dich sein als eine liebe, gute Haushälterin und die Mutter deiner Kinder.« Obgleich sein Schweigen Verrat an Kitty bedeutete und er sich deswegen mehr schämte, als er je für möglich gehalten hätte, schwieg er auch dazu. »Wir beide dagegen ergänzen einander. Wir sind füreinander die Erfüllung. Und du mußt dir immer vor Augen halten, daß diese wechselseitige Erfüllung nichts von dir beansprucht, was deiner Frau gehört.«

Es gelang ihm gerade noch, die anzügliche Bemerkung zu unterdrücken, daß ihre wechselseitige Erfüllung zumindest ein Teil von ihm beanspruche, das strenggenommen nur ehelichen Zwecken dienen sollte. So eine Äußerung hätte bei Kitty stets ein vergnügtes Prusten hervorgerufen. Aber wenn es Eva gelungen war, die Fragen, die ihre Beziehung aufwarf, mit Hilfe ihrer Vernunft zu lösen, dann konnte ihm das nur recht sein. Nun hatten sie beide grünes Licht. *Er* war ja durchaus imstande, etwas zu tun, von dem er wußte, daß es infam und treulos war, auch wenn *sie* niemals unehrenhaft handeln könnte. Plötzlich bemerkte er im Gesicht dieses verdammten Mondes ein Grinsen, das ihn sehr an Kitty erinnerte. Daß sie ihn aber auch überall verfolgen mußte! Abrupt nahm er Eva in seine Arme und zog sie an sich.

»Du hast ja ganz recht, meine Schöne!«

»Stephen, bitte! Nicht jetzt!«

Mit einiger Anstrengung befreite sie sich und trat schwer atmend einen Schritt zurück. Sie sah wie jene edle Römerin (wie hieß sie doch gleich? Lucretia!) aus, von der Shakespeare beschreibt, wie sie ihre Ehre verteidigte. Sich in die Rolle des Tarquinius versetzt zu sehen, störte ihn allerdings.

»Nun stell dich doch nicht so an, Eva! Wir sind hier praktisch mitten in der Wildnis.«

»Darum geht es nicht.« Ihr Busen wogte noch immer heftig, wie die Viktorianer gesagt hätten. »Du wirst mich jetzt vielleicht auslachen und sagen, ich hätte zu viele Skrupel. Aber ich muß immer daran denken, daß wir im Augenblick noch im Auftrag des Ministeriums hier sind.«

Der Mond grinste breit.

»Verdammt noch mal!« rief er aus. »Wir sind doch nicht vierundzwanzig Stunden im Dienst!«

»Versteh mich doch bitte.« Im Mondlicht erschien ihr Gesicht wie aus weißem Marmor geformt. Über ihre fein geschwungenen Lippen breitete sich ein Lächeln von bezaubernder Vollkommenheit. »Ich muß mich für meine Arbeit vollkommen und rückhaltlos einsetzen. Jede Form von Kompromiß wäre unaufrichtig. Für dich ist das anders. ›Im Leben eines Mannes ist die Liebe nur ein Teil, für eine Frau ist sie das ganze Leben.‹ Auf Teneriffa werde ich von allem andern frei sein. Stephen, ich möchte unsere gemeinsame Zukunft ganz unbelastet beginnen.«

Noch nie war es ihm so schwergefallen, ihren hohen Ansprüchen gerecht zu werden, und genau genommen gab er sich auch keine große Mühe. Er sagte: »Dein Pflichtbewußtsein ist eine zweischneidige Sache, meine Liebe, denn wenn das so ist, dann werde ich alles daransetzen, daß wir unsere Verhandlungen hier so schnell wie möglich abschließen. Auf ein paar Tomaten oder Schweine mehr oder weniger soll es mir dann nicht mehr ankommen.«

»Du klingst richtig böse«, sagte sie heiter. Dann ergriff sie seine Hand und küßte sie. »Damit verspreche ich es dir. Auf Teneriffa.«

Diese Art von Koketterie paßte eigentlich nicht zu ihr, und er kam sich wie ein dummer Junge vor, als er so dastand. Er hätte etwas dafür gegeben, wenn in diesem Augenblick eine schöne, große irische Wolke gekommen wäre und den grinsenden Mond hätte verschwinden lassen.

Elftes Kapitel

Der folgende Tag war ein Sonntag, und Kitty beschloß, diesen Tag für ihre Studien an Eva zu nutzen. An Wochentagen würde sie dazu kaum die Möglichkeit haben, denn wenn Stephen sich morgens erst einmal mit Eva aus dem Hotel verabschiedet hatte, würde er sie bestimmt von ihr fernhalten, solange er konnte.

Am Abend zuvor, als die beiden zusammen weg waren, hatte ein wunderschöner Mond am Himmel gestanden, und Kitty wußte, wie gefährlich so ein Mond sein konnte. Als sie mit Ted und Martin nach ihrem unbeschwerten Abendessen ausgegangen war, um sich ein wenig das Nachtleben von Las Palmas anzusehen, hatte sie versucht, sich mit dem Gedanken zu trösten, daß der Mond heutzutage sicherlich viel von seiner alten Macht eingebüßt hatte, nachdem jedermann wußte, daß er nur aus einem Haufen Geröll und Kratern bestand und mit amerikanischem und russischem Altmetall übersät war. Andererseits war es nicht zu leugnen, daß er, auch wenn er allmählich zum astronautischen Schrottplatz wurde, von hier unten aus so schön wie eh und je aussah, und Kitty befürchtete, daß er auch seine Wirkung noch so tat wie früher. Es war also das beste, irgendwo hinzugehen, wo sie nicht dauernd an den Mond denken mußte und an die beiden, auf die er herabschien.

Das mondsüchtige Paar war schon vor den anderen zurück und saß in zwei unbequemen Sesseln in der Hotelhalle. Mit Erleichterung stellte Kitty fest, daß Eva so rein und edel wirkte wie immer und daß Stephen eher mürrisch als zufrieden und schuldbewußt aussah. Beides waren gute Zeichen. Bis jetzt war anscheinend noch nichts verloren! Erstaunlich war nur, daß beide die Dreistigkeit hatten, ausgerechnet sie, Kitty, mißbilligend anzusehen. Mit einer Unhöflichkeit, die ganz untypisch für ihn war, sah Stephen an Ted und Martin vorbei und herrschte seine Frau an: »Wo zum Teufel hast du denn gesteckt? Ich habe mir schon die größten Sorgen gemacht!«

So eine Frechheit! Aber dann fiel Kitty ein, daß er wahrscheinlich kaum etwas zu Abend gegessen hatte, und sie sagte beschwichtigend: »Aber du wußtest doch, daß ich mit Ted und Martin zusammen war, Liebling.«

»Und woher sollte ich das wissen?«

»Wir haben dir eine Nachricht hinterlassen.« Die drei sahen einander fragend an. »Das hatten wir doch so ausgemacht. Beim Portier. Na, vielleicht«, sagte Kitty, die davon aber nicht überzeugt zu sein schien, »ist er nach Feierabend weggegangen und hat es vergessen.«

»Ich fürchte, Ted und ich haben das verpatzt«, schwindelte Martin edelmütig. »Tut mir leid, daß wir Ihnen unnötige Aufregung verursacht haben, Stephen.«

»Schon gut«, sagte Stephen mit einem gequälten Lachen. »Meine Sorge war nur, daß Kitty sich nachts allein in einer fremden Stadt nicht zurechtfinden würde.« Ohne mit der Wimper zu zucken, nickten ihre beiden Eß- und Zechkumpane und heuchelten volles Verständnis von Mann zu Mann. »Wenn ich gewußt hätte, daß sie männlichen Begleitschutz hat, läge ich schon längst schnarchend im Bett.«

Kitty warf einen Blick auf ihre Uhr und stellte überrascht fest, daß es bereits zwei Uhr früh war.

»Du liebe Zeit! Ist es wirklich so spät? Wir waren nämlich in einer Spelu... in einer Art Nachtklub«, verbesserte sie sich hastig, »und irgendwie haben wir gar nicht mehr gemerkt, wie die Zeit vergeht. Aber ich hätte auch nie gedacht, daß du auf uns warten würdest, Stephen. Und daß die arme Eva auch aufbleiben würde, um dir Gesellschaft zu leisten.« Der Anflug von Mattigkeit, die leichten Schatten unter ihren Augen ließen dieses verdammte Mädchen höchstens noch attraktiver erscheinen. »Schade um die vergeudete Zeit!« sagte Kitty mit schamloser Heuchelei.

»Es ist wirklich nicht der Rede wert«, wehrte die großmütige Eva ab. »Daß Stephen sich Sorgen gemacht hat, ist zum Teil meine Schuld. Ich hätte nicht gedacht, daß in einem Ort wie Las Palmas Vergnügungslokale bis in den Sonntagmorgen hinein geöffnet sein könnten. Dem armen Stephen sind schon die schrecklichsten Mutmaßungen durch den Kopf gegangen.«

»Daß man mir die Gurgel durchschneidet oder noch Schlimmeres ...?« grinste Kitty. »Sie hatten natürlich wie immer recht, Eva. Daß die Lokale hier früh zumachen, meine ich, so daß die Leute den Sonntag würdig beginnen können. Aber auf dem Heimweg kamen wir zufällig an diesem Tanzlokal vorbei – es lag allerdings ziemlich versteckt, und wir dachten uns gleich, daß sie es da mit den Gesetzen nicht so genau nehmen ...«

»Aber nur in bezug auf die Öffnungszeiten! Nicht, daß Sie glauben ...«, sagte Martin mit einer Spur von Ironie in seiner sonst so sachlichen Stimme.

Wieder klang Stephens Lachen ziemlich gequält.

»Erst wollten sie uns auch gar nicht hineinlassen, aber dann konnten wir sie doch dazu überreden ...«, sagte Kitty.

»Sie haben das geschafft«, sagte Ted anerkennend. »Ich habe noch nie jemanden erlebt, der sich so perfekt mit Zeichensprache verständigen kann.«

»Na, jedenfalls hatten wir riesigen Spaß. Unten im Keller – es war so eine Art kanarisches Soho – gab es Tanz ...«

Eva schüttelte lächelnd den Kopf.

»Hier wird kein echter Flamenco getanzt. Am unverfälschtesten bekommt man diesen Tanz wahrscheinlich in Sevilla zu sehen ...«

»Es wurde auch gar kein Flamenco getanzt. *Wir* haben getanzt.« Kitty ließ sich neben ihrem lustlos dreinblickenden Mann in einen Sessel plumpsen. »Himmel, so habe ich seit Jahren nicht mehr getanzt!«

»Und ich auch nicht«, sagte Martin zufrieden.

»Sie sind ein hervorragender Tänzer. Machen Sie weiter so! Ach, und dann, Eva, habe ich mit einem blendend aussehenden Jungen getanzt. Ich glaube, der Ärmste bereitet sich auf eine Laufbahn als Gigolo vor. Ich hatte leider nur fünf Peseten bei mir, aber er hat sich so überschwenglich dafür bedankt, als wären es Manschettenknöpfe mit Brillanten gewesen.«

»Die Leute hier«, sagte Eva, der das Gesprächsthema anscheinend zu vulgär war und die deshalb mit soviel Feingefühl davon wegzusteuern versuchte, daß Kitty hätte schreien mögen, »haben alle tadellose Umgangsformen. Sie verbinden spanische Höflichkeit mit einem für diese Inseln charakteristischen Taktgefühl.«

Stephen hatte sich abgewandt. Der Kummer, den Kitty zurückzudrängen versucht hatte, so wie man eine Sturmflut zurückzudrängen versucht, schlug wieder über ihr zusammen. Sie ließ sich von dieser Flut davontragen, als sie sagte: »Es wurde auch gesungen. Wir sind als Trio aufgetreten und bekamen viel Applaus.« Und mit zitternder Stimme begann sie zu singen: »Wir saßen zu dritt am Hafen, und die Palmen wiegten sich im Wind ...«

Stephen stand auf und sagte kühl: »Wir werden uns bei der Hoteldirektion nicht besonders beliebt machen, wenn wir die anderen Gäste aufwecken.« Auch Eva erhob sich graziös und lächelte Kitty freundlich zu wie eine Erwachsene, die Nachsicht mit einem ungebärdigen Kind übt. Mit ihrer korrekten Freundlichkeit sagte sie: »Nach diesem ereignisreichen Abend sind Sie sicher sehr müde.«

Kitty blickte zu den beiden auf. Verstieß es nicht gegen alle Gesetze der Natur, wenn eine törichte Alte diese zwei daran zu hindern versuchte, miteinander glücklich zu werden? Schwerfällig erhob sie sich aus ihrem Sessel und folgte den andern mit müden Schritten zum Aufzug.

Oben angekommen, verabschiedeten sie sich im Flüsterton. Ted und Martin hatten Zimmer am einen Ende des Korridors, Eva am anderen. Stephen blieb noch einen Augenblick stehen, um, wie Kitty genau wußte, noch einen letzten Blick der davonschreitenden Eva zu erhaschen, bevor er schweren Herzens seiner Frau in das gemeinsame Zimmer folgte.

Es war ein seltsames Gefühl, mit dem Menschen, mit dem man bis dahin alles geteilt hatte, nicht ungezwungen über die Dinge plaudern zu können, die sich im Laufe des Tages ereignet hatten. Es machte einfach keinen Spaß. Und dabei hatten sie soviel Spaß gehabt, Ted und Martin und sie! Es war sogar so lustig gewesen, daß sie kaum einmal daran denken mußte, was für eine Art von Spaß Stephen wohl gerade mit Eva haben mochte. Jetzt aber konnte sie an gar nichts anderes mehr denken, wenn sie Stephen mit düsterem Gesicht und geistesabwesend auf und ab gehen sah.

Sie legte sich rasch in ihr Bett, drehte ihm den Rükken zu und zog sich die Decke bis über die Ohren. Nachdem ihr Gesicht nun nicht mehr zu sehen war, sagte sie: »Es tut mir leid, daß du dich meinetwegen aufgeregt hast, Stephen. Aber du brauchst dir wegen mir keine unnötigen Gedanken zu machen. Ich werde schon auf mich aufpassen.«

Zuerst brauste er auf: »›Unnötige Gedanken machen‹ nennst du das, wenn ich mir Sorgen mache wegen einer Frau, die es schon fertiggebracht hat, sich zwischen O'Connell Street und Ballsbridge hoffnungslos zu verirren?« Aber dann änderte er seinen Ton. Sie waren einfach zu weit auseinander für ihren gewohnten Schlagabtausch mit harten Bandagen, der eigentlich nur ein Spiel war und bei dem nie etwas Verletzendes gesagt wurde, weil keiner von ihnen etwas Verletzendes dabei dachte. »Entschuldige bitte, wenn ich eben etwas schroff war. Ich bin sehr müde.«

»Vielleicht bist du zuviel gelaufen?«

Es dauerte eine Weile, bevor er sagte: »Ja, wir sind ziemlich weit gelaufen. Einige Teile von Las Palmas sind sehr sehenswert. Es wäre recht umständlich gewesen, am Abend ins Hotel zurückzukommen, um dich abzuholen, und außerdem war ich nicht sicher, ob du Lust gehabt hättest mitzukommen. Aber du mußt dir das alles ein andermal ansehen.«

»Für Besichtigungen habe ich ja den ganzen Tag Zeit, während ihr arbeiten müßt. Und bevor wir herkamen, haben wir abgemacht, daß du dich nicht um mich zu kümmern brauchtest und daß ich mich auch allein amüsieren würde. Vergiß das nicht.«

Das war allerdings zu einer Zeit gewesen, als sie gehofft hatte, er würde sich durchaus um sie kümmern.

»Ich weiß ja, daß du keinen großen Wert darauf legst, überall hingeführt zu werden, aber wenn du gern etwas Bestimmtes besichtigen möchtest, brauchst du es mir nur zu sagen.«

»Ja, das werde ich.«

Er seufzte kaum hörbar, erleichtert über die Bereitwilligkeit, mit der sie sein anstandshalber gemachtes Angebot akzeptiert hatte. Dann hörte sie, wie auch er ins Bett stieg.

»Soll ich das Licht ausmachen?«

»Ja, bitte.«

»Also dann – gute Nacht, Kitty.«

»Gute Nacht, Stephen.«

Am liebsten hätte sie in der Dunkelheit eine Hand nach ihm ausgestreckt und gesagt: »Stephen, Liebster, das ist doch alles nur ein böser Traum, nicht wahr? Laß uns bitte daraus aufwachen!« Sie blieb aber still liegen, hielt ihre Augen geschlossen, und nach einer Weile schlief sie ein.

Am nächsten Morgen wachte sie als erste auf. Sie stand auf, zog sich ihren Morgenrock über und schlüpfte leise aus dem Zimmer, um ihn nicht zu wecken. Der Empfangschef unten in der Hotelhalle gähnte noch. Er sah sie überrascht an, vielleicht weil sie schon so früh auf war, vielleicht aber auch – denn man war ja hier auf den sittenstrengen Kanarischen Inseln – wegen ihrer spärlichen Bekleidung. Er begrüßte sie aber mit der landesüblichen Zuvorkommenheit und (dem Himmel sei Dank!) auf englisch.

Kitty deutete auf ein großes Plakat, das an der Rezeption hing und auf das sie am Vorabend aufmerksam geworden war.

»Ich hätte gerne Informationen über diese Ausflugsfahrten. An einer davon würde ich heute gern teilnehmen.«

Rasch blätterte sie die Prospekte durch, die er ihr gab, denn auf keinen Fall durfte ihr diese Frühaufsteherin Eva in die Quere kommen, bevor sie alles arrangiert hatte. Die wohlgemeinten Ratschläge des Empfangschefs bezüglich besonderer Sehenswürdigkeiten und des Komforts der verschiedenen Fahrzeuge überhörte sie. Sie suchte die Tour, die am längsten dauerte.

Es gab zwei Ganztagesfahrten, von denen die eine bereits ausgebucht war. Wegen der noch freien Plätze in der anderen Tour, erklärte der Empfangschef, habe sich bereits gestern abend eine Familie erkundigt, die sich aber erst an diesem Morgen endgültig entscheiden wollte. Er bitte deshalb die Señora, sich noch ein wenig zu gedulden, bis Herr und Frau Obermann …

»Das ist ja alles schön und gut,« unterbrach Kitty energisch, »aber wenn diese Herrschaften sich nicht schlüssig sind, können sie doch nicht erwarten, daß man ihnen die Plätze freihält.« Ihr Interesse war jedenfalls größer als das dieser wankelmütigen Familie. »Wie viele Plätze sind denn noch frei? Sechs? Gut, ich nehme fünf.«

Offenbar hatte der Mann an der Rezeption diesen lästigen Leuten eine mehr oder weniger feste Zusage gemacht, denn er sagte jetzt mit hörbarer Erleichterung: »Es tut mir sehr leid, Señora, aber die Obermanns sind zu sechst, und es wäre sehr schwierig, für den letzten Platz noch eine einzelne Person zu finden.«

»Dann nehme ich eben alle sechs Plätze«, sagte Kitty. Der Mann machte ein ziemlich unglückliches Gesicht, aber Kitty schenkte ihm ein im wahrsten Sinne des Wortes gewinnendes Lächeln. »Wissen Sie, das ist für meinen Mann und unsere Freunde die einzige Chance, einmal die ganze Insel zu sehen, und die möchten wir uns nicht entgehen lassen. Den Rest der Woche sind sie nämlich damit beschäftigt, Verhandlungen mit Ihren Landwirtschaftsexperten zu führen.«

Dieser zarte Hinweis auf den offiziellen Status ihrer Gruppe gab schließlich den Ausschlag, ganz wie sie gehofft hatte. Um den Empfangschef zu trösten, sagte sie: »Den freien Platz überlassen wir natürlich gern einem Mitglied der Familie Obermann.«

Bedauernd erwiderte er: »Die Obermanns haben viel Familiensinn und wollen Ausflüge nur gemeinsam unternehmen.« Dann händigte er ihr die Tickets aus und fragte mit einem kurzen Blick auf ihre nicht vorhandene Handtasche: »Soll ich das auf die Rechnung von Mr. O'Connor setzen?«

Kitty ging kein Risiko ein. Aus der Tasche ihres

Morgenmantels zog sie einige zusammengerollte Geldscheine, die eigentlich für den Kauf von Souvenirs gedacht waren. Nachdem sie die Ausflugsfahrt bezahlt hatte, war sie gewissermaßen mittellos, aber Eva aus der Nähe kennenzulernen war ihr jetzt wichtiger als handbemalte Stoffe und Puppen in Nationaltracht.

Die Reaktionen auf ihren Vorschlag einer gemeinsamen Inselrundfahrt waren, wie sie es erwartet hatte. Ted und Martin waren sofort einverstanden, und sein Taktgefühl hinderte Stephen daran, allzu offen seine Enttäuschung darüber zu zeigen, daß er seine Angebetete nicht für sich allein haben würde. Und es war für Kitty so gut wie für jeden anderen vorherzusehen, daß es Eva schon bei dem bloßen Gedanken an etwas so Banales wie eine organisierte Rundfahrt schaudern würde.

»Aber Kitty, das ist wirklich die ungeeignetste Art, um ein fremdes Land kennenzulernen. Man wird im Eiltempo von einem Ort zum nächsten gefahren und muß dabei endlose Monologe von meistens schlecht informierten Fremdenführern über sich ergehen lassen.«

»Ach je!« sagte Kitty. »So ist das also. Wie schrecklich. Und ich dumme Person dachte, es könnte ganz schön werden.«

Stephens Gesicht hellte sich auf, als er sagte: »Es braucht ja niemand mitzufahren, der keine Lust dazu hat. Mach doch nicht so ein trauriges Gesicht, Kitty. Weißt du, Liebes, Reservierungen kann man rückgängig machen.«

»Ach du liebe Zeit! Ich fürchte ... Naja, der Andrang bei Inselrundfahrten ist anscheinend sehr groß, und auf dieser Tour waren nur noch wenige Plätze frei. Und um sicherzugehen, daß sie uns niemand wegschnappt, habe ich sie gleich bezahlt. Es sollte eine Überraschung sein.« Betrübt ließ Kitty den Kopf hängen, setzte aber gleich darauf ein tapferes Lächeln auf. »Na, dann war's eben nichts. Aber das ist wirklich nicht schlimm, Eva. Es wäre mir ganz und gar nicht recht, wenn Sie sich zwingen würden mitzufahren, nur weil ich die Karten besorgt habe.« Und mit demselben tapferen, etwas unsicheren Lächeln sagte sie in Stephens Richtung: »Niemand ist gezwungen mitzufahren.«

Nun fühlte sich Eva zur Rücksichtnahme verpflichtet, und gut gelaunt rief sie aus: »Aber nein, Kitty, ich nehme selbstverständlich an Ihrer Ausflugsfahrt teil! Es wird bestimmt sehr interessant werden. Ich habe ja so etwas noch nie mitgemacht.« Und mit scherzhafter Selbstkritik sagte sie zu den anderen: »Wie kann man nur etwas verurteilen, das man noch gar nicht kennt! Etwas schlecht zu finden, nur weil die meisten anderen Menschen es mögen«, rief Eva vergnügt, »das ist direkt überheblich! Ich muß mich wirklich schämen! Ganz bestimmt wird es wunderschön werden, Kitty.«

Stephen war offensichtlich ganz hingerissen von soviel Opferbereitschaft. Der Teufel sollte dieses mustergültige Supergirl holen! An diesem Morgen trug sie einen weißen Leinenanzug. Wieder wie aus dem Modejournal! Kitty dagegen hatte das Geblümte aus der Oxford Street an. Wäre nicht der Vergleich mit diesem modischen Hosenanzug dagewesen, dann hätte ihr Kleid gar nicht so übel ausgesehen.

»Gentlemen!« rief Eva, die ausgelassener schien als alle andern. »Darf ich bitten? Die Kutsche wartet bereits.« Lachend hakte sie sich bei Ted und Martin ein und rannte mit ihnen hinaus. Eine symphatisch aussehende Familie mit vier Kindern – zweifellos die enttäuschten Obermanns – stand neben dem Kleinbus und sahen zu, wie sie einstiegen. Als der Bus losfuhr und die sechs mit hängenden Köpfen davongingen, verspürte Kitty plötzlich heftiges Mitleid mit diesen unschuldigen Opfern eines Guerillakrieges, von dem sie nichts wußten.

Außer Kitty und ihrer vierköpfigen Gefolgschaft waren da noch drei weitere Touristen, ein belgisches Ehepaar in mittleren Jahren und ein junger norwegischer Marineoffizier, dessen Schiff zur Zeit hier im Hafen lag. Wie die meisten Skandinavier sprach er fließend Englisch. Kitty saß mit den beiden Belgiern, die sich unter so vielen englisch Sprechenden etwas verloren vorzukommen schienen, auf der hinteren Bank. Stephen, Eva und der junge Offizier saßen vor ihr, und Ted und Martin hatten sich neben den Fahrer gesetzt.

»Casa de Colón«, sagte der Fahrer und zeigte auf ein Haus. »Colón. Kolumbus.«

»Christoph Kolumbus«, erklärte Eva, »legte hier auf seinem Weg in die Neue Welt einen Aufenthalt ein. Er wohnte dort in diesem Haus.«

Dann wiederholte sie diese Information auf Französisch für die Belgier, die höflich nickten.

»An seiner Stelle wäre ich gleich hiergeblieben«, meinte Kitty.

»Aber diese Inseln waren schon entdeckt«, erläuterte Eva. »Bereits 1393 war eine spanische Flotte hier gelandet, obwohl es dann noch hundert Jahre dauerte, bis die Guanchen, die altkanarische Bevölkerung endgültig unterworfen war.«

»Wenn ich Sie richtig verstanden habe«, sagte der Norweger zu Kitty und sah sie mit seinen blauen Augen lächelnd an, »wären Sie mit Atlantis zufrieden gewesen.«

»Geologische Untersuchungen«, korrigierte Eva, »haben inzwischen die Legende widerlegt, wonach diese Inseln die Überreste des sagenumwobenen Kontinents Atlantis sein sollen, der im Meer versunken ist. Vielmehr sind sie von unterseeischen Vulkanen aufgeworfen worden.«

»Santa Ana«, sagte der Fahrer.

»Diese Kathedrale«, verkündete Eva, »stammt aus dem fünfzehnten Jahrhundert.« Dann wiederholte sie auch diese Erklärung auf französisch. Diesmal hielten die beiden Belgier dankend einen Reiseführer hoch. Evas Bemühungen waren anscheinend nicht nötig.

»Belle«, bemerkte Kitty, als sie langsam an der Kathedrale vorüberfuhren. »Oder heißt es ›beau‹?«

Die Belgier mußten lachen. Von da an kamen sie auf der hinteren Bank glänzend miteinander zurecht. Kittys ganz persönliche Version des Esperanto machte große Fortschritte, und der junge Norweger – er hieß übrigens Nils – drehte sich dauernd zu ihnen um. Stephen und Eva wurden sich selbst überlassen. Kitty bemerkte, wie Eva ihn gewissenhaft auf jede Sehenswürdigkeit am Wege hinwies, oft schon bevor der Fahrer es tat, und jedesmal mit einer Fülle von Erläuterungen. Es schien nichts zu geben, was dieses Paradegirl nicht wußte! Stephen war schweigsam, aber in letzter Zeit sagte er ja ohnehin nicht sehr viel. Immer war er ernst, nie sah man ihn lachen. Für eine Sekunde ging es Kitty durch den Kopf, daß er vielleicht nicht viel Grund zum Lachen hatte, aber der Gedanke war so schnell verflogen, wie er gekommen war.

Alle hatten sie viel Spaß auf diesem Ausflug, und auch Kitty war entschlossen, sich gut zu amüsieren. Dennoch spürte sie eine zunehmende Beklommenheit, als die Stunden vergingen. Denn obwohl sie aufpaßte wie ein Luchs, was immer sie unternahmen und wo immer sie hinfuhren – ihre Hoffnung, wenigstens eine kleine Schwachstelle an Eva zu entdecken, erfüllte sich nicht. Das verdammte Luder war die Vollkommenheit in Person!

»Nun?« sagte Martin, der neben Kitty ging, als sie niedergeschlagen das Restaurant verließ, in dem sie alle zu Mittag gegessen hatten. Während des Essens hatte sich Eva noch einmal ausführlich über alle Orte geäußert, die sie bereits besucht hatten, und eine Vorschau auf das gegeben, was noch vor ihnen lag.

»Was meinen Sie mit ›Nun‹?« fragte Kitty, die mit ihren Gedanken bei Stephen und dieser Person war, die vor ihr gingen.

»Wir sind ja nicht auf den Kopf gefallen, Madame Kitty«, raunte ihr Ted zu, der ebenfalls an ihrer Seite ging. »Wir wissen, was Sie im Schilde führen.«

»Aber unabhängig von den Zielen, die Sie persönlich mit dieser Fahrt verfolgen«, sagte Martin, »genießen wir diesen so großzügig von Ihnen arrangierten Ausflug sehr. Er hat Ihnen hoffentlich die erwarteten Aufschlüsse gegeben.«

»Ach, tun Sie doch nicht so!« sagte Kitty bitter. »Sie wissen ganz genau, daß diese Frau nie Fehler macht.«

»Na! Aber ich denke, Kitty sollte sich über unsere einzigartige Kollegin ihre Meinung selbst bilden, Ted.«

»Für eine ansonsten so intelligente Frau braucht sie dafür aber erstaunlich lange, Martin.«

»Nein, ich glaube, ich weiß jetzt Bescheid«, sagte Kitty, die sich merklich Mühe gab, keine Leichenbittermiene zu machen, als sie den Kleinbus wieder bestieg.

Am Nachmittag gingen sie alle am großen, wildromantischen Strand von Maspalomas schwimmen – achtundzwanzig Meilen von Las Palmas entfernt, wie Eva allen mitteilte, als sie, eingerahmt von Stephen und Nils, in ihrem schwarzen, die Figur sehr vorteilhaft zur Geltung bringenden Badeanzug zum Wasser lief und dann in großen Zügen davonkraulte. Die andern begnügten sich damit, ein wenig in den Brandungswogen zu planschen, und legten sich dann faul in die Sonne, bis Eva zurückkam.

»Die reinste Venus«, sagte Kitty nachdenklich, als sie Eva, von glitzernden Wasserperlen bedeckt, den

Strand heraufkommen sah. »Oder verwechsle ich sie mit einer anderen? Aphrodite vielleicht?«

»Sie hat jedenfalls eine gute Figur und kann ausgezeichnet schwimmen«, sagte Halloran sachlich.

»Das gilt allerdings auch für Robben«, meinte Ted O'Brien.

Kitty sah die beiden erstaunt an. Dann endlich ging ihr ein Licht auf, und sie brach in Gelächter aus, in das Ted und Martin einstimmten. Über soviel Heiterkeit mußte auch das belgische Ehepaar schmunzeln.

Auf der Heimfahrt war Kitty ungewöhnlich still und beschränkte sich aufs Zuhören. Auch während der nächsten drei Tage hörte sie immer sehr aufmerksam hin, wenn Eva dabei war. Dafür sah sie die junge Frau längst nicht mehr so aufmerksam an.

Die Tage verliefen im großen und ganzen so wie der Samstag nach ihrer Ankunft. Tagsüber war Kitty alleine unterwegs, und abends waren Ted und Martin ihre treuen Begleiter. Stephen und Eva verbrachten auch weiterhin ihre freie Zeit mit anstrengenden Ausflügen zu Fuß, auf denen sie niemand begleiten mochte. Kitty, die das sportliche Paar scharf beobachtete, war sich ziemlich sicher, daß die zwei bisher wirklich nur miteinander liefen. Aber eine gewisse Vorfreude bei ihrem Mann war für sie nach so vielen Jahren der Ehe mit ihm ein sicheres Indiz dafür, daß er sich von dem Aufenthalt auf Teneriffa mehr erhoffte.

Auch Kitty erhoffte sich mehr von Teneriffa – wenngleich in einem anderen Sinn –, als die Handelsgespräche am Mittwoch abgeschlossen wurden. Und sie war entschlossen, alles daranzusetzen, daß die Dinge anders und besser wurden, nicht nur für sie, sondern vor allem auch für ihren geliebten, verblendeten, törichten Mann. Inzwischen verstellten ihr keine Bilder von griechischen und römischen Göttinnen und Mannequins mehr den Blick. Nur allzu deutlich sah sie die

Schwäche, die fatale Schwäche dieser Eva, die sie bis vor kurzem noch für fehlerlos und vollkommen gehalten hatte.

Da sich die Wege der fünf am folgenden Morgen trennen würden, aßen sie am Mittwochabend noch einmal alle gemeinsam, bevor Stephen und Eva zu einem letzten Rundgang durch die Stadt aufbrachen.

»Ich halte meine Eindrücke von einem Ort lieber im Gedächtnis fest als als auf einem Film«, erklärte Eva. »Ich kann mir dann jede Szene so oft wieder vor Augen rufen wie ich will.«

»Und Sie ersparen es damit natürlich Ihren Freunden, Begeisterung über Ihre Urlaubsdias heucheln zu müssen«, sagte Kitty und gähnte zum wiederholten Mal.

Als Stephen und Eva gegangen waren, lehnte sie sich erleichtert zurück. Ted und Martin schienen fast die Augen zuzufallen, und sie selbst war auch müde.

»Wir sollten uns einen Schnaps bestellen«, schlug Martin vor. »Wir haben alle einen anstrengenden Abend hinter uns.«

Ted nickte düster. »Sie war mal wieder nicht zu bremsen.«

Um Fairneß bemüht, sagte Kitty: »Dafür hat sie aber heute abend besonders hübsch ausgesehen.«

»Gewiß«, gab Martin zu. »Wie eine Porzellanfigur, die man auf den Kamin stellt. Ich fürchte nur, daß sie bald Staub ansetzen würde, wenn sie auf meinem Kamin stünde.«

»Meine liebe Madame Kitty«, sagte Ted, »hören Sie doch endlich mal auf, sich ständig um Gerechtigkeit und Fair play zu bemühen, und zeigen Sie Ihre Krallen! Wir wissen doch längst, daß Sie wissen, was wir auch wissen: daß nämlich Miß Eva Burke, was immer man sonst noch über sie sagen kann, die humorloseste Langweilerin von der Welt ist.«

»Das stimmt!« sagte Kitty und strahlte. »Das arme Mädchen. Wie *wundervoll*!«

»Es hat aber verteufelt lange gedauert, bis Sie dahintergekommen sind«, rügte Ted. »Ich dachte immer, eine halbe Stunde in Gesellschaft unserer Eva sei genug, um jedem die Augen zu öffnen.«

»Ich nehme an«, sagte Martin, »daß Kitty sich um Objektivität bemüht hat – um jeden Preis.«

Kitty nickte.

»Ja, das mußte ich, sonst wäre gar nichts dabei herausgekommen. Natürlich habe ich am Anfang den Fehler gemacht, mehr hinzusehen als hinzuhören. Aber diesen Fehler«, sagte sie abwehrend, da sie an jemanden denken mußte, der ihn noch immer machte, »begehen wohl die meisten, die es mit Eva zu tun haben.«

Die Drinks wurden serviert, und Ted und Martin erhoben ihre Gläser.

»Trinken wir auf ein glückliches Wiedersehen in Dublin«, sagte Martin.

»Wir werden Sie vermissen«, sagte Ted mit sorgenvollem Blick. »Ich hoffe nur, daß auf Teneriffa alles wieder gut wird für Sie. Schade, daß wir nicht noch ein bißchen in Ihrer Nähe sein können.«

Wenn Stephen Kittys grimmiges Lächeln hätte sehen können, wäre ihm mulmig geworden.

»Ich glaube, es wird *sehr* interessant werden auf Teneriffa!«

Ted neigte den Kopf ein wenig zur Seite und sah sie scharf an, und dann lachte er laut auf und schlug sich aufs Knie.

»Oh Mann! Um Madame Kitty brauchen wir harmlosen Gesellen uns, glaube ich, wirklich keine Sorgen zu machen, Martin! Da scheint eine Katze unter die Kanarienvögel geraten zu sein, und demnächst fliegen hier die Federn.«

Zwölftes Kapitel

Am nächsten Morgen war Kitty schon früh auf den Beinen. Sie war inzwischen fest davon überzeugt, im Recht zu sein, wenn sie sich gegen diese Freibeuterin in den Gewässern ihrer Ehe zur Wehr setzte, und sie konnte es nun kaum erwarten, ans Werk zu gehen.

»Draußen ist herrliches Wetter, Stephen.«

Er lag noch im Bett und sah an die Decke. »Das ist hier jeden Tag so«, sagte er. »Eine der Segnungen dieses Klimas besteht ja darin, daß es einem den Smalltalk über die Witterung erspart.«

Oh Gott, nun fing er auch schon an, wie diese unausstehliche Person zu reden! Aber er hatte recht. Die Sonne war vermutlich nicht strahlender und das Meer nicht blauer als sonst, es sah nur so aus. Sie selbst sah auch gar nicht so übel aus – für ihr Alter ... Jedenfalls wirkte ihr Gesicht nicht so, als käme es direkt aus der Tiefkühltruhe! Während sie sich vor der Frisierkommode kämmte und ihn im Spiegel beobachtete, beschloß sie, ein wenig auf den Busch zu klopfen, und sagte: »Es war ja sehr schön hier, aber freust du dich nicht doch auf Teneriffa?«

»Oh ja, sehr.«

Ein leises Lächeln spielte um Kittys Lippen. »Das dachte ich mir«, sagte sie mit Unschuldsmiene. »Ich freue mich auch schon.«

Die Maschine, mit der Ted und Martin über Madrid nach Dublin zurückkehren wollten, flog um zehn Uhr, und der Flug nach Teneriffa, den die andern gebucht hatten, war für zehn Uhr dreißig angekündigt. Das Flugzeug nach Madrid stand schon bereit, als sie am Flughafen ankamen.

»Jetzt fängt für uns der Alltagstrott wieder an«, sagte Ted. »Ihr habt es gut.«

Eva lächelte. Sie hatte wunderschöne, regelmäßige Zähne, aber ihr Lächeln, dachte Kitty, deren Blick inzwischen kritischer geworden war, wirkte ungefähr so verführerisch wie eine Zahnpastareklame. Ein anderes Lächeln hatte sie wahrscheinlich nicht einmal für Stephen, doch dessen Blick war ja bis jetzt leider alles andere als kritisch.

»Dafür habt ihr den Vorteil, daß euch der Minister zum Dank persönlich die Hand schütteln wird. Und ich glaube«, sagte Eva, deren Gesicht jetzt wieder ernst wurde (sie konnte dieses Zahnpastalächeln anscheinend ein- und ausschalten wie eine Lichtreklame!), »daß das Ministerium mit den Ergebnissen unserer Verhandlungen zufrieden sein kann, vor allem mit dem Zusatzprotokoll über Tiefkühlbutter.«

»Tja, wir sind eben die dynamischen Vertreter eines neuen, dynamischen Irland!« sagte Ted. »Und nun, liebe Freunde, nachdem wir unseren Aufenthalt bis zur letzten Sekunde ausgenutzt haben, wird es Zeit, daß wir an Bord gehen. Lebt wohl, ihr Lieben, und viel Spaß!«

»Den werden wir haben, verlassen Sie sich darauf!« sagte Kitty.

Ted sah von Kitty hinüber zu Eva und sagte dann leise: »Aber nur einige von Ihnen. Ich sehe da ein gefährliches Glitzern in Ihren Augen, Madame Kitty. Wer Ihnen jetzt in die Quere kommt, hat nichts zu lachen, fürchte ich.«

Martin hüstelte diskret und murmelte: »Ich finde es recht amüsant, wenn ich daran denke, daß jemand – Sie können sich wohl denken, wer – Sie einmal eine biedere Hausfrau genannt hat.«

»Bei Licht besehen, bin ich das ja auch«, sagte Kitty bescheiden.

»Stimmt. Gott schütze uns vor biederen Hausfrauen!«

Wenig später startete die Maschine nach Teneriffa. Wieder hatte Kitty das Gefühl, von nun an werde alles besser. Das Flugzeug erhob sich langsam über den Flugplatz von Las Palmas, der mit seinem Empfangsgebäude im maurischen Stil inmitten eines dürren, staubigen Landstrichs so sehr an eine Wüste erinnerte, daß man jeden Augenblick erwartete, am Horizont einen arabischen Scheich auf einem Kamel auftauchen zu sehen; und dann flogen sie hinaus über das gleißend blaue Meer auf das sechzig Meilen entfernte Teneriffa zu. Schon bald war der helle Kegel des schneebedeckten Teide zu erkennen, und Kitty hielt für einen Augenblick den Atem an.

»Da ist er!« sagte sie dann staunend. »Und ich dachte immer, so etwas Schönes kann es gar nicht geben.«

»Sie meinen den Teide?« fragte Eva. »Ja, er ist wirklich sehr eindrucksvoll. Dreitausendsiebenhundertundzehn Meter genau.«

»Oh, bitte, ich will's gar nicht wissen«, sagte Kitty unwillkürlich. »Nicht jetzt. Ich möchte ihn nur anschauen.«

Sie war von Teneriffa sofort begeistert. Los Rodeos lag inmitten einer grün bewachsenen, fruchtbaren Gegend, und auf dem Mittelstreifen der Autobahn nach Santa Cruz blühten Blumen – Rosen, Geranien, Tulpen, wie sie zu Hause nur im Garten vorkamen. Stephen und sie hatten ein Zimmer mit Balkon im obersten Stockwerk der Residencia an der Rambla dos Flores, und als sie auf den Balkon hinaustrat, sah sie unter sich die breite, belebte Straße liegen und dahinter viel Grün und Blumen und Palmen, und am fernen Ende der Straße sah man das Meer. In den Hafen lief gerade ein Passagierdampfer ein.

»Nun, gefällt es dir?« fragte Stephen. »Bist du zufrieden?«

Er hatte einen schuldbewußten Blick, wie man ihn

öfter bei Männern in seiner Lage antrifft. Stephen hatte in letzter Zeit nur noch diesen Blick. Jetzt erschien auf dem übernächsten Balkon Eva, deren Haar in der leichten Brise wehte. Wahrscheinlich war sie gerade dabei, die Tonnage und Kabinenzahl des Dampfers zu berechnen, der draußen vorbeifuhr. Stephen sah verträumt zu ihr hinüber. Du Esel, du dummer Esel! dachte sein liebendes Weib. Hörst du eigentlich deiner Angebeteten gar nicht zu? Sie mußte rasch ins Zimmer zurückgehen, sonst hätte sie ihm einen wütenden Tritt verpaßt.

»Ja, es ist sehr schön hier«, sagte sie. »Ich denke, ich gehe mal eben in Cook's Reisebüro vorbei und frage, ob Post für uns da ist.«

Es waren vier Briefe für Kitty da. Einer war von Jill, die Handschrift auf den anderen, von denen ihr zwei aus Dublin nachgeschickt worden waren, kannte sie nicht. Da es möglich war, daß in dem einen oder anderen etwas stand, von dem Stephen nichts wissen sollte, setzte sie sich mit ihrer Post in die Halle des Hotels Mencey, um sie dort in Ruhe zu lesen. Wie sich bald herausstellte, tat sie gut daran, alle Briefe vor Stephen geheimzuhalten, ausgenommen den von Jill. Diesen las sie zuerst. Es war der längste und liebevollste Brief, den Kitty jemals von ihrer Tochter erhalten hatte.

Zunächst schrieb Jill, daß zu Hause in »Brookdale« alles in Ordnung sei und daß Molly das erbetene Rheumamittel nach London an diese Mrs. Daisy Barnes geschickt habe, die wohl eine neue Freundin ihrer Mama sei. Das Mittel rieche übrigens so, als könne es nur eins von beiden bringen, sofortige Heilung oder sofortigen Tod.

Nun wurde der Ton des Briefs ernster. Jill schrieb über Sandras Aufenthalt in »Brookdale«.

»Wir sind sicher, daß wir in Deinem Sinn gehandelt haben. Sie ist inzwischen zu ihrer Mutter zurückgekehrt. Ihr Vater ist gestorben. Näheres über Sandra wird Dir am besten Niall mitteilen, wenn du wieder zu Hause bist.«

Dann wurde der Brief sehr ernst.

»Hast Du schon einmal in den Spiegel geschaut und das, was Du da gesehen hast, absolut scheußlich gefunden? Nein, natürlich nicht, liebste Mama. Warum solltest Du Dich auch scheußlich finden? Aber mir ist es so gegangen. Mir ist etwas passiert, das mich wachgerüttelt und dazu gebracht hat, einmal sehr gründlich über mich nachzudenken. Ein Glück, daß das passiert ist, denn ich bin weiß Gott unerträglich, eingebildet, großspurig, dumm und launenhaft gewesen! Wie hast Du es nur all die Jahre mit mir aushalten können? Ich verspreche Dir aber, daß ich mich bessern will. Ich möchte gutmachen, was ich Dir angetan habe, liebste Mama, auch wenn ich weiß, daß Deine Liebe zu mir, wenn ich ein reiner Engel wäre, nicht größer sein könnte als damals, als ich ein kratzbürstiges Biest war. Und ich habe Dich noch genauso lieb wie immer – ich wußte nur lange Zeit nicht, wie lieb ich Dich eigentlich habe. Aber jetzt kann ich es endlich sagen, ohne mich deswegen zu schämen. Du siehst, daß ich mich schon verändert habe. Früher hatte ich immer Angst, ich könnte sentimental werden, aber jetzt weiß ich, daß es einen Unterschied zwischen Sentimentalität und Gefühl gibt, und es macht mir nichts mehr aus, über meine Gefühle zu schreiben. Bitte, paß auf Dich auf und hol Dir keinen Typhus oder sowas! Komm bitte gesund wieder!

Und jetzt muß ich Dir noch etwas Wichtiges sagen. Ich weiß endlich, was ich werden will: Krankenschwester. Vor kurzem stand ich dabei, wie ein alter Mann in das Vincent's Hospital eingeliefert wurde. Er hatte sichtlich Angst, und ich habe versucht, ihm ein bißchen Mut zu machen. Ich glaube, das ist mir gelungen, und ich habe mich darüber gefreut. Aber dann hatte ich das Bedürfnis, ihm in das Krankenhaus zu folgen und weiter zu helfen. Das ist bestimmt nicht so eine von den kurzlebigen romantischen Ideen, wie ich sie früher oft hatte. Ich weiß genau, was Krankenhausarbeit bedeutet: langweilige, ermüdende Routine, Nachttöpfe ausleeren, herumkommandiert werden und so weiter. Aber das andere – einem kranken Mann Mut machen, ihn zum Lächeln bringen –, das gehört auch dazu, und ich glaube und hoffe, daß ich dazu die Fähigkeit habe.«

Dann folgte noch ein Zusatz, der erkennen ließ, daß Jill zum Glück von ihrem alten Ich noch eine gehörige Portion behalten hatte und nicht in Gefahr war, demnächst mit Heiligenschein und Harfe in höhere Regionen zu entschweben.

»Ich habe einen Kanadier kennengelernt, der einfach super ist. Er wird Dir bestimmt gefallen. Er hat einen todschicken Sportwagen! Ich durfte ihn selbst schon fahren! Er ist zweiundzwanzig. Jüngere kommen für mich nicht mehr in Frage, die öden mich an. Mit Jules habe ich übrigens Schluß gemacht. Hat sich als totale Pleite erwiesen.«

Kitty blinzelte ein paarmal, als sie Jills Brief in ihre Handtasche steckte. Der nächste, den sie öffnete, kam von Jules. Er war kurz.

»Ich habe getan, was Sie von mir verlangt haben. Das Ergebnis war wie erwartet. Bitte betrachten Sie den Revolver meines Vaters als Ihr Eigentum. Ich möchte das Erinnerungsstück, das mir immer am teuersten war, der Frau zum Geschenk machen, die meinem Herzen am teuersten ist. Auch wenn wir uns nie wiedersehen sollten, versichere ich Ihnen, daß ich Sie niemals vergessen, sondern stets tief verehren werde.«

Diesen Brief steckte Kitty mit einem kleinen Seufzer über soviel jugendliche Schwärmerei ein. Der nächste stammte von Sandra.

»Jetzt ist alles in Ordnung«, schrieb sie geheimnisvoll. »Wir brauchen uns keine Sorgen mehr zu machen. Ich weiß zwar nicht, wie Sie das geschafft haben, aber ich habe immer gewußt, daß Sie es schaffen würden! Sie sind für mich der wunderbarste Mensch auf der Welt! Wie Niall.« Dann berichtete sie noch von ihrem Besuch in »Brookdale«. »Früher habe ich geglaubt, daß man mich in so ein schönes Haus gar nicht reinlassen würde. Aber jetzt kenne ich Sie, und ich weiß, daß Sie jeden, der unglücklich ist und Kummer hat, in Ihr Haus holen würden. Alle waren sehr lieb zu mir, und Niall will, daß wir Freunde bleiben, und ich hoffe, Sie haben nichts dagegen, denn ich habe ihn sehr gern, aber ich weiß, daß ich für ihn nicht gut genug bin, aber ich will mir Mühe geben, und ich werde tun, was Sie mir sagen, und Sie haben doch hoffentlich nichts dagegen.« Danach schrieb sie vom Tod ihres Vaters und von den Veränderungen, die sich daraus ergeben hatten. »Wir ziehen weg aus der Soames Street. Mama hat eine Stelle als Wirtschafterin in einem Wohnheim für junge Arbeiterinnen bekommen, und wir haben sogar eine kleine Dienstwohnung in dem Heim. Nach Dads Tod hat die Lebensversicherung 3000 Pfund ausbezahlt. Ich mußte meine Arbeit in der Wäscherei aufgeben, weil Mama will, daß ich die Berufsfachschule besuche, und sie hat sogar was von Klavierunterricht gesagt! Es macht mir keinen großen Spaß, noch mal zur Schule zu gehen. Es ist noch langweiliger als in der Wäscherei. Aber Mama sagt, aus mir soll mal was Anständiges werden. Vielleicht hat sie recht. Es ist sicher gut, wenn etwas Anständiges aus einem wird – auch wenn Mama darunter etwas Anderes versteht als ich. Ich hoffe nur, daß ich nicht Klavierspielen lernen muß! Ich wünsche Ihnen einen schönen Urlaub, und ich hoffe, daß ich Sie mal wiedersehe.«

Dieser mit kindlicher Schrift geschriebene Brief endete »Mit vielen Grüßen und Küssen«. Lächelnd las ihn Kitty noch einmal und steckte ihn dann sorgfältig ein, um ihn später noch öfter zu lesen.

Der Absender des letzten Briefs war eine Überraschung. Es war Mr. Henry Morton aus der Cromwell Road. Er bedankte sich bei »Kanonenboot« für die Postkarte und versicherte ihr, der Schuß, den sie ihm vor den Bug gesetzt habe, sei sehr wirksam gewesen. Kaum sei Kitty fort gewesen, da habe er ihren Auftritt zu einer Kurzgeschichte verarbeitet, die er am Tag darauf einem Redakteur vom ›New Yorker‹ verkauft habe, dem er zufällig in einer Kneipe begegnet sei. »Jetzt habe ich vier Riesen auf der Bank!« schrieb Mr. Morton. »Damit läßt sich's eine Weile tugendhaft leben. Und ich habe schon eine Idee für einen Roman über Sie. Wenn meine Glückssträhne anhält, können wir C.W. Owen für alle Zeit ade sagen. Ich mußte Ihnen das einfach schreiben, denn schließlich waren Sie es ja, die mich inspiriert und beraten hat. Nur mit Ihrem Vorschlag, ich sollte es beim Fernsehen versuchen, hatten Sie unrecht. Bei denen habe ich keine Chance. Ich schlafe nicht mit den richtigen Leuten.«

Die Gewißheit, daß ihre beiden Kinder nun außer Gefahr waren, und die guten Nachrichten von Sandra und Mr. Morton als Gratiszugabe erfüllten Kitty mit neuer Energie. Jetzt ging es nur noch um die Rettung des Letzten und Liebsten! Zuversichtlich und siegesgewiß verließ sie das Hotel Mencey. Sie traf ihren Liebsten in Gesellschaft von Eva in der Eingangshalle der Residencia an.

»Ach, da bist du ja«, sagte er. »Wir haben uns gerade ein paar Broschüren durchgesehen. Eva möchte unbedingt auf den Teide fahren. Wir wußten aber nicht, ob du mitkommen willst oder ob du dir lieber einen geruhsamen Nachmittag machen möchtest.«

»Aufregende Touren«, las Kitty. »Ob das wirklich das Richtige für uns ist, Stephen?«

»Es müßte natürlich ›Reizvolle Touren‹ heißen«, erklärte Eva. »Solche Prospekte sind oft voller Übersetzungsfehler.«

»Dann komme ich mit«, sagte Kitty. Eins war sicher: Selbst wenn Stephen seine langweilige Vegetarierin doch noch herumkriegen sollte, würde er sich hundeelend fühlen, sobald er wieder zur Besinnung kam – und das konnte nicht mehr lange dauern. Womöglich würde er sich dann für den Rest seines Lebens Vorwürfe wegen einer Affäre machen, die nicht einmal aufregend genug gewesen war, um diese Selbstvorwürfe zu rechtfertigen. Kitty war deshalb entschlossen, sich wie eine Klette an die beiden zu heften, bis sie diesen Ballon zum Platzen gebracht hatte. »Ah, da ist ja auch ein Fahrplan. Na, ausgezeichnet! Wenn wir uns beeilen, bekommen wir noch den nächsten Bus auf den Teide.«

Der Bus war mindestens doppelt so lang wie alle, die Kitty je zuvor gesehen hatte, und wand sich wie eine Schlange die kurvenreiche Straße hinauf. Bald hatten sie die farbenprächtigen Tulpenbäume und Bougainvilleas und anderen exotischen Pflanzen hinter sich gelassen und fuhren an Bananenplantagen und Kakteen vorüber hinauf in dichte Pinienwälder, wo am Straßenrand hohes Heidekraut wuchs. Immer höher ging es hinauf, bis es in Kittys Ohren knackte. So ähnlich, dachte sie, mußte es sein, wenn man auf dem Mond landete, denn ringsumher war jetzt eine richtige Mondlandschaft, eine gewaltige Einöde aus bizarr geformter, zu Stein gewordener Lava. Darüber erhob sich ein erloschener Vulkan, der mit Schnee gekrönte Teide, der so eisig und erhaben wirkte, als habe er die ihn umgebende Landschaft nie mit Glut und Verderben bedeckt.

Der Bus hielt an einem Hotel, das vermutlich von Astronauten erbaut worden war. Alle Passagiere stiegen aus. Dies war kein Ort für Phrasen, nicht einmal für Evas Weisheiten. Sogar sie stand stumm am Rand des gewaltigen Kraters. Kitty, die Frau im Mond, ging zu ihr hinüber. »Das scheint mir der geeignete Ort, um Ihnen zu sagen, was ich zu sagen habe. Es ist nur ein Satz: Lassen Sie die Finger von meinem Mann, sonst bringe ich Sie um.« Die arme Eva war so erschrocken, daß sie fast in den Krater gefallen wäre. Es war aber schön, zur Abwechslung einmal einen anderen Ausdruck in ihrem Gesicht zu sehen. »In diesem Augenblick«, fügte Kitty hinzu, »kann ich kaum der Versuchung widerstehen, Sie da hinunter zu stoßen.«

Eva hatte sich inzwischen soweit erholt, daß sie einen Blick voller Hochmut und Verachtung zustande brachte, aber Kitty stellte mit Befriedigung fest, daß sie trotzdem ein paar Schritte von dem Abgrund zurücktrat.

»Ich bin ganz froh, daß es endlich ausgesprochen ist«, sagte Eva. »Weder Stephen noch ich hatten es darauf angelegt, daß etwas zwischen uns entsteht, das versichere ich Ihnen. Da ist eine Kraft am Werk, die stärker ist als wir. Aber ich kann Ihnen auch versichern, daß wir beide bemüht sind, uns an gewisse Anstandsregeln zu halten.«

Das alles klang sonderbar unwirklich. Dieses Mädchen redete wie die Leute in einem von diesen Romanen, die man zu lesen anfängt und nach ein paar Seiten zuklappt, um sie in die Leihbücherei zurückzutragen. Außerdem war es ziemlich ärgerlich, fand Kitty, sich die Handlungsweise des eigenen Ehemanns von einer anderen erklären zu lassen. Gereizt sagte sie: »Auf Teneriffa sollten diese Anstandsregeln aber außer Kraft gesetzt werden, nicht wahr?« Eva schwieg.

»Nun, dazu wird es besser nicht kommen. Was ich Ihnen vorhin gesagt habe, war mein voller Ernst.«

Eva, die sich nun wieder ganz in der Gewalt hatte, sah mit einem Ausdruck von Überlegenheit auf die kleinere Kitty herab.

»Es ist ganz unangebracht, sich derartig gehenzulassen.«

»Meinen Sie?« fragte Kitty. »Wir können das jetzt nicht ausdiskutieren. Da kommt Stephen. Wenn wir wieder zurück sind, kommen Sie zu mir ins Zimmer, verstanden?«

Sie aßen in dem Astronautenhotel zu Mittag. Es war schon seltsam, in so einer Umgebung ein ganz normales Essen serviert zu bekommen.

»Ich hätte erwartet, daß die Kellner hier zumindest drei Augen und eine Antenne auf dem Kopf haben«, sagte Kitty.

Die stets ernsthafte Eva brauchte einen Augenblick, um zu merken, daß dies als Scherz gemeint war, dann setzte sie ihr höfliches Zahnpastalächeln auf, das seit der kleinen Unterredung am Kraterrand etwas frostiger ausfiel.

»Die Höhenlage hier ist für Personen mit Beschwerden der Atemwege besonders wohltuend. Ferner ist das Hotel Ausgangspunkt für Besteigungen des Teide.« Diesmal schenkte Eva ihr Lächeln Stephen, und es war dementsprechend herzlich – im Rahmen ihrer Möglichkeiten. Mit einem herausfordernden Blick auf die brave kleine Hausfrau, die ihr gegenübersaß, sagte sie dann: »Der Aufstieg soll auch für relativ ungeübte Bergwanderer möglich sein.«

»Großartig!« sagte Stephen begeistert und sah von seiner Schneekönigin hinaus in die ihr so gemäße Landschaft. »Das müssen wir demnächst mal versuchen.«

Kitty warf der anderen einen warnenden Blick zu.

Aber die sagte: »Ich fände das einfach wunderbar, Stephen.«

Bei dieser hartnäckigen Person konnte man offenbar nur mit besonders drastischen Methoden etwas erreichen. Während Kitty geistesabwesend ihre Creme caramel aß, ging es ihr durch den Sinn, daß sie möglicherweise gezwungen sein würde, *sehr* deutlich zu werden.

Als sie wieder in Santa Cruz waren, nahm Kitty Eva in der Eingangshalle der Residencia beiseite. »Ich warte oben auf Sie.«

Eva machte eine Handbewegung in Richtung auf Stephen, der sich gerade mit dem Hotelbesitzer und seiner Frau unterhielt.

»Sie haben doch gehört, daß der Hotelier uns zu einem Sherry in sein Büro eingeladen hat.«

Kitty griff nach Evas Kleid – es war aus bedruckter Rohseide und stand ihr ausgezeichnet – und verkrallte ihre Finger darin. Das Gefühl war fast so schön, als hätte sie sich in Evas Arm verkrallt.

»Ja, das habe ich gehört. Auf diese Weise ist Stephen beschäftigt, während wir uns von Frau zu Frau unterhalten. Gehen Sie jetzt und trinken Sie Ihren Sherry. Ich warte oben auf Sie. Sie haben zehn Minuten Zeit, nicht mehr.«

Eva warf den Kopf zurück und sah verächtlich auf Kitty herab, wie sie es schon am Teide getan hatte. Beides beherrschte sie perfekt, aber da sie größer war als Kitty, hatte sie natürlich einen unfairen Vorteil.

»Lassen Sie mich bitte los, Mrs. O'Connor!«

»Sie dürfen mich ruhig Kitty nennen, meine Liebe.« Kitty ließ das Kleid los. »Und vergessen Sie nicht: zehn Minuten! Sonst komme ich und hole Sie!«

»Ach, wirklich? Und wie, wenn ich fragen darf?«

»Mir ist jedes Mittel recht.«

Eva wirkte jetzt etwa drei Meter groß. In ihrem Gesicht mischten sich ungläubiges Erstaunen und Arroganz.

»Wollen Sie mir etwa einreden, daß Sie mir in aller Öffentlichkeit eine Szene machen würden?«

»Wenn es sein muß, ja. Mein liebes Kind, Sie haben ja keine Ahnung, wozu ich alles imstande bin! So, und nun beeilen Sie sich und trinken Sie Ihren Sherry. Sie werden ihn brauchen.«

Ohne sie eines weiteren Blickes zu würdigen, ging Kitty davon. In ihrem Zimmer traf sie alle nötigen Vorbereitungen und setzte sich dann, um zu warten. Es war ja völlig ungewiß, ob Eva kommen würde. Und wenn sie nicht kam ... Aber wozu sich jetzt schon darüber Gedanken machen.

Als es an der Tür klopfte, wußte sie, daß sie die erste Runde gewonnen hatte. Eva kam herein, schloß die Zimmertür hinter sich und setzte sich dann, die Hände im Schoß gefaltet. Sie sah sehr schön und ganz ruhig aus, als sie sagte: »Glauben Sie bitte nicht, Ihre kindische Drohung mit einem lautstarken Auftritt hätte mich im mindesten beeindruckt. Es war allerdings ein Fehler, daß ich mich dadurch habe provozieren lassen. Ihre spießbürgerliche Reaktion auf die gegenwärtige Situation war ja vorherzusehen. Ich hätte wissen müssen, was für eine Art von Frau ich vor mir habe, und hätte Sie bemitleiden sollen, anstatt mich zu ärgern. Was wir beide anstreben sollten, und zwar möglichst ohne störende Gefühlsausbrüche, ist eine Lösung des Problems, das uns beide betrifft. Das Problem ist nicht ganz einfach, aber auch keineswegs ungewöhnlich, und ich bin davon überzeugt, daß sich ein anständiger Ausweg aus der entstandenen Situation finden läßt, sofern wir vernünftig darüber reden.«

»Das hängt davon, ab, was Sie mit ›vernünftig‹ meinen«, sagte Kitty. »Stephen gehört mir, und dabei bleibt es.«

»Sind Sie wirklich sicher, daß er Ihnen gehört?«

»Das ist eine sehr kluge Frage«, gab Kitty zu, »und das ist das einzige, worüber ich mir Sorgen mache. Ich bin mir nämlich nicht sicher, ob er sich mit Ihnen eingelassen hat, weil er meiner endgültig überdrüssig ist, oder nur deshalb, weil er vorübergehend von Ihnen fasziniert war. Von Ihnen, das weiß ich genau, wird er sehr schnell wieder die Finger lassen – Sie nehmen's mir hoffentlich nicht übel, wenn ich das so sage, meine Liebe, aber ich finde, wir sollten offen miteinander reden. Aber ob er wieder zu mir zurückkehrt, wenn er mit Ihnen Schluß gemacht hat, das weiß ich nicht. Ich kann es nur hoffen.«

Eva hob die Augenbrauen. »Es müßte doch auch Ihnen einleuchten, daß es für Stephens Gefühle Ihnen gegenüber nicht gerade förderlich wäre, wenn Sie ihn ultimativ aufforderten, auf mich zu verzichten, daß er sich aber andererseits den gesetzlichen Ansprüchen seiner Frau und der Mutter seiner Kinder niemals entziehen würde.«

»Müssen Sie eigentlich so reden? Ich meine nicht das, was Sie sagen, sondern wie Sie es sagen. Das klingt sicherlich alles sehr schön, meine Liebe, aber es paßt ganz und gar nicht zu Stephen. Ja, ich verstehe, was Sie meinen, und es ist mir klar, daß es ganz verkehrt wäre, Stephen aufzufordern, sein Verhältnis mit Ihnen abzubrechen, solange er dazu nicht von sich aus bereit ist. Ich habe deswegen vor, ihn dazu zu bringen, daß er aus freien Stücken auf Sie verzichtet.«

»Er liebt mich aber«, sagte Eva stolz.

»Ach, glauben Sie das wirklich? Sie armes Kind! Ich kann mir vorstellen, daß Sie ihn auf Ihre Art tatsächlich lieben, und ich kann Ihnen das nicht mal verübeln. Er ist nun mal ein Mann, in den sich wohl jede Frau verlieben könnte. Aber er paßt nicht zu Ihnen. Dafür ist er viel zu ernst. Und zwei so ernste Menschen zusammen – das wäre ja schrecklich! Sie brauchen jemanden mit einem sonnigen Wesen, dessen Fröhlichkeit sich auch auf Sie überträgt, einen Mann wie Ted O'Brien zum Beispiel.« Evas Lippen wurden schmal. »Na gut«, räumte Kitty ein, »vielleicht nicht gerade eine Frohnatur wie Ted, aber Sie verstehen sicher, was ich damit sagen will. Eins ist mir jedenfalls klar: Sie brauchen dringend einen Mann. Da liegt nämlich Ihr Problem. Wenn Sie erst mal den richtigen gefunden haben, ist es durchaus möglich, daß Sie noch eine ganz nette Person werden.«

Evas Stimme war eisig, als sie sagte: »Könnten Sie wohl beim Thema bleiben – falls es überhaupt ein Thema gibt.«

»Daß ich aber auch immer abschweifen muß! Es ist schrecklich mit mir! Ja, es gibt ein Thema, und zwar dieses: Stephen hätte sich schon längst wieder von Ihnen gelöst, wenn Sie mit ihm ins Bett gegangen wären. Der Gedanke ist mir zwar nicht besonders sympathisch, aber das wäre immer noch besser gewesen als das unfaire Spielchen, das Sie die ganze Zeit mit ihm treiben. Die Art und Weise, wie Sie die Spröde und Edle und Unnahbare gespielt haben, hat ihn natürlich gereizt. Aber mit Ihrer Hinhaltetaktik haben Sie seine Geduld jetzt bis zum äußersten strapaziert, und ich glaube, ich weiß, wie ich ihn nun von Ihnen wegkriege, ohne daß er mit Ihnen ins Bett geht – und so ist es mir natürlich auch viel lieber. Sie können also von mir aus Ihre Seelenfreundschaft mit ihm fortsetzen, solange wir auf Teneriffa sind, aber Sie werden dabei so rein bleiben wie frisch gefallener Schnee, um es mal in Ihrer Sprache auszudrücken. Immer hübsch rein bleiben, verstanden? Bis ihm der Kragen platzt und er endgültig genug hat.«

»Sie sind eine widerliche Person!« zischte Eva.

»Oh nein, nur eine biedere Hausfrau.«

Eva stand auf.

»Jetzt reicht es mir! Ich will nichts mehr hören. Ihr Mann tut mir leid. Ich werde tun und lassen, was ich will, und zwar von jetzt an ohne alle Gewissensbisse.«

»Einen Augenblick noch!« Kitty zog ihren Revolver unter der Bettdecke hervor, wo sie ihn griffbereit versteckt hatte. »Sehen Sie sich den gut an!«

Eva blieb bewundernswert gelassen.

»Bilden Sie sich etwa ein, daß Sie mir mit solchen plumpen Tricks imponieren können?«

Kittys Finger schmiegten sich liebevoll um den Revolver.

»Ich bitte Sie nur, mir zu glauben, daß ich Sie erschießen werde, wenn Sie mit meinem Mann zu weit gehen.«

Hochmütig drehte sich Eva auf dem Absatz herum. An der Tür blieb sie noch einmal stehen.

»Wenn Sie wirklich so verrückt wären, wie Sie es zu sein vorgeben, dann wäre es meine Pflicht, zu Ihrem eigenen Schutz Ihren Mann von diesem Vorfall zu unterrichten. Aber dieses Pistolengefuchtel war ja offensichtlich nichts als eine Schmierenkomödie, so daß ich Ihnen diese Peinlichkeit ersparen kann.«

»Ich dachte mir schon, daß Sie zu vornehm sind, um Stephen Tratschgeschichten zu erzählen«, sagte Kitty. »Und außerdem stünden Sie dann ja auch ziemlich dumm da, nicht wahr? Pech für Sie, aber nicht zu ändern.« Kittys Zeigefinger spielte mit dem Abzug. »So eine Schußwaffe ist doch etwas Faszinierendes. Sie gibt einem ein Gefühl ungeheurer Macht, finden Sie nicht auch? Ach so, ich vergaß – das können Sie ja gar nicht wissen.« Während sie weiter mit dem Abzug spielte, sagte sie versonnen: »Mord im Affekt auf den Kanarischen Inseln ... Das wäre für die Zeitungen zu Hause eine tolle Schlagzeile. Sie würden sie natürlich nicht mehr zu sehen bekommen ... Und selbst wenn der

Schuß nicht tödlich wäre – Ihren schönen Butter-Milch-und-Schweinefleisch-Job im Ministerium könnten Sie todsicher vergessen, nicht wahr?« Sie ließ den Revolver sinken und fixierte Eva mit einem Blick, in dem, wie sie hoffte, das stählerne Glitzern des eiskalten Killers lag. »Tja, so sieht's aus, meine Liebe. Und nun können Sie meinetwegen gehen und Ihr platonisches Verhältnis zu meinem Mann fortsetzen wie bisher, aber wenn Sie auch nur einen Schritt weiter gehen . . . Ich habe Sie gewarnt!«

Eva bewies geradezu übermenschliche Selbstbeherrschung, als sie beim Hinausgehen die Tür fast geräuschlos anstatt mit einem lauten Knall zumachte. Revolver-Kitty sah ihr nach und legte dann das Schießeisen aufs Bett. Auf dem grünseidenen Bezug wirkte das Ding so glatt und gefährlich wie eine im Gras zusammengerollte Giftschlange. Kitty war tief in Gedanken, als sie den Revolver dann behutsam, als hätte er tatsächlich Giftzähne, aufnahm, in einen roséfarbenen Unterrock einwickelte und ihn in die Schublade mit ihrer Wäsche zurücklegte, wo sie ihn seit ihrer Ankunft auf den Kanarischen Inseln verborgen hatte.

Und da es sehr anstrengend ist, einer Schneekönigin Angst einzuflößen, legte sie sich anschließend hin und schlief ein.

Dreizehntes Kapitel

An diesem Abend saß Kitty alleine im Restaurant auf der Dachterrasse der Residencia und aß eine Kleinigkeit. Trotz der tapferen Worte, mit denen sie sich von Ted und Martin verabschiedet hatte, mußte sie ein paarmal voll Wehmut an die beiden denken, die inzwischen weit weg waren. Es war schade, daß es hier so wenige Leute gab, die Englisch sprachen. Eine zwanglose Unterhaltung mit Hilfe eines Wörterbuchs war fast ein Ding der Unmöglichkeit, auch wenn man selbst noch so gesprächig war.

Sie ließ ihren Blick über die Lichter von Santa Cruz schweifen, wo Stephen und Eva jetzt vermutlich durch die nächtlichen Straßen wanderten. Nun, sollten sie ruhig! Je mehr sie unterwegs waren, um so besser. Eva war mutig, das mußte der Neid ihr lassen – sie brächte es wahrscheinlich fertig, Menschen aus brennenden Häusern zu retten oder wilde Stiere zu verscheuchen –, aber vor einem schreckte diese Schneekönigin zurück, da war sich Kitty ganz sicher: Sie wollte auf keinen Fall in die Schlagzeilen der Boulevardpresse kommen. Auf diese Furcht vor dem Skandal setzte Kitty, und es bereitete ihr eine – wenn auch geringe – Genugtuung sich vorzustellen, daß diese verdammte Person dabei war, den Bogen zu überspannen und Stephen so zu reizen, daß er ihr vielleicht genau in diesem Augenblick den Laufpaß gab.

Dann war das Abendessen vorüber, und obwohl Kitty noch immer ziemlich zuversichtlich war, daß dort unten alles wie geplant verlief, machte sie der Gedanke, daß die zwei zusammen waren, schrecklich wütend. Sie ahnte, daß irgendwann auch für die biederste Hausfrau der Punkt erreicht war, wo ein Revolver in ihrer Hand zu einer akuten Gefahr wird. So ein Ding mag ja ganz nützlich sein, um mit einem Erpresser fertigzuwerden, und allenfalls noch in einer ersten Auseinandersetzung mit einer Rivalin, aber dann ist auch Schluß! dachte Kitty. Kurz entschlossen ging sie deshalb in ihr Zimmer, nahm Revolver und Munition und wickelte beides in Zeitungspapier.

Es war ein recht langer Spaziergang bis an die hell erleuchtete Uferpromenade und gut geeignet, um den Kopf abzukühlen. Kitty legte ihr Päckchen auf die Kaimauer. Es war ihr nicht ganz wohl bei dem, was sie da mit der Waffe eines französischen Widerstandskämpfers vorhatte, und wenn Jules dabeigewesen wäre, hätte das seine glühende Verehrung für sie gewiß mit einem Schlag erkalten lassen. Sie bat ihn und den Geist des Freiheitshelden still um Vergebung und gab dann dem Päckchen mit einem Seufzer des Bedauerns einen Schubs. Mit seinem Aufklatschen im Wasser war Revolver-Kittys Karriere beendet.

Kaum waren Seufzer und Aufklatschen verklungen, da hörte Kitty hinter sich einen lebhaften spanischen Wortschwall, und als sie sich umdrehte, erblickte sie eine Frau von blasser Hautfarbe, die einen Pelzmantel über den Schultern trug und sie besorgt ansah. Was sie sagen wollte, war unmißverständlich, und um sie zu beruhigen, sagte Kitty: »Nein, nein, es ist mir nicht versehentlich hineingefallen. Es war nur etwas, das ich loswerden wollte, und das Meer schien mir dafür der beste Platz ...« Aber dann fiel ihr ein, daß die teilnahmsvolle Fremde wahrscheinlich kein Wort davon verstand, und mit einer Geste des Bedauerns sagte sie: *»No habla mucho Español. Français un peu, un petit peu.«* Und dann mit einem hoffnungsvollen Lächeln: *»Habla usted un peu English perhaps?«*

Die Dame lächelte auch.

»Ja, ich spreche Englisch. Aber mir scheint, Sie kommen nicht aus England?«

»Aus Irland«, sagte Kitty zögernd. Sie hatte in den zurückliegenden Tagen feststellen müssen, daß die wenigsten Kanaren etwas von der Existenz eines solchen Landes wußten, so daß sie inzwischen ihren Nationalstolz begraben und sich damit abgefunden hatte, zusammen mit Schotten und Walisern, denen das zweifellos genauso gegen den Strich ging, die Nationalitätsbezeichnung »englisch« verpaßt zu bekommen. Zu ihrer Überraschung rief diese kenntnisreiche Dame nun aber entzückt aus: »Ja! Der Tonfall ist doch ganz unverkennbar! Ich habe nämlich ein Jahr lang die Schule der Loreto Abbey in Dublin besucht, um Ihre Sprache zu lernen.«

Das war fast so schön, als hätte sie eine Landsmännin getroffen! Das Gefühl der Einsamkeit und das leise Selbstmitleid, die Kitty seit dem Abendessen bedrückt hatten, fielen augenblicklich von ihr ab.

»Na, so was! Ich wohne in Rathfarnham und kann vom Gartentor aus die Dächer Ihrer alten Schule sehen. Und meine Tochter Jill hat bis vor einem Jahr auch die Klosterschule besucht.«

»Wie schön, Sie hier zu treffen! Ich habe mich in Ihrer Stadt sehr wohl gefühlt. Machen Sie Urlaub auf Teneriffa?«

Während sie sich bemühte, nicht zu offensichtlich auf den Pelzmantel zu starren, den ihre neue Bekannte so lässig über die Schultern geworfen hatte, als sei er aus Kaninchenfell, erzählte Kitty, wie es dazu gekommen war, daß sie und Stephen in Santa Cruz Ferien machten. Was für ein wunderschöner Mantel! Bisher hatte sie erst einmal – damals, vor vielen Jahren in Ballyconeen – so einen Nerzmantel gesehen. Als sie in die Residencia zurückkam, weckte sie Stephen, um ihm von ihrer Zufallsbegegnung zu erzählen.

»Na, bist du endlich zurück?« sagte er mürrisch.

»Ich habe eine Menge Leute kennengelernt. Señora Delarosa hat mich in den Club Náutico mitgenommen ...«

»Es wäre besser, du würdest dich nicht von unbekannten Frauen wer weiß wohin einladen lassen.«

»Aber Stephen! Sie hatte ein riesiges Auto mit Chauffeur warten ...«

»Auch Pelzmäntel und Autos und Chauffeure sind kein Beweis für Vertrauenswürdigkeit, mein liebes Kind.«

Armer Stephen! Diese andauernde Frustration! Und davon würde er – Gott sei Dank! – noch mehr erleben ... Da mußte ja auch der gutmütigste Mann grantig werden.

»Mädchenhändler mit viel Geld würden sich bestimmt nicht für mich interessieren. Arme Mädchenhändler allerdings auch nicht, fürchte ich. Aber Señora Delarosa wußte ja auch nicht, wer ich bin.«

»Es dürfte dir schon aufgefallen sein, daß gebildete Spanier nicht gerade die Gewohnheit haben, Zufallsbekanntschaften um den Hals zu fallen, die sie nicht näher kennen.«

»Du meinst gebildete Spanier*innen.*« Stephen warf ihr einen mißtrauischen Blick zu, den sie aber geflissentlich übersah. »Doch, das ist mir schon aufgefallen. Sie sind im allgemeinen schrecklich reserviert, nicht wahr? Ich habe meine Sache übrigens sehr gut gemacht«, sagte Kitty mit unverhohlenem Stolz. »Ich habe ihr einfach wiedererzählt, was mir Jill aus ihrer Schule berichtet hat. Den größten Erfolg hatte ich, als ich Señora Delarosa sagen konnte, daß ihre alte Handarbeitslehrerin noch lebt. Jill hat zwar behauptet, sie sei schon scheintot, aber das habe ich natürlich nicht weitergegeben. Am Ende hat sie mich dann zum Abendessen in den Club Náutico eingeladen und mit einer Unmenge von Leuten bekannt gemacht. Und da Señora Delarosa mich eingeführt hatte, waren alle ganz reizend zu mir. Einige hatten sogar Adelstitel, aber irgendwie kann ich ausländischen Adel nie ganz für voll nehmen.«

»Das zeugt nicht gerade von Weltoffenheit«, sagte ihr geliebter Ehemann so abweisend und schulmeisterlich, als spräche die Dame seines Herzens aus ihm.

»Nein, sicherlich nicht«, gab Kitty vergnügt zu. »Na, jedenfalls war auch mir bald klar, daß Señora Delarosa hier etwas gilt. Sie lebt in Madrid und besucht auf der Insel Verwandte, nachdem sie die letzten Monate in Südamerika verbracht hat, wo es so heiß war, daß sie die Nächte hier geradezu als kalt empfindet. Deswegen hatte sie sich wohl auch den Nerzmantel umgehängt. Und stell dir vor, Stephen, sie fährt mit uns auf der ›El Cid‹ nach England! Ihr Mann ist zur Zeit geschäftlich in London, und sie will sich dort mit ihm treffen. Sie nimmt das Schiff, anstatt zu fliegen, weil sie sich erst nach und nach an das englische Klima gewöhnen muß.«

Gähnend bestätigte Stephen, das sei in ihrem Fall sicherlich sinnvoll, und empfahl dann Kitty, sich schlafen zu legen.

»Ja, ich ziehe mich ja schon aus«, sagte Kitty, die immerhin bereits die Schuhe abgestreift hatte. »Aber bleib bitte noch wach, bis ich dir alles erzählt habe. Ich bin nämlich zum Ehrenmitglied des Club Náutico ernannt worden. Das scheint hier der gesellschaftliche Mittelpunkt zu sein, wo die ›besseren Herrschaften‹ verkehren, wie man früher gesagt hat. Außerdem gibt es dort zu essen, und sie haben ein wunderschönes Schwimmbad, von dem aus man die Dampfer so dicht an sich vorüberfahren sieht, daß man sie fast berühren kann. Morgen werde ich mich da ausgiebig im Wasser tummeln.«

»Es ist bereits morgen.«

»In zwei Minuten bin ich im Bett. Weißt du, Stephen, der Nachteil an Teneriffa scheint mir zu sein, daß es hier keine richtigen Badestrände gibt, sondern nur Swimmingpools. Aber man hat mir gesagt«, erklärte sie fürsorglich, »daß auch Nichtmitglieder die Einrichtungen des Club Náutico gegen eine Tagesgebühr benutzen können, wenn ihr Hotel für sie bürgt.«

»Aber der Umgang mit den besseren Herrschaften ist ihnen natürlich streng untersagt?«

»Ach, ich bin ja da, um dich einzuführen. – Und Eva.« Sie zog die Augenbrauen zusammen und kniff die Lippen zusammen, als sie diesen verhaßten Namen aussprach. Die Wirkung war sehr eindrucksvoll. Rasch schnitt sie noch ein paar angsteinflößende Gesichter. Diese und ihr starker Wille waren nun alles, was ihr zur Verfügung stand, um diese verdammte Person in Schach zu halten, nachdem sie ihre bewährte Waffe auf den Boden des Meeres versenkt hatte – was Eva natürlich nicht erfahren durfte. Aber wer eine Frau mit einem solchen mordlüsternen Gesichtsausdruck zur Feindin hatte, würde sich schon bedroht fühlen, wenn auch nur gewöhnliches Tafelbesteck in greifbarer Nähe bereitlag. Über diesen Gedanken hatte Kitty ganz vergessen, daß ihr Gesicht im Spiegel auch für andere sichtbar war, und sie schreckte deshalb zusammen, als Stephen plötzlich verwundert fragte: »Was in aller Welt sind denn das für Grimassen, die du da schneidest?«

»Ich mache Übungen«, antwortete Kitty, was ja in gewissem Sinn stimmte. »Aber wenn ich es mir recht überlege, wäre Eva wahrscheinlich gar nicht sehr angetan von den Leuten, die sie durch mich im Club Náutico kennenlernen würde. Sie wären ihr vermutlich nicht authentisch genug. Bestimmt habt ihr zwei schon mehr von Santa Cruz entdeckt, als ich je zu sehen bekommen werde.«

»Wir haben die Stadt ziemlich gründlich erforscht«, sagte er knapp.

»Das habe ich mir schon gedacht. Bis zu unserer Abreise hat Eva die Insel mit Sicherheit bis in den letzten Winkel durchstöbert. Sie ist wirklich unermüdlich. Nur gut, daß du so fit bist und das alles mitmachen kannst. Aber vielleicht überlegt ihr es euch noch mal mit dem Swimmingpool im Club Náutico, wenn ihr euch mal abkühlen wollt«, sagte Kitty wie beiläufig und kletterte endlich ins Bett.

Nach dieser letzten Bemerkung entstand eine kleine und ganz verständliche Pause, bevor Stephen sagte: »Wir haben vor, morgen nach La Laguna zu fahren.«

»Nein, heute. Du mußt jetzt unbedingt schlafen, Stephen. Wenn du den ganzen Tag unterwegs bist, brauchst du deinen Schlaf sehr dringend.«

Es waren nur winzige Kratzer, die sie da mit ihren Krallen austeilte; nur eine Heilige hätte dieser Versuchung widerstehen können, und der Betroffene konnte sie einfach ignorieren, wenn er wollte. Stephen ignorierte sie – oder hat er, überlegte Kitty selbstkritisch, diese Krallen noch nie zu spüren bekommen, so daß er sie jetzt gar nicht wahrnimmt? Mit ruhiger Stimme sprach er weiter: »Das Städtchen ist schon sehr alt und war, glaube ich, einmal die Hauptstadt der Insel. Es ist Sitz eines Bischofs oder Erzbischofs. Die Kathedrale muß sehr sehenswert sein. Die Heiligenfiguren tragen, soviel ich weiß, Gewänder, die mit Gold und Edelsteinen verziert sind.« Er hörte sich wahrhaftig schon an wie ein Fremdenführer und gar nicht wie ihr guter alter Stephen; und wenn sie nicht gewußt hätte, daß sein wahres Interesse – auch wenn sie es mißbilligte – etwas ganz anderem als der Kathedrale galt, hätte sie sich große Sorgen gemacht, daß er unter dem Einfluß dieser Person auch so oberlehrerhaft werden könnte wie sie. Er machte eine kleine Pause. Gleich würde er sagen, was der Anstand ihm zu sagen gebot. Und dann sagte er es auch, und wer ihn weniger gut gekannt hätte, wäre überzeugt gewesen, daß er es wirklich so meinte. »Du solltest unbedingt mitkommen, Kitty. Es ist einer der sehenswertesten Orte auf Teneriffa.«

»Ich bin morgen in Puerto de la Cruz eingeladen, um mir eine Bananenplantage anzusehen, die dem Schwiegersohn von irgendwem gehört. Ich habe den Namen vergessen und weiß nur noch, daß er mit ›a‹ aufhörte. Und übermorgen bin ich irgendwo, wo Kamele als Arbeitstiere eingesetzt werden, wie Pferde, weißt du. Und irgendwann findet eine Party statt, auf der ich ein paar Amerikaner kennenlernen soll. Ach, wird das schön, endlich mal wieder reden können, ohne sich dauernd überlegen zu müssen, ob man verstanden wird.«

»Ich kann mir nicht vorstellen, daß dich das sehr behindert.« (Na also, jetzt waren sie quitt.) »Allem Anschein nach hast du ja ein volles Programm.«

Ja, dachte Kitty, ich habe ein volles Programm, und wenn du mal darüber nachdenkst, wirst du hoffentlich um so schneller dahinterkommen, was für eine lahme Ente dein vermeintliches Glamourgirl ist, wenn du tagein, tagaus mit ihr zusammen bist. Und dann war plötzlich, wie das öfter vorkam, ihr ganzer Kampfgeist dahin, und es überkam sie das heulende Elend, als sie daran dachte, was für ein wundervoller Urlaub das geworden wäre, wenn sie ihn allein mit Stephen hätte verbringen können. Sie blinzelte heftig und machte schnell das Licht aus.

»*God natt*, Stephen.«

»Was hast du gesagt?«

»Ich habe ›Gute Nacht‹ auf Schwedisch gesagt. Nur zur Übung. Einer der Grafen kam aus Schweden. Oder war es Dänemark? Ich muß mir wirklich noch eine Menge Sprachführer kaufen, wenn ich hier richtig am gesellschaftlichen Leben teilnehmen will. Aber ich kann doch nicht immer eine halbe Bibliothek mit mir herumschleppen.«

»Du wirst schon zurechtkommen. Gute Nacht.«

Das klang nach Schlußpunkt. Kitty lag ein paar Sekunden still da, dann fiel ihr noch etwas ein.

»Stephen!«

Er seufzte hörbar. Eigentlich war es schon eher ein Stöhnen.

»Ich verspreche dir, daß ich gleich mucksmäuschenstill sein werde«, sagte Kitty. »Ich wollte nur fragen, ob es dir recht wäre, wenn ich Señora Delarosa einladen würde, von London aus ein paar Tage zu uns zu kommen. Sie könnte dann ihre alte Schule besuchen gehen und mit ihrer Handarbeitslehrerin, diesem Museumsstück, Wiedersehen feiern.«

Da lachte er auf einmal und ganz unerwartet. Es war das erste herzliche Lachen seit langem, das sie von ihm hörte. »Typisch Kitty!« sagte er. »Ja, mir ist das schon recht, aber hast du dir auch überlegt, ob so ein Nerzmantel nach ›Brookdale‹ paßt?«

»Keine Sorge«, sagte Kitty vergnügt. »Während wir weg sind, macht Molly im ganzen Haus einen gründlichen Frühjahrsputz, und sie hatte sogar vor, die Vorhänge im Gästezimmer zu färben, damit man die ausgebleichten Stellen nicht sieht.«

»Das habe ich eigentlich nicht gemeint«, sagte er lachend, ließ dann aber offen, was er denn gemeint hatte. Kitty hielt ihr Versprechen und sagte nichts mehr, aber nach einem kurzen Moment meldete sich Stephen noch einmal und sagte mit milder, fast liebevoller Ironie, die an die Zeiten erinnerte, bevor es eine Eva gab: »Und natürlich könnten wir jederzeit in der Garage ein Klappbett aufstellen, damit der Chauffeur neben seiner Limousine schlafen kann. Gute Nacht, Kitty!«

Am andern Morgen war sein Verhalten so distanziert

wie vorher, und Eva war noch förmlicher als sonst, falls das möglich war. Kitty war froh, daß sie die beiden – ja, auch Stephen! – nur selten sehen würde, solange sie auf Teneriffa waren. Sollten sie sich doch ruhig gegenseitig ihren Urlaub verderben, wenn sie wollten, dachte Kitty. Sie selbst würde sich jedenfalls gut unterhalten. Dann plauderte sie mit den zwei Unausstehlichen noch eine Weile in der Empfangshalle, bis Señora Delarosa und der schwedische oder dänische Graf sie abholten, um mit ihr nach Puerto de la Cruz zu fahren.

Eva spulte ein paar auswendig gelernte Sätze ... nein, man muß wohl fairerweise sagen, daß sie zuerst etwas in fließendem und zweifellos sehr idiomatischem Spanisch sagte und dann mit dem Grafen ein paar Worte auf schwedisch wechselte – denn sie würde natürlich niemals Schwedisch oder Dänisch durcheinanderbringen. Der Graf verschlang sie förmlich mit den Augen. Daß sie einem schwer im Magen lag, begriffen die Männer wohl immer erst nach einiger Zeit. Señora Delarosa unterhielt sich währenddessen sehr angeregt mit Stephen. Nachdem Kitty mit diplomatischem Weitblick ihre gesellschaftliche Position gefestigt hatte, indem sie Señora Delarosa mit ihrem äußerst seriösen Mann bekannt machte, verabschiedete sie sich eilig von Stephen und Eva, bevor diese in die Einladung nach Puerto de la Cruz einbezogen werden konnten. Stephen wollte zwar vorläufig noch mit seiner Angebeteten ganz allein sein, aber es war denkbar, daß die Angebetete inzwischen schon Gelegenheiten suchte, um ihm auszuweichen. Das mußte verhindert werden. Beim Weggehen lächelte sie, von den andern unbemerkt, Eva auf ziemlich finstere Weise zu. Es war ein Lächeln, bei dem hinter den zu dünnen Linien verzogenen Lippen die Zähne kaum zu sehen waren und die Augen drohend funkelten. Kitty glaubte zu bemerken, daß das arme Geschöpf bei diesem Anblick noch etwas blasser wurde.

Nachdem Kitty einmal von Señora Delarosa in die Gesellschaft von Teneriffa eingeführt war, wurde sie bald von einer Familie zur nächsten weitergereicht, und ihre Tage waren so ausgefüllt, daß sie Eva kaum noch begegnete und auch Stephen meist nur im Bett sah, wie er schlief – oder sich schlafend stellte. Er wurde immer blasser und mürrischer, und Eva, obwohl unbestreitbar hübsch wie eh und je, wirkte immer durchscheinender. Ermutigende Anzeichen! Kitty wehrte sich dagegen, Mitleid mit den beiden zu empfinden. Sie war grimmig entschlossen, sich glänzend zu amüsieren.

Vierzehntes Kapitel

Am Ende dieser zwei Wochen auf Teneriffa war Stephen mit sich, mit Eva, mit Kitty und mit der ganzen Welt zerfallen. Das war der scheußlichste Urlaub seines Lebens, sofern man hier überhaupt von Urlaub sprechen konnte! Und wenn ihm gelegentlich einmal der unangenehme Gedanke kam, daß er sich das ja alles selbst zuzuschreiben hatte, verdrängte er ihn sofort wieder und wurde noch wütender.

Zum Teufel mit Inseln im Sonnenschein, wogenden Palmen und südlichen Nächten! Kein Wunder, daß der mittlerweile abnehmende Mond hier genauso verschlagen wie auf Gran Canaria grinste! An ihrem ersten Abend auf Teneriffa, als Kitty sich nach ihrer Rückkehr vom Teide ein wenig hingelegt hatte, um auszuruhen, war er mit Eva am Meer spazieren gegangen. Als die Docks schon hinter ihnen lagen, kamen sie an einen Fußweg, der zu einer kleinen, mit Kiesel und Geröll bedeckten Bucht führte. Es war kein besonders schöner Strand, aber wenigstens lag er abseits. Eva war die ganze Zeit ungewöhnlich still gewesen – was ihn aber, wenn er darüber nachdachte, gar nicht störte. Als er sie dann aber in die Arme nehmen wollte, war ihre Stimme auf einmal sehr laut zu hören. Sie wandte erschrocken den Kopf zur Seite und rief: »Nein, nicht!« Und dann, als sei sie froh, einen Vorwand gefunden zu haben: »Nicht hier! Was für ein häßlicher Platz. Und dieser Gestank.«

In seinen leidenschaftlichen Impulsen gebremst, mußte er zugeben, daß sie mit dieser Feststellung recht hatte. Er schnupperte.

»Faulender Fisch?« Er schnupperte noch mal. »Oder noch schlimmer. *Specialité du pays?*«

»Ich glaube, das ist eine Müllkippe. Sieh mal, da liegen leere Ölbüchsen und ... igitt, was sind denn das für widerliche Klumpen?«

Auf einmal mußte er schallend lachen, dem grinsenden Mond gerade ins Gesicht.

»Ja, ich gebe zu, das ist nicht ganz der richtige Ort für eine wählerische Frau, um sich verführen zu lassen.«

»Verführen, Stephen? Was für ein häßliches Wort! Das solltest du in Verbindung mit uns beiden aber nicht verwenden.«

Sie hielt ihm einen kurzen Vortrag über Gleichberechtigung und moderne Auffassungen von Sexualität. Als sie damit fertig war, fragte er: »Du findest es also überhaupt nicht komisch, wenn ein Mann, von Sexphantasien getrieben, das Objekt seiner Begierde ausgerechnet auf die städtische Mülldeponie bringt?«

»Nein«, sagte sie.

Er brachte sie zurück zur Residencia. Kitty war ausgegangen und kam erst zurück, als er schon im Bett lag. Dann erzählte sie ihm endlos von einer Frau, die sie kennengelernt hatte. Mit ihr hatte sie anscheinend etwas besucht, das sich Club Náutico nannte, und war dort der Creme von Santa Cruz begegnet. Mit Sicherheit hatte sie mehr Spaß gehabt als er.

Am nächsten Tag hatte er, immer nur das eine Ziel vor Augen, Eva mit viel Geschick an einen Ort gelockt, der für die Erfüllung seiner Wünsche wie geschaffen schien. Gleich nach ihrer Rückkehr von dem Vormittagsausflug nach La Laguna – das natürlich ganz nach ihrem Geschmack gewesen war, aber völlig uninteressant für einen Mann, dem der Sinn augenblicklich nach Handfesterem stand als nach Kunst und Architektur – hatte er vorgeschlagen, den Nachmittag in San Andrés zu verbringen, das sehr hübsch sein sollte. So ein unverfälschtes kanarisches Fischerdörfchen, dachte er, würde ihr sehr gefallen, und zunächst ließ sich auch alles gut an. Sie war hell begeistert von den malerischen Häusern und ihren Bewohnern, und von einer Gruppe wettergebräunter Fischer, die bei ihren auf dem Trockenen liegenden Booten am Hafen standen und rauchten, war sie ganz hingerissen. Einer von den Männern, ein rüstiger Alter, kam auf sie zu.

»Inglés?« Er tippte sich auf die Brust. »Ich sprechen«, sagte er stolz. Die andern Fischer kamen jetzt näher und schauten bewundernd von ihrem gebildeten Freund zu den Fremden hinüber.

Eva antwortete auf spanisch und erklärte, so vermutete Stephen, daß sie aus Irland und nicht aus England kämen. Der alte Mann, der den Unterschied offenbar nicht verstand, sah sie fragend und etwas hilflos an.

»*Inglés?* Ich hören. Kann sprechen. *I speak Inglés.* Ich arbeiten Amerika, viele Jahre. *Fabrica de conservas.*«

Bevor Eva etwas sagen konnte, antwortete Stephen schnell: »Sie haben also in einer Konservenfabrik in Amerika gearbeitet? California?« Der alte Mann lächelte erfreut und nickte heftig. Seine Kameraden strahlten über das ganze Gesicht. »Wie interessant! Sie sprechen sehr gut Englisch. *Inglés – muy bueno.*«

Die Fischer machten nun alle sehr stolze und zufriedene Gesichter. Stephen fuhr fort, Englisch zu sprechen, und der alte Mann tat so, als verstehe er alles, und ließ hier und da ein paar englische Wörter, an die er sich erinnerte, einfließen. Damit war sein Ruf als Sprachkundiger im Dorf gefestigt, und alle waren glücklich. Alle außer Eva. Sie redete auf spanisch drauflos, aber der weitgereiste Fischer sagte nur: *»Qué?«* und wandte sich dann wieder Stephen zu.

»Sehr hilfsbereit war er ja nicht«, klagte Eva, als sie im rebenüberwachsenen Hof hinter der Bodega des

Dorfes saßen. »Ich hätte so gern etwas über die Lage der kanarischen Fischer in Erfahrung gebracht.«

»Es hätte ihm aber das Herz gebrochen, mit uns etwas anderes als Englisch zu sprechen.«

»Warum nur? Er konnte doch bloß ein paar Brokken.«

Wenn jemand so etwas fragen konnte, war es sinnlos, darauf zu antworten. Kitty hätte gewußt, warum. Sie hätte sich in ihrer eigentümlichen Phantasiesprache mit diesem Fischer genauso angeregt unterhalten, wie sie sich mit kanarischen Waschfrauen, Taxifahrern, Portiers und allen andern Inselbewohnern unterhielt, bei Grafen und Millionären angefangen. Kitty hätte diesem alten Fischer gefallen. Mißmutig legte er ein paar Gräten beiseite. Der sonderbar aussehende und fade schmeckende Fisch, der vor ihm auf dem Teller lag, schien aus nichts als Gräten zu bestehen.

»Das einfache Leben hat seine Schattenseiten«, sagte er.

Eva sah wirklich sehr hübsch aus, aber ihm wurde jetzt klar, daß er schon wußte, was sie darauf antworten würde, bevor sie es ausgesprochen hatte.

»›Was braucht es mehr als Brot und Wein, wenn Liebende sich nahe sind ...?‹«

Nun ja, Brot und Wein waren zweifellos vorhanden, aber mit der Liebe und dem Nahesein haperte es, als sie sich nach diesem eher kargen Mahl an einen stillen und lauschigen Ort zurückgezogen hatten. Anscheinend waren Eva neue Bedenken gekommen. Sie könne unmöglich seine Geliebte werden, sagte sie, solange sie täglich mit seiner Frau zusammentreffe. Das wäre unanständig und hinterhältig. Es war sonderbar, aber zum ersten Mal, seit er sie kannte, klang sie unaufrichtig. Wütend sagte er: »Entschuldige, aber ich dachte, diese Fragen hättest du für dich schon in Las Palmas geklärt. Ich habe es langsam satt, andauernd hingehalten zu werden, weißt du!«

»Oh, bitte, Stephen!« Ihre Haltung und Nüchternheit waren auf einmal dahin. Sie wirkte elend und seltsam verängstigt. »Ich liebe dich doch! Wirklich! Aber... oh, bitte, hab noch etwas Geduld. Wenn wir wieder in Dublin sind... Das Körperliche«, sagte sie flehend, »ist doch nur ein Teil unserer Liebe!«

Zum ersten Mal kam ihm der Gedanke, daß es für ihn das einzige und Wichtigste zu sein schien, aber er schob das gleich wieder beiseite, um nicht alle Selbstachtung zu verlieren. Und so folgte ein unglücklicher Tag dem anderen. Er war an Eva gefesselt, die seine Unzufriedenheit ständig nährte, während Kitty immerzu in vielsprachiger und interessanter Gesellschaft, die sie im Club Náutico kennenlernte, auf der Insel unterwegs war und sich amüsierte. Was war das nur für eine Ehefrau! War es nicht die Pflicht einer anständigen Frau zu verhindern, daß sich ihr Mann zum Narren machte? Kitty dagegen tat anscheinend alles, um Eva und ihn einander in die Arme zu treiben, damit sie ihren Vergnügungen nachgehen konnte! Das konnte doch nur bedeuten, daß er ihr völlig gleichgültig geworden war. Und das Schlimmste daran war, daß er gar kein großes Verlangen mehr danach verspürte, Eva in seinen Armen zu halten. Höchstwahrscheinlich würde sie auch in der Liebe nach einem Lehrbuch vorgehen. Da war Kitty ganz anders.

Noch nie hatte er sich so erleichtert gefühlt wie an dem Morgen, als er aufwachte und wußte, daß die »El Cid« während der Nacht in den Hafen eingelaufen war und ihn nun von dieser Teufelsinsel fortbringen würde. Die Abfahrt sollte zwar erst um neunzehn Uhr sein, aber gleich nach dem Frühstück ging er zum Hafen, um nachzusehen, ob das Schiff auch wirklich schon da sei. Eva begleitete ihn. Kitty dagegen nahm an irgendeiner Abschiedsfete teil, anstatt die Koffer zu packen, wie sich das für eine normale, pflichtbewußte Ehefrau gehört hätte.

Die »El Cid« lag zu seiner Erleichterung tatsächlich am Kai, und überall auf dem Schiff waren Mannschaften und Hafenarbeiter emsig am Werk. Sie war erstaunlich klein und ungepflegt, verglichen mit dem Dampfer, der in der Nähe vor Anker lag. Stephen mußte an Kitty denken, die nicht besonders seefest war (aber wozu machte er sich eigentlich ihretwegen Gedanken, wo er ihr doch ganz gleichgültig war!), und er fragte sich, wie dieser alte Pott die berüchtigten Stürme in der Biskaya überstehen würde.

»Das Meer«, sagte Eva, »kann aber in der Biskaya so glatt sein...« Er wußte schon, was jetzt kommen mußte – »... wie ein Spiegel. Und die ›El Cid‹ ist für lange Seereisen zweifellos gut ausgerüstet. Sie fährt ja regelmäßig zwischen Southampton und Colombo.« Das hatte man ihm bereits im Reisebüro gesagt. »Mit Zwischenstation auf den Karibischen Inseln«, ergänzte Eva überflüssigerweise. »Soviel ich weiß, sind sehr viele Schwarze an Bord, die nach England auswandern wollen.«

»Auch das noch! Es ist mir heute morgen schon aufgefallen, daß halb Jamaika in den Straßen von Santa Cruz unterwegs war. Aber man hatte mir ja bereits in Dublin gesagt, daß wir uns die Kabinen nicht würden aussuchen können, da wir erst unterwegs zusteigen. Wir werden nehmen müssen, was frei ist – wahrscheinlich irgendwo tief unter Deck beim Maschinenraum.« Und so murrte er noch eine Weile weiter, obwohl er in seinem Innersten genau wußte, daß das ungerecht war, denn die »El Cid« war sicher kein schlechtes Schiff, und wenn sie nicht rechtzeitig gekommen wäre, hätte er jeden beliebigen Seelenverkäufer bestiegen, nur um von Teneriffa wegzukommen. »Wir hätten lieber kein spanisches Schiff nehmen sollen. Immerhin sind wir fünf Tage unterwegs, so lange wie von Irland nach Amerika.«

»Ha ha!« lachte Eva. Sie klang fast wie ein fröhliches Schaf. Ihr Lachen hatte ihn schon immer gestört. »Du bist doch der letzte, der sich im billigen Vergnügungsrummel eines Kreuzfahrtdampfers wohlfühlt.« Oder war es ihre Angewohnheit, ihm zu sagen, wer oder was er wirklich war, die ihn besonders störte! »So was ist doch gar keine richtige Seereise! Mein Traum ist es, irgendwann einmal eine Reise auf einem Bananenfrachter zu machen, und dieser kleine spanische Liniendampfer kommt dem schon recht nahe!«

»Einschließlich der Bananen«, bemerkte Stephen, als er sah, wie Stapel von Kartons mit diesen Früchten eingeladen wurden, möglicherweise als Fracht nach Dublin. In der nächsten Sekunde mußte Stephen an das Landwirtschaftsministerium denken und daran, wie schrecklich es wäre, Eva um sich zu haben zu müssen, solange er im Ministerium arbeitete. Das arme Mädchen schien noch immer zu glauben, daß sie seelenverwandt seien. Nun, wenn sie erst wieder zu Hause waren, konnte er sich zumindest an Wochenenden von ihr befreien, und das beste Vorgehen würde es dann sein, dachte Stephen, ihr allmählich die Augen zu öffnen. Das Leben war wirklich verflixt schwierig, besonders dann, wenn man eine Frau hatte, die auch nicht das Geringste unternahm, um es einem leichter zu machen.

»Was wollen wir an unserem letzten Tag auf Teneriffa unternehmen, Stephen?«

Solange sie noch nicht wieder auf heimischem Boden waren, wo er eine gute Entschuldigung hatte, sich von ihr loszumachen, und der Prozeß der Ernüchterung beginnen konnte, war das Band, das sie zusammenhielt, fester als jede eheliche Fessel. Denn es wäre doch ein bißchen viel gewesen, nicht nur seine Ehefrau schlecht zu behandeln, sondern auch noch die Frau, die für ihn der Anlaß gewesen war, seine Ehefrau schlecht zu behandeln. Damit würde er sich doch nur lächerlich machen, und der Teufel sollte ihn holen, wenn er Kitty oder sonst wem eine Gelegenheit gab, über ihn zu lachen! Er sah Eva forschend an. In ihrer Stimme hatte so etwas wie Wehmut gelegen, und auch in ihrem klassisch schönen Gesicht lag ein wehmütiger Ausdruck, der für sie ganz ungewöhnlich war. Ihre Lippen waren leicht geöffnet, ihr Blick war (für ihre Verhältnisse) seelenvoll. War das sehnsüchtiges Verlangen? Zweifellos wirkte sie in diesem Augenblick außerordentlich begehrenswert – was sie natürlich auch war, wenn man nur nicht dem hätte zuhören müssen, was sie vorher, hinterher und möglicherweise auch währenddessen zu sagen hatte. Ihr (für ihre Verhältnisse) schmachtender Blick gab ihm das wunderbare Gefühl, ein Bild von einem Mann zu sein. Die letzten Funken seiner Leidenschaft glommen noch einmal auf. In seiner besten Don-Juan-Manier und mit einem Lächeln, von dem er hoffte, daß es eher vielsagend als lüstern wirkte, sagte er bedeutungsvoll: »Ich wüßte, wie dieser Tag für uns beide unvergeßlich werden könnte, Liebste.«

Auf diese Weise würde es allerdings später schwieriger werden, sich von ihr zu trennen, aber wozu jetzt diese kleinlichen Bedenken! Zumindest würde ihn das dafür entschädigen, daß er ihr volle zwei Wochen lang geduldig zugehört hatte. Und wenn er schon mal ein schlechter Kerl war, dann kam es auf eine Schlechtigkeit mehr auch nicht an. Aber ihr Gesichtsausdruck veränderte sich augenblicklich und nahm wieder diese gehetzte Nervosität an, die er in letzter Zeit jedesmal bemerkte, wenn er sein Glück bei ihr versuchte.

»Stephen! Wir müssen uns noch ein wenig gedulden, und du weißt auch, warum. Es ist ja nur noch für kurze Zeit.«

Halb frustriert und halb erleichtert sagte er: »Wenn wir den heutigen Tag dazurechnen, sind es noch genau sechs Tage. Ich verstehe beim besten Willen nicht, weshalb dir Dublin für einen Ehebruch geeigneter erscheint als Teneriffa.«

Sie warf ihm einen vorwurfsvollen und zugleich bittenden Blick zu.

»Das ist ein sehr häßliches Wort, Stephen. Und es ist unfair von dir, mir Vorwürfe zu machen. Daß ich noch nicht einwilligen kann, ist für mich genauso schmerzlich wie für dich. Aber du weißt, warum ich es nicht kann. Die Notwendigkeit, sich gegenüber deiner Frau andauernd zu verstellen, würde die Erfüllung unserer Liebe sehr beeinträchtigen.«

»Ich werde mich aber immer noch verstellen müssen, wenn wir erst wieder in Dublin sind. Auch wenn du das nicht zu tun brauchst«, sagte Stephen. »Dein Einwand ist also nicht sehr plausibel.« Plötzlich stieg in ihm die Wut hoch. Er mußte daran denken, wie Kitty sich hier überall herumtrieb und Highlife machte, anstatt sich wie eine gute Ehefrau an seiner Seite aufzuhalten und ihn davor zu bewahren, sich mit diesem hirnverbrannten Mädchen in so hirnverbrannter Weise auseinanderzusetzen. »Ich weiß auch gar nicht, warum die ganze Verstellerei nötig sein soll. Es muß dir doch auch schon aufgefallen sein, daß es meiner Frau ziemlich gleichgültig ist, was wir machen.«

»Laß uns jetzt bitte nicht von deiner Frau reden«, sagte Eva mit schwacher Stimme.

»Du hast doch damit angefangen, neulich in Las Palmas! Weißt du das nicht mehr?« Um Himmels willen! Sich jetzt mit diesem Mädchen wegen Kitty zu streiten, das wäre ja wohl der Gipfel der Absurdität! Er zwang sich zur Ruhe und sah trostsuchend zur »El Cid« hinüber, diesem schmucken Luxusdampfer ... besser gesagt, diesem leicht angeschmuddelten Auswandererschiff. »Ach, lassen wir das! Wenn sündiges Treiben nicht in Frage kommt, wie wäre es dann mit einem sportlichen Marsch zur Sublimierung der niederen Triebe?«

Es tat ihm bald leid, wie er sich verhalten hatte, und er nahm sich vor, den Rest des Tages besonders nett zu sein. Eva war meistens recht schweigsam, was ihm das Nettsein erleichterte. Es war schon ziemlich spät, als er in die Residencia zurückkam und Kitty dabei antraf, wie sie Kleider und Urlaubsartikel hastig in die Koffer stopfte.

»Ich bin auch gerade erst zurückgekommen«, sagte sie. »Den letzten Tag muß man ja noch richtig ausnutzen. Du liebe Güte, wie kommt es nur, daß man zu Hause alles mühelos in den Koffer bekommt, und am Ende des Urlaubs nehmen die Sachen doppelt soviel Raum ein?«

»Ob es vielleicht damit zu tun hat, daß du die Kleider zu Hause sorgfältig zusammengelegt hast?«

»Eins zu null für deinen klugen Kopf, aber für solche Feinheiten haben wir jetzt keine Zeit mehr. Ist auch nicht so wichtig. Bevor sie so richtig verknüllt sind, kommen die Sachen ja schon wieder aus dem Koffer heraus.« Und sie klang wie eine Musterhausfrau aus der Fernsehwerbung, als sie hinzufügte: »Sobald wir an Bord sind, hänge ich sie auf Kleiderbügel.« Dann hielt sie einen von Stephens Pullovern in der Hand und machte ein ratloses Gesicht. »Wo soll ich den nur noch hineinpacken? Mal sehen. Laut Versandhauskatalog ist das hier eine robuste Universaltasche. Hoffentlich ist sie robust und universal genug, um den Pullover auch noch aufzunehmen. Ja, es geht! So, Stephen, jetzt halte ich die Tasche hier fest, und du machst bitte den Reißverschluß zu.«

Er gab sich alle Mühe, den Reißverschluß über die prallgefüllte Leinentasche zu ziehen. »Wie zwei miserable Chirurgen, die einen dicken Patienten nach der Operation wieder zusammennähen wollen«, sagte Kitty. »Ich will mal versuchen, die Innereien unseres Patienten noch etwas fester hineinzustopfen.« Also stopfte sie, und Stephen zog. Plötzlich machte es »Ratsch!« und die Naht, die Reißverschluß und Tasche zusammengehalten hatte, war geplatzt. »Mist!« schimpfte Stephen.

An der Tür klopfte es, und Evas ruhige Stimme rief von draußen: »Das Taxi wartet. Es wird Zeit für uns.«

»Wir kommen gleich!« rief Kitty zurück, während Stephen sich demonstrativ auf einen Stuhl setzte und mit diesen Vorgängen offensichtlich nichts mehr zu tun haben wollte. »Feigling!« sagte Kitty. Sie wühlte im Innern der Tasche, wodurch deren Inhalt nur noch mehr durcheinander geriet, und zog schließlich den Gürtel ihres Bademantels hervor. »Na also!« sagte sie triumphierend und band den Gürtel um die Reisetasche. »Das müßte halten, Herr Doktor, wenn der Patient vorsichtig transportiert wird. Und jetzt...« Sie hob einen Nylonstrumpf vom Boden auf und steckte ihn in ihre ebenfalls schon überquellende Jackentasche. »... haben wir, glaube ich, alles. Eva hat wahrscheinlich schon gepackt, bevor sie heute früh aus dem Haus ging. Sehr vernünftig von dem Mädchen. Bei ihr liegt bestimmt zwischen den einzelnen Kleidungsstükken ein Bogen Seidenpapier. Sie ist ja immer wie aus dem Ei gepellt.«

Zweifellos war Eva beim Kofferpacken genauso penibel wie bei allem andern, was sie tat. Sie brauchte sicher nie Witze über Gepäckstücke zu machen, die aus den Nähten platzten. Stephen sah seine Frau an.

Ihr Haar war zerzaust, ihr Gesicht gerötet. Sie lächelte ihm fröhlich zu. Irgend etwas regte sich in ihm. War es Ärger? Oder sein schlechtes Gewissen? Oder Zärtlichkeit? Er war sich in letzter Zeit über seine Gefühle nicht mehr im klaren. Dann sah er sich noch einmal in dem Zimmer um. Wie alle Räume, die man nur eine Zeitlang bewohnt hat, um sie dann anderen Reisenden, anderen Schicksalen zu übergeben, wirkte es tot und verlassen. Fast kam es ihm vor, als sei jemand darin gestorben. Etwas verlegen fragte er: »Dir hat es auf Teneriffa sicher sehr gut gefallen, nicht wahr, Kitty?«

Ihre Blicke begegneten sich. Er sah als erster wieder weg. »Ich bin in den letzten zwei Wochen kaum mal zur Ruhe gekommen«, sagte sie.

Es war dumm von ihm gewesen, auch nur einen Augenblick zu glauben, daß diese neue, ganz auf sich allein konzentrierte Kitty sich von irgend etwas, das er getan hatte oder tun würde, in irgendeiner Weise berührt fühlen könnte.

Fünfzehntes Kapitel

Stephens Stimmung besserte sich kaum, als sie schließlich an Bord der »El Cid« waren. Kitty war sofort mit einer Gruppe von Leuten verschwunden, die diese Señora Delarosa verabschieden wollten, und Eva und er waren aus purer Höflichkeit gefolgt. In Señora Delarosas Luxuskabine war ein richtiges Fest im Gange: Ströme von Champagner, ein internationales Sprachengewirr, und alle redeten sich anscheinend nur mit dem Vornamen an, Kitty, Isabella, Peter, Ingmar, Enrico und wie sie noch hießen. Es störte Stephen, gewissermaßen nur als Anhängsel seiner Frau hier zu sein. Eva, die schöner und hoheitsvoller aussah als jede andere der anwesenden Damen und außerdem mit ihren Sprachkenntnissen glänzte, wurde überall sehr bewundert. Kitty redete ununterbrochen in einem waghalsigen Gemisch Gott weiß welcher Sprachen und brachte ihre Zuhörer immer wieder zum Lachen. Daß sie auf Partys so amüsant wirkte, lag daran, daß sie sich genauso ungezwungen und natürlich verhielt wie zu Hause und mit der größten Selbstverständlichkeit alles äußerte, was ihr in den Sinn kam. Stephen, der sich in seiner Ecke ziemlich einsam vorkam, drückte mißmutig seine erst halb gerauchte Zigarette in einem Aschenbecher aus und zündete sich gleich darauf eine neue an. Früher hatte Kitty immer behauptet, sie könne eine Party nur dann richtig genießen, wenn er in ihrer Nähe sei, aber das stimmte offenkundig nicht mehr. Er begann, sich ein wenig mit Champagner zu betäuben.

Er war von Anfang an realistisch genug gewesen, um sich zu sagen, daß eine Seereise auf engem Raum mit zwei Frauen, die er beide sehnlichst ans andere Ende der Welt wünschte, auch im günstigsten Falle nur mit

Mühe erträglich sein würde, und er hatte nie mehr verlangt, als daß ihn die »El Cid« endlich dorthin brachte, wo er sich aus seiner selbstgeschaffenen Zwangslage irgendwie herauswinden konnte. Als dann sämtliche Peters und Pepitas von Bord geeilt waren, kurz bevor man die Gangway hochzog, wurde ihm allmählich klar, daß ihm die »El Cid« abgesehen vom bloßen Heimtransport tatsächlich nichts, aber auch gar nichts würde bieten können. Daß es überhaupt auf dem Wasser schwamm, war das einzige Positive an diesem Schiff.

Evas Kabine war, ihren Worten zufolge, kaum groß genug, um sich darin umzudrehen, aber wenigstens war es eine nach Steuerbord gelegene Außenkabine. Kitty und er dagegen waren mittschiffs in einem stickigen Kabuff untergebracht, dessen einziges Tageslicht durch ein Milchglasfensterchen in der Tür fiel und dessen Glühbirnen kaum mehr als ein trübes Flackern hergaben. Es gab darin zweimal zwei übereinander liegende Kojen, von denen die beiden unteren mit Bettzeug bezogen waren. Auf dem Fußboden lag ein viereckiges, ausgefranstes Stück Persenning, und die dunkelbraune Ölfarbe an den Holzwänden hatte Blasen geworfen. Der einzige Lichtblick war ein großer Strauß Rosen mit einer Visitenkarte, der im Waschbecken lag. Stephen nahm die Blumen sofort heraus und warf sie auf den Boden.

»Ich will mich jetzt waschen.«

»Von Eduardo und Anna«, sagte Kitty, als sie auf die Karte sah. »Wie reizend von ihnen! Hier ist dein Waschzeug, Stephen. Was für hübsche Rosen! Wir müssen sie wieder ins Waschbecken legen, wenn du fertig bist. Anscheinend gibt es auf der ›El Cid‹ nicht genügend Vasen.«

»Glaubst du im Ernst, daß wir jedesmal, wenn wir uns waschen wollen . . .«

»Das wäre vielleicht ein bißchen umständlich.« Kitty öffnete eine schmale Tür, die er bisher nicht bemerkt hatte. Dahinter lag ein enges Räumchen. »Unser Badezimmer«, verkündete sie mit großer Geste. Darin befand sich eine ständig tropfende Dusche, die so dicht neben der Toilette angebracht war, daß deren Sitz immer mit feinen Wassertröpfchen bedeckt war. Liebevoll legte Kitty ihren Blumenstrauß auf den Boden der Dusche. »Da bleiben sie schön feucht und frisch.«

»Feucht ganz bestimmt!« kurrte Stephen wütend. Kitty fing an zu lachen, worauf sich sein Blick noch mehr verfinsterte. »Ich muß sagen, ich kann es nicht besonders komisch finden, wenn man für eine Passage erster Klasse bezahlt hat und dann in so ein finsteres Loch gesteckt wird. Ich werde mich beim Reisebüro beschweren und Schadenersatz verlangen.«

Mit einem verdächtigen Tremolo in der Stimme sagte Kitty: »Ich könnte wetten, daß die beiden oberen Kojen hier nur deshalb unbelegt sind, weil wir die schrecklich exklusive erste Klasse bezahlt haben. Den Schadenersatz kannst du, glaube ich, vergessen.« Prustend vor Lachen ließ sie sich auf ihre Koje fallen. Einen Augenblick behielt Stephen noch sein böses Gesicht, dann konnte er nicht mehr widerstehen und brach auch in schallendes Gelächter aus. »Außerdem«, sagte Kitty und wischte sich die Augen, »benutzen wir diese Kabine ja auch nur zum Schlafen.«

Das war das erste und letzte Mal, daß die »El Cid« Stephen Anlaß zum Lachen gab. Vielleicht wäre alles nicht so schlimm gewesen, wenn Kitty ihm wie früher Gesellschaft geleistet hätte, denn sie konnte auch den katastrophalsten Situationen noch etwas Komisches abgewinnen und einen mit ihrer Heiterkeit anstecken. Aber jetzt amüsierte sie sich alleine, und er hatte niemanden außer Eva.

Soweit Stephen feststellen konnte, bestand der Unterschied zwischen den Passagieren der ersten und der zweiten Klasse lediglich darin, daß sie ihre Mahlzeiten in verschiedenen Speisesälen einnahmen. Daß Kitty, Eva und er als einzige Passagiere zusammen mit Señora Delarosa am Tisch des Kapitäns und seiner Offiziere speisen durften, hatten sie zweifellos dem großen Einfluß dieser Dame zu verdanken. Kapitän und Offiziere waren keine besonders sympathischen Menschen, und außerdem sprachen sie nur Spanisch und Portugiesisch. Kitty mit ihrem eigenartigen Kauderwelsch kam irgendwie ganz gut mit ihnen zurecht, aber er mußte sich bei der Unterhaltung am Tisch notgedrungen an die Frauen halten. Señora Delarosa, ganz Dame von Welt, gab sich große Mühe, ihn höflich in jedes Gespräch mit einzubeziehen, aber Stephen war ihr dafür nicht besonders dankbar. Ihre übertrieben förmliche Höflichkeit ihm und Eva gegenüber betonte nämlich eher als daß sie verbarg, wie sehr sie die beiden ablehnte. Und wenn man wegen eines Seitensprungs abgelehnt wird, bei dem man nicht einmal sein Ziel erreicht hat, dann ist das doppelt ärgerlich. Inzwischen zum überzeugten Frauenfeind geworden, legte Stephen aber seinerseits auch keinen Wert darauf, mit irgendeiner dieser Damen Konversation zu machen, und er konzentrierte sich darauf, von dem kaum genießbaren Essen gerade genug herunterzuwürgen, um nicht zu verhungern. Wenn er durch die gläserne Tür sah, die ihn vom Speisesaal zweiter Klasse trennte, wünschte er sich nichts sehnlicher, als seine Mahlzeiten dort umgeben von schwarzen Gesichtern und in Ruhe zu sich nehmen zu können.

Es fiel ihm aber außerordentlich schwer, irgendwo engeren Kontakt zu finden, sowohl bei den Europäern an Bord als auch bei den Westindern. Er war ein schüchterner junger Mann gewesen, bis er Kitty begegnete, die in Ballyconeen auf der Bühne ihre Kapriolen machte und die Barrieren, die ihn von der Welt trennten, niederriß. Und sie hatte dafür gesorgt, daß sein Leben abwechslungsreich und schön war, indem sie diese Barrieren niedrig hielt. Während der letzten zwei Wochen aber hatte er begonnen, sich zu dem zurückzuentwickeln, was er unweigerlich geworden wäre, wenn Kitty nicht gewesen wäre, nämlich ein eigenbrötlerischer Mann in mittleren Jahren.

Gewiß, er hatte Eva an seiner Seite – oh ja, er hatte Eva! Den europäischen Mitreisenden hielt sie Vorträge über Regierungssysteme und Volkswirtschaft, ebenso den Westindern, denen sie außerdem noch allerhand über Arbeitsmarkt, Wohnungswesen, Schulen und Rassenvorurteile in England zu sagen hatte. Zweifellos interessante Themen, und Kitty hätte darüber sicher nicht halb soviel gewußt – aber irgendwann reicht es! Ein Gespräch mit einer ebenso hübschen wie intelligenten Frau über Politik oder Philosophie kann von Zeit zu Zeit sehr anregend sein, aber von morgens bis abends Probleme zu wälzen, das war einfach zuviel.

Kitty, weit davon entfernt, Probleme zu wälzen, schwirrte unterdessen munter umher. Sie benutzte ihre Kabine tatsächlich nur zum Schlafen, während Stephen dort jeden Tag Stunden um Stunden zubrachte, schwitzend, nach Luft ringend und mit Augen, die vom Lesen in diesem halbfinsteren, übelriechenden Verschlag schmerzten. Die Kabine war aber der einzige Ort, wo er sicher sein konnte, nichts von Eva zu sehen oder zu hören. Kitty war es ja egal, ob er da unten erstickte. Ihr war es nur wichtig, daß sie sich amüsierte. Er sah sie gerade häufig genug, um mitzubekommen, was sie so trieb. Jeden Vormittag war sie dabei, wenn Bingo gespielt wurde. Jeden Abend saß sie im Hauptspeisesaal, wo auf einem an die Wand gehängten Bettuch uralte Hollywoodfilme mit spanischen Untertiteln gezeigt wurden. Dazwischen saß sie an Deck und unterhielt sich mit den Leuten. Und manchmal war sie umringt von schwarzen und weißen Kindern, die mit offenen Mündern lauschten, wie sie ihnen Geschichten erzählte. Nach dem Abendessen unternahm sie regelmäßig mit Isabella Delarosa einen Spaziergang an Deck, und diese zog sich anschließend zur Nachtruhe zurück. Nicht aber unsere Kitty. Oh nein! Bis Mitternacht oder noch später konnte man sie mal in dieser, mal in jener Runde an der Bar oder unter den Zuhörern eines Banjospielers sitzen sehen. Einmal, als Stephen vergeblich versuchte, in seiner popeligen Kabine Schlaf zu finden, hörte er nach einer langen Reihe von Calypsos eine Melodie, die ihm, obwohl er sie nur undeutlich hören konnte, entfernt bekannt vorkam. Er stand auf und öffnete die Kabinentür. »Wie geht's mir so gut. Mein Fell gibt mir Mut, wenn eisige Winde wehen. Mag's stürmen und schnei'n, mein Pelz hüllt mich ein. Mir kann nichts Böses geschehen«, sangen die Westinder und Kitty einträchtig. Stephen fluchte leise und knallte die Tür zu.

In der dritten Nacht kamen dichter Nebel und hoher Seegang auf, und das Schiff begann stark zu rollen. Kitty wurde während des Abendessens kreidebleich, nahm zwei Tabletten gegen Seekrankheit und legte sich in ihre Koje. Stephen ging an Deck, wohin ihm Eva, der das Schlingern des Schiffes offenbar nichts anhaben konnte, bald folgte. »›Und es wallet und siedet und brauset und zischt, wie wenn Wasser mit Feuer sich mengt‹«, zitierte sie mit einem Blick auf das aufgewühlte Meer, und als sei das eine besonders humorvolle Wendung, die ihr gerade eben eingefallen sei, fügte sie hinzu: »Das kann doch einen Seemann nicht erschüttern.«

Wie schön wäre es, einmal (wenigstens einmal!) von Eva etwas Originelles zu hören. »Kalte Spiegeleier mit

Bechamelsoße als Vorspeise«, sagte er, »das grenzt schon an Körperverletzung.«

Sie lachte. Auf jede scherzhafte Bemerkung reagierte sie automatisch mit diesem Lachen – aus purer Höflichkeit, wie er inzwischen vermutete, und nicht, weil sie etwas wirklich lustig fand. Ihr Lachen war zwar melodiös, aber wenn sie sich zu oft wiederholt, bekommt man auch die schönste Melodie einmal satt.

»Armer Stephen! Mein Gaumen ist zum Glück noch nicht so ganz und gar auf Haute cuisine eingestellt.«

Bitte jetzt nicht wieder diese Geschichte mit dem gebackenen Igel bei der armen Zigeunerfamilie! betete er inständig. Könnte es nicht zur Abwechslung mal Kamelbraten bei einer ägyptischen Fellachenfamilie oder tibetische Yakbutter sein? Er war sehr schlecht gelaunt, und grimmig packte er die Reling mit beiden Händen. Sie legte eine Hand auf seine. Diese Berührung, von der er nun wußte, daß sie keinerlei Versprechen bedeutete, ließ ihn kalt.

Sie zog ihre Hand zurück, sah hinauf in den unsichtbaren Himmel und sagte mit einem Anflug von Schwermut, der in letzter Zeit öfter in ihrer Stimme lag: »Wie dicht dieser Nebel ist! Du und ich allein irgendwo da oben auf einem einsamen Stern ...« Sie seufzte. »... wie schön wäre das!«

»Es wird ziemlich kalt, findest du nicht?« sagte er. »Wir sollten unter Deck gehen.«

In diesem Augenblick sah er aus der Dunkelheit die verschwommenen Lichter eines Öltankers auf die »El Cid« zukommen, und gleich darauf war das furchtbare Krachen der Kollision zu hören und dann ein schreckliches metallisches Knirschen, als würden beide Schiffe der Länge nach aufgeschlitzt. Stephen wurde auf die Planken des Decks geschleudert, wo er eine kurze Weile benommen liegenblieb. Das hat zur Krönung dieses Urlaubs gerade noch gefehlt! war das einzige, was ihm durch den Kopf ging. Er hatte Mühe aufzustehen, denn die »El Cid« hatte bereits Schlagseite, und auf Deck wimmelte es von angstvoll schreienden Menschen. Verdammter Kahn! Nun würde er nicht einmal seinen Heimtransport bekommen, für den er bezahlt hatte! Überall Geschrei, Alarmglocken und Sirenengeheul. Kitty! dachte er. Ich muß Kitty da herausholen. Es dauerte lange, bis er sich durch die ihm entgegenströmenden Menschenmassen gekämpft hatte und das Unterdeck erreichte. Die Planken unter seinen Füßen neigten sich währenddessen immer bedrohlicher. Hab keine Angst, Kitty, mein Liebling! Ich komme! Als er endlich atemlos und mit Schürfwunden die Kabine erreichte, richtete sie sich in ihrem rosa Schlafanzug in der Koje auf und blinzelte ihm entgegen wie eine verschlafene Katze.

»Was zum Teufel machst du noch hier?« rief er. »Los, laß uns machen, daß wir wegkommen!«

»Uu-aah!« Sie gähnte herzhaft. »Warum bist du nur so böse? Ich bleibe hier bis morgen, Stephen. Diese Tabletten haben mir zwar geholfen, aber ich bin davon ganz schläfrig geworden. Ich bin nur aufgewacht, weil irgendwo schrecklich viel Lärm war.« Sie horchte. »Da ist ja immer noch viel Krach.« Dann sah sie sich blinzelnd in der Kabine um, die jetzt um etwa fünfundvierzig Grad geneigt war, schloß daraufhin die Augen und sagte mit schwacher Stimme: »So schlimm, wie es aussieht, kann der Seegang doch gar nicht sein, oder?«

»Puss, mein Schatz«, sagte er. Da öffnete sie die Augen weit und fragte: »Wie hast du mich eben genannt, Stephen?« Sanft, aber mit Nachdruck sagte er: »Du brauchst keine Angst zu haben, Puss, aber du mußt jetzt richtig aufwachen. Das Schiff sinkt. Es besteht keine Gefahr, denn es gibt sehr viele Rettungsboote. Trotzdem haben wir keine Zeit zu verlieren.«

»Eva«, sagte sie. »Wo ist Eva?«

»Ich weiß es nicht. Bestimmt ist sie in Sicherheit. Sie war an Deck.«

Wie im Traum murmelte sie: »Du bist zu mir gekommen.« Lächelnd streckte sie eine Hand aus und streichelte ihn. Dann gab sie sich einen Ruck. »Aber du mußt Eva auch retten. Und Isabella. Isabella ist nicht sehr kräftig. Sie braucht Hilfe.«

»Alle werden gerettet. Komm jetzt, Puss!« Er half ihr aus ihrer Koje. »Zieh dich an!« Durch die »El Cid« lief ein Beben, und sie legte sich noch mehr auf die Seite. »Nein, laß. Schlüpfe nur schnell in deine Sandalen und zieh dir deinen dicken Mantel über.«

»Warte, ich muß noch meine Tabletten gegen Seekrankheit holen! Wenn ich ohne die in einem kleinen Boot sitze, will ich gar nicht mehr gerettet werden.«

Er half ihr in ihre Schwimmweste und legte seine um, während er Kitty aus der Kabine folgte. Hier unten war alles beängstigend leer. Er drängte sie vorwärts in Richtung auf den Tumult über ihnen. Plötzlich blieben sie an einer offenen Kabinentür stehen.

»Oh, Stephen, Señora Delarosa ist schon weg und hat ihren Pelzmantel liegenlassen! Sie muß völlig durcheinander gewesen sein. Ich werde ihn für sie mitnehmen.« Und noch ehe er sie zurückhalten konnte, war sie hineingerannt, hatte den Mantel vom Boden aufgehoben und ihn angezogen. »Isabella könnte es doch ohne diesen Mantel in England um diese Jahreszeit nicht aushalten.« Wer weiß, wie lange wir überhaupt noch aushalten werden, dachte Stephen gereizt. Kitty lächelte ihm vergnügt zu. »Endlich habe ich mal einen Nerzmantel an. Na, wie sehe ich aus?«

Gott, lieber Gott, du kannst doch Kitty nicht ertrinken lassen!

»Schnell weiter jetzt!« sagte er.

An der Tür zur Bar wurden sie aufgehalten, da die Treppen und Ausgänge von dichten Menschentrauben versperrt waren. Eva war auch in der Menge. »Haben Sie Isabella gesehen?« rief Kitty. Eva nickte. »Sie ist in das zweite Rettungsboot gestiegen. Ich habe auf Sie beide gewartet.« Sie arbeitete sich zu Stephen und Kitty vor. Selbst jetzt wirkte sie ruhig und entschlossen, und ihre marineblauen Cordhosen und der Rollkragenpullover schienen genau die passende Kleidung für eine Schiffbrüchige. Stephen empfand den Gegensatz zwischen den beiden Frauen jetzt nur noch als amüsant, und er sah sich nach seiner drolligen kleinen Puss in ihrem prachtvollen Nerz über dem rosa Schlafanzug um, aber Kitty war nicht da. Gleich darauf tauchte sie aber aus der Bar auf, in der Hand ein zusammengeknotetes Tischtuch mit einer leise klirrenden Last.

»Proviant für die Reise. He-ho und 'ne Buddel von allem, was in Reichweite war!«

»Wäre es nicht ratsam, die Spirituosen zurückzulassen?« gab Eva zu bedenken. »Zumal wir uns unter ausländischen Seeleuten befinden werden.«

Kitty gluckste leise. »Ach, ich sehe das als Beutegut an.« Sie betrachtete den Nerzmantel, und ihr Blick besagte soviel wie: auch ein Beutestück. »Wie heißt es im Sprichwort«, sagte sie, »›Kein Unglück so groß, es hat ein Glück im Schoß.‹ Da habe ich mir mein ganzes Leben einen Nerzmantel gewünscht, und jetzt trage ich einen! Himmlisch!« Mit einem Laut des Wohlbehagens, der, wie Stephen fand, dem Schnurren einer Katze erstaunlich nahe kam, kuschelte sie sich in den weichen Pelz. »Und wie warm er ist! Schiffbrüchige brauchen ja was Warmes, wie wir alten Seebären aus Erfahrung wissen. Deshalb auch der Fusel. Er soll uns einheizen. Wenn wir ihn hierlassen, bedudeln sich doch nur die Fische damit.« Sie grinste Eva zu. »Und stellen Sie sich mal vor, wie schrecklich das wäre, wenn Ihnen ein sturzbetrunkener Hai nachstellte!«

»Hör endlich auf zu quasseln!« sagte Stephen. »Wir sollten zusehen, daß wir in ein Boot kommen.«

»Schon gut«, sagte Kitty kleinlaut. »Aber im Augenblick kommen wir ja sowieso nicht vorwärts. Warum soll ich da nicht ein bißchen reden.«

»Es ist wirklich unglaublich, wie undiszipliniert diese Leute sind!« sagte Eva.

»Mit einem britischen Schiff würde ich aber nicht gerne untergehen«, meinte Kitty. »Da müssen die Besatzungsmitglieder und Männer immer tapfer und selbstlos sein und Frauen und Kinder zuerst von Bord lassen. Hier kann ich wenigstens mit Stephen in dasselbe Boot steigen.«

Wir können von Glück sagen, wenn wir noch eins erwischen! dachte er. Aber schließlich saßen sie doch in einem. Es war das letzte Rettungsboot, das von dem nun seltsam stillen Schiff ins Wasser gelassen wurde. Gerade als Kitty einsteigen wollte, kam ein kleiner, laut weinender Schwarzer von irgendwoher aus der Dunkelheit angerannt und klammerte sich an ihr Bein.

»Tante Kitty! Mammi! Mammi!«

»Deine Mammi ist schon mit dem Baby vorausgefahren, Bobo. Das Baby ist doch noch so klein, und du bist schon ein großer Junge und kannst mir ein bißchen Gesellschaft leisten. Nachher erzähle ich dir auch die Geschichte zu Ende, die wir heute morgen angefangen haben. Freust du dich?«

Sie stieg in das Boot, unter dem einen Arm Bobo und in der anderen Hand das Tischtuch mit ihrer Beute, und ließ sich dann, behaglich in ihren Pelz gehüllt, auf einer der Bänke nieder. Eva folgte ihr. Stephen und ein portugiesischer Steward sahen sich noch einmal um, ob auch niemand zurückgeblieben sei, und stiegen dann auch ein. Es war ein geräumiges Boot. An Bord befanden sich nur zwei Besatzungsmitglieder, zehn Westinder und eine Engländerin mit ihrer kleinen

Tochter, die etwa so alt wie Bobo war. Sie ruderten los, so schnell sie konnten und beobachteten dann aus sicherer Entfernung, wie die »El Cid« und der Öltanker, die sich ineinander verkeilt hatten, in den Fluten versanken. Danach war es ringsum sehr finster und still.

»Aber hier sind natürlich noch viele andere Boote. Wir können sie nur nicht sehen, weil es so neblig ist«, sagte Mrs. Hailsham, die Engländerin, zu ihrem Töchterchen. »Stell dir nur vor, was du deinen Freundinnen alles erzählen kannst, wenn wir wieder zu Hause sind, Ann!«

Ann schien etwas skeptisch und machte nur »M-hm.«

»Wir kommen bestimmt ins Fernsehen«, bestätigte eine Jamaikanerin und lächelte Ann aufmunternd zu.

»Man wird uns schon sichten, sobald sich der Nebel gehoben hat«, sagte Eva. »Wir dürfen den Mut nicht sinken lassen. Vielleicht sollten wir ein Lied singen.« Und mit einer schönen, klaren Altstimme begann sie: »Näher, mein Gott, zu dir ...«

»Oh, bitte, Eva!« rief Kitty dazwischen. »Der liebe Gott weiß sicher, daß ich's nicht böse meine, aber wir wollen Ihm im Augenblick doch noch nicht näher sein als nötig. Wie wär's mit etwas Lustigerem, zum Beispiel: ›*It's a long way to Tipperary*‹? Ach, da fällt mir ein ...« Und sie fing an, das Tischtuch aufzuknoten. »Außerhalb der Drei-Meilen-Zone gelten die amtlichen Ausschankzeiten wohl nicht?«

»Bestimmt nicht!« sagte die junge Mrs. Hailsham.

Für einige Zeit wurde dies für die Insassen des Rettungsboots eine geradezu fidele Kreuzfahrt. In genau kalkulierten Abständen ließ Kitty ihre Flaschen kreisen, und sogar Bobo durfte ab und zu einmal nippen. Beim fünften Mal fing Bobo an zu kichern, zupfte an dem Nerzmantel und sagte: »Das ist aber weich!«

Woraufhin Kitty sogleich in ihre Glanzrolle als Gestiefelter Kater schlüpfte, bewundert und beklascht von Bobo. Sie war schon fast so beschwipst wie der Kleine und schmetterte eins nach dem andern von ihren alten Liedern, wobei alle andern bald die Refrains mitsangen. Nur Eva schien sich dafür zu gut zu sein und blieb stumm. Stephen fragte sich, was er eigentlich je an dieser nüchternen, langweiligen Frau gefunden hatte, und er verspürte auf einmal Mitleid mit ihr. Bei seiner lieben alten Puss, die dem Tod wie dem Leben mit ein paar Scherzen nach außen und mit innerer Stärke begegnete, würde er diese Art von Mitleid nie empfinden, da war er ganz sicher. Erst jetzt, als es so aussah, als könnte er sie verlieren, merkte er, wie Kitty wirklich war.

Nach einer Weile lehnte sich Kitty zurück und rief: »Pause! Mir geht die Puste aus. Und ich weiß auch keine Lieder mehr.«

Bobo sprang wütend vor Enttäuschung umher.

»Das ist gelogen! Du kennst noch ganz viele. Sing mal ›*O my darling Clementine*‹ oder ...«

Eva warf einen vielsagenden Blick auf Kittys Bündel.

»Es war sehr unbedacht, finde ich, das arme Kind so aufzuputschen.«

»Das ist sehr vornehm ausgedrückt. Du bist so voll wie eine Strandhaubitze, nicht wahr, Bobo? Ich bin selbst ein bißchen aufgeputscht, glaube ich. Und wie fühlst du dich, Stephen?«

»Angenehm aufgeputscht.«

»Nehmen Sie doch auch mal einen Schluck aus der Pulle, Eva. Sie sollen mal sehen, wie das hilft!«

»Mir hilft es mehr, wenn ich einen klaren Kopf behalte.«

Kitty gähnte.

»Auch wenn unsere Köpfe noch so klar sind, wir können bis Tagesanbruch doch nur dafür sorgen, daß wir nicht ins Wasser fallen. Und das ist uns bisher sehr gut gelungen. Meine Güte, wie bin ich so müde!«

Mrs. Hailsham lachte.

»Es klingt in unserer Lage zwar merkwürdig, aber ich bin auch todmüde. Das haben wir Ihrer Medizin zu verdanken, meine liebe Kitty!«

Eva saß reglos da und starrte in die Dunkelheit. »Entspanne dich doch mal, Eva!« sagte Stephen leise. Sie wandte sich ihm zu und sah ihn so traurig an, daß es ihm einen Stich ins Herz versetzte. Dann wurde ihr Gesicht wieder starr und abweisend. Kitty lehnte sich hinüber und tippte ihr aufs Knie.

»Stephen hat recht. Wie wär's, wenn wir beide seinen Rat befolgten? Meinetwegen nur solange wir schiffbrüchig auf dem Meer treiben, wenn Ihnen das lieber ist. Nur eine kurze Phase der Entspannung.«

Evas Antwort kam stockend. »Sie wissen doch so gut wie ich, daß es längst nicht mehr darum geht, was mir lieber wäre.«

»Wirklich? Steht das schon fest? Na, machen Sie sich nichts draus. Beim nächsten Mal haben Sie sicher mehr Glück«, sagte Kitty, lehnte sich an Stephens Schulter und schlief sofort ein.

Als der ersehnte Morgen anbrach, war keine Spur von einem Schiff zu sehen, so weit das Auge reichte. Den ganzen Tag drifteten sie einsam dahin, und als die Nacht kam, waren sie immer noch allein. Der Wind, der den Nebel vertrieben hatte, war aufgefrischt und sorgte für hohen Seegang. Sämtliche Flaschen waren längst leer, und selbst Kitty hatte aufgehört, Geschichten zu erzählen und Lieder zu singen. Die Männer wechselten sich beim Rudern ab und bemühten sich, den Bug des Bootes gegen die schaumgekrönten Wogen zu steuern, die in endloser Folge aus der Dunkelheit auf sie niederstürzten. Es war jetzt sehr kalt.

Als Stephen wieder einmal eine Schicht an den Riemen beendet hatte, kam er in den hinteren Teil des Bootes zu seiner Frau und setzte sich neben sie. Sie hatte sich ganz unter den Pelzmantel verkrochen und auch noch Bobo und die kleine Ann Hailsham damit zugedeckt, die sich links und rechts an sie schmiegten.

»Puss«, sagte er, »meine liebste Puss, bitte verzeih mir.«

»Stephen, du alter Dummkopf! Ich danke dir für zweiundzwanzig wundervolle Jahre!«

»Und ich dir auch, Puss, von ganzem Herzen!«

»Wenn wir Goldene Hochzeit feiern, werden wir uns ausgiebig an den heutigen Tag erinnern. Und falls es nicht mehr dazu kommt ... Über eins brauchen wir uns keine Sorgen zu machen, Stephen. Niall und Jill ... auch wenn ... auch wenn wir sie nicht mehr wiedersehen ... sie werden ihren Weg machen, da können wir ganz beruhigt sein.« Sie bemühte sich zu lächeln. »Weißt du was? Ich lebe jetzt ganz im Augenblick und genieße jede Sekunde, denn ich habe jetzt alles, was ich mir je gewünscht habe.« Zärtlich berührte sie seine Wange mit den Fingerspitzen. »Sogar einen Nerzmantel.«

Es kam ihnen vor, als seien sie ganz allein in dem Boot, ganz allein auf der Welt. »Kitty, mein Liebling, ich liebe dich«, sagte er. »Ich habe dich immer geliebt und immer nur dich, und ich werde dich immer lieben.«

»Daran klammere ich mich jetzt, Stephen, an die Hoffnung, daß auch ich dich für alle Zeit lieben kann.« Mit einem leisen, etwas heiseren Lachen und einem leichten Schmunzeln sagte sie: »Es wäre mir auch recht, wenn wir als zwei kleine Fische Hand in Hand oder besser gesagt, Flosse in Flosse zusammen weiterschwimmen könnten.« Und nach kurzem Nachdenken: »Wir haben das Glück, zu den Menschen zu gehören, die von ihrem Leben sagen können, daß es schön war, solange es währte.«

Unaufhörlich und unerbittlich rollten die riesigen Brecher auf sie zu.

Sechzehntes Kapitel

»Ein Rettungsboot der ›El Cid‹ wird noch vermißt«, sagte der Nachrichtensprecher. »Unter den vermißten Personen befinden sich ...«

Überall in Irland sagten Leute, die die Meldung hörten, fassungslos: »Kitty O'Connor soll nicht mehr am Leben sein?«

Im Regierungsgebäude in Dublin sagte Ted O'Brien zu Martin Halloran: »Madame Kitty? Das darf doch nicht wahr sein!« Martin hantierte geistesabwesend mit einem Stapel Papieren. Einige fielen auf den Boden. Er beachtete sie gar nicht und sagte: »Bei ihr hatte man immer das wunderbare Gefühl, daß sie das Leben genoß. Alles erschien ihr schön und wichtig, und diese Einstellung übertrug sich auf einen, wenn man in ihrer Nähe war.« Ted sammelte die Papiere ebenso geistesabwesend vom Boden auf und schichtete sie umständlich aufeinander. »Alle drei ertrunken! Ich möchte nur wissen ... Jetzt spielt es natürlich keine Rolle mehr, aber es würde mich freuen, wenn ich mir sagen könnte ... Ob Madame Kitty wohl am Ende den Sieg davongetragen hat?«

»Die hätte immer und gegen jeden gewonnen – außer gegen den einen, gegen den keiner gewinnen kann.«

In seinem Coiffeursalon rief Monsieur Claude wütend: »Stellen Sie endlich das verdammte Radio ab! Wie soll man denn bei diesem Gedudel konzentriert arbeiten?«

Seine Kundin, deren Vater eine Kette von Hotels in ganz Irland gehörte, schaltete das Transistorgerät in ihrem Schoß aus und sagte mit eisiger Miene: »Machen Sie bitte schnell! Ich will hier heraus.«

Jetzt kam Claude wieder zur Besinnung. Welche Katastrophen sich auch ereigneten, er mußte ja schließlich seine Familie ernähren. Deshalb sagte er: »Ach, *Mademoiselle, excusez moi.* Bitte entschuldigen Sie. Aber wissen Sie, ich kannte eine der Verschollenen von der ›El Cid‹. *Vous comprenez*?«

Nur unwesentlich besänftigt, entgegnete seine Kundin: »Ja, ich verstehe. Eine Verwandte von Ihnen?«

»Nein, das nicht. Eine Dame, die gelegentlich zu mir kam. Mit ihrem Haar konnte man gar nichts anfangen. Man mußte es genau so lassen, wie es der liebe Gott geschaffen hatte. Und so«, sagte Claude, der diesen kleinen Nachruf auf seine liebste Kundin leise, wie zu sich selbst gesprochen hatte, »so war die ganze Person.«

In Henry Mortons Ein-Zimmer-Wohnung in der Cromwell Road stand Mrs. Daisy Barnes und sagte: »Es ist ein Jammer um die Frau. Sie hätte sich niemals so einem ausländischen Schiff anvertrauen dürfen.«

Henry Morton sah auf die siebenundfünfzigste Manuskriptseite seines Romans, die er gerade in der Schreibmaschine hatte, und murmelte: »Gun Boat«.

»Es war gar kein Kanonenboot!« sagte Mrs. Barnes verwundert. »Es war ein ganz gewöhnlicher spanischer Dampfer.« Und mit einer Entrüstung, wie sie der Angehörigen einer alten Seefahrernation wohl anstand, fügte sie hinzu: »Manche von denen sollen ja so undicht sein wie ein Teesieb, habe ich gehört.« Dann seufzte sie. »Ach, eine richtige Dame war das.« Sie hob ihren Arm bis über den Kopf. »Sehen Sie mal her!«

»Sehr schön«, sagte Henry Morton.

»Vor drei Wochen hätte ich das noch nicht gekonnt. Das verdanke ich nur dieser armen Frau und ihrem Rheumamittel, das sie mir geschickt hat. Ich habe sofort gewußt, daß die ihr Versprechen halten würde. Die war nicht so wie die andern – große Worte und nichts dahinter!« Mrs. Barnes seufzte wieder. »Aber solche wie sie erwischt's immer zuerst.«

Henry Morton spielte auf seinen Schreibmaschinentasten ein stilles Requiem.

»Ich werde ihr hier ein Denkmal setzen.«

»Davon hat sie jetzt auch nichts mehr«, wandte die praktische Mrs. Barnes ein.

Nachdenklich sagte Henry Morton zu seiner Schreibmaschine: »Auf dem Papier ist es genauso schwierig, mit ihr fertigzuwerden, wie im Leben. Das Problem ist einfach, daß sie eine ganz normale, durchschnittliche Frau war.«

In Ballyconeen nahm ein Gast sein Glas Guinness und schob es rasch Kitty O'Connors Vater über den Tresen zu. Der alte Mann griff automatisch danach, trank es in großen Zügen aus und sah dann mit leerem Blick um sich. »Die See«, sagte er, »muß um diese Jahreszeit sehr kalt gewesen sein. Sie hat Kälte nie vertragen können.«

Die Anwesenden murmelten mitfühlend. Irgendwer sagte etwas hilflos: »Jetzt ist sie in einer besseren Welt, Dan. Der Herr gebe ihr die ewige Ruhe!«

»Ach was!« erwiderte Kittys Vater ärgerlich. »Der wird es auch im Himmel keine Ruhe lassen, daß sie von hier fort mußte und daß sie sich jetzt nicht mehr um uns kümmern kann!« Sein plötzlicher Temperamentsausbruch verebbte. Er schüttelte seinen Kopf, und mit leisem Vorwurf in der Stimme brummte er vor sich hin: »Daß sie so was mit sich hat geschehen lassen, das sieht meiner Kitty aber gar nicht ähnlich!«

In einem eleganten Blumengeschäft in der Grafton Street fragte Jules nach Vergißmeinnicht. »So etwas führen wir nicht«, erklärte der Verkäufer. »Vielleicht fragen Sie mal in einer Gärtnerei.«

Erst nach einer Stunde geduldigen Suchens kehrte Jules mit einer Blumenschale voller Vergißmeinnicht in sein möbliertes Zimmer zurück. Er stellte sie auf das Tischchen, auf dem auch das Foto seines heldenhaften

Vaters stand, und sagte laut: »Ich vergesse Sie nie! *Jamais, madame!*«

In »Brookdale« saß Molly auf einem Stuhl und wiegte sich in lautloser Verzweiflung hin und her. Stumm und ratlos sahen Jill und Niall bald sie, bald einander an. Ihre Tränen waren vorerst alle vergossen. Irgendwann würden auch wieder Tränen fließen, aber in der kurzen Zwischenzeit bis dahin erhielten sie eine Vorahnung von jenem Leid, das schmerzlicher ist als Trauer. Sie sahen sich mit dem Unfaßbaren des Nicht-Mehr und Nie-Wieder konfrontiert.

Plötzlich blickte die alte Molly auf, und die Worte, die sie zur Decke hinaufrief, waren ein Echo des bitteren, zärtlichen Vorwurfs des alten Dan Tobin: »Sich einfach ihren armen Kinderchen entreißen zu lassen, das war nicht recht! Das war nicht recht, liebe M'am!«

In der sauberen kleinen Dachwohnung im Wohnheim für junge Arbeiterinnen saß Sandra und starrte ungläubig auf ihr Radio. »Sie kann nicht tot sein! Sie stirbt doch erst, wenn sie ganz, ganz alt ist!«

Stille war die einzige Antwort, die sie erhielt.

Währenddessen saß Nialls alter Universitätslehrer allein in seinem Studierzimmer und versuchte vergeblich, sich auf die Lektüre eines Fachbuchs zu konzentrieren. Endlich legte er es beiseite. Irgendwo ganz in der Nähe mußte doch diese Dame auf ihn warten und ihn mit ihrem unschuldig-koketten Lächeln die Last seiner Jahre vergessen lassen. Dr. Horton nahm seine Brille ab, putzte sie umständlich und setzte sie wieder auf. Nie wieder! Die Hauptdarstellerin hatte die Bühne verlassen, das Weihnachtsmärchen war zu Ende, der Vorhang hatte sich gesenkt.

Irgendwo draußen auf dem Atlantik in der finsteren Nacht sagte der Kapitän eines britischen Kohlenfrachters zu seinem ersten Offizier: »Verdammtes Pech, daß es die armen Teufel erwischen mußte! Sie hätten vielleicht noch eine Chance gehabt, wenn dieses Unwetter nicht aufgekommen wäre, aber in dieser schweren See kann sich so ein kleines Boot unmöglich halten.«

»Schicksal«, meinte der erste Offizier mit philosophischem Gleichmut. »Darum sind sie auch nicht aufgefischt worden wie die andern.«

»So, das ist also der Grund!« sagte der Kapitän sarkastisch. »Schlichtere Gemüter hätten vielleicht geglaubt, daran wäre so was Banales wie die Strömung schuld, die das Boot dieser armen Schlucker von den anderen weggetrieben hat.«

»Das läuft doch auf dasselbe hinaus. Das Schicksal bedient sich eben der Mittel, die zur Verfügung stehen. Denen war es einfach vorherbestimmt, daß sie zugrundegehen sollten. Wenn wir genug über jeden einzelnen von ihnen wüßten, dann wüßten wir vielleicht auch den Grund. Ich habe mal ein Buch gelesen«, fuhr der erste Offizier mit wichtiger Miene fort, »in dem so etwas Ähnliches beschrieben wurde. ›Die Brücke von San Luis Rey‹ hieß es. Es ging da um ein paar Leute, die getötet werden, als eine Brücke unter ihnen zusammenbricht. Der Roman hat dann rekonstruiert, warum ihnen das passiert ist.«

Der Kapitän schnaubte verächtlich.

»Ich hoffe, Ihr Schicksal hat nichts dagegen, wenn wir trotzdem die Augen aufsperren und nach Treibgut Ausschau halten, wie man uns gebeten hat. Und insbesondere nach Leichen. Sozusagen als Trost für die Hinterbliebenen.«

»Ich verstehe gar nicht, was die Leute davon haben«, sagte der erste Offizier. »Ich meine, Bestattungsfeiern und so. Nichts als Ärger und Aufregung. So ist es doch viel besser.« Er spähte hinaus in die Nacht, und nach einer Weile sagte er fragend: »Ob das da Wrackteile sind?«

»Wo denn, Mann? Jetzt haben Sie wohl auch schon

Visionen? Na, ich muß sagen, es würde mich nicht wundern. Sie haben das Zeug zum Spökenkieker.«

»Und ich höre auch was!« rief der fatalistische Philosoph und stieß einen gewaltigen, jubelnden Fluch aus. »Das sind sie!«

Der Kapitän fluchte noch gewaltiger und brüllte dem Steuermann Befehle zu.

»Das ist ja nicht zu fassen! Da sitzen sie quicklebendig in ihrer Nußschale und singen Kirchenlieder!«

»Wenn das ein Kirchenlied ist«, sagte der erste Offizier, »dann freß ich 'n Toppsegel!«

Die Umrisse des Rettungsboots von der »El Cid« waren nun trotz der Dunkelheit gut zu erkennen, und der vielstimmige Chor schwoll zu einem Triumphgesang an:

»Fanfarenklang und Trommelschlag,
Die Menge ruft ›hurra!‹
Der Stiefelkater naht: ›Gebt acht!
He, Leute, wir sind da!‹«

Una Troy im dtv

Mutter macht Geschichten

Eine jung gebliebene Witwe, die es satt hat, sich von ihren drei erwachsenen Kindern bevormunden zu lassen, entschwindet eines Tages. dtv 1286 / großdruck 25003

Die Pforte zum Himmelreich

Zwei recht unkonventionelle Ordensschwestern im Kampf mit der Äbtissin des Klosters. dtv 10405 / großdruck 25052

Ein Sack voll Gold

Eine heitere Familien- und Liebesgeschichte vor dem Hintergrund eines konservativen irischen Dorfes. dtv 10619 / großdruck 25002

Trau schau wem

Als Ellen O'Sullivan den armseligen Hof ihrer Eltern für viel Geld verkaufen kann, wollen ihre Geschwister ihr plötzlich vorschreiben, wie sie ihr Leben einrichten soll ... dtv 10867

Kitty zeigt die Krallen

Eine seit zweiundzwanzig Jahren glücklich verheiratete Frau nimmt den Kampf mit einer attraktiven Nebenbuhlerin auf. dtv 10898

Stechginster

Acht Ruhe suchende Weihnachtsurlauber in einem romantischen Gästehaus werden von sechs fanatischen Jugendlichen in einen ungewöhnlichen Kriminalfall verwickelt. dtv 10989

Das Schloß, das keiner wollte

Ein adeliger Verwandter hinterläßt einer eher bescheiden lebenden Lehrerfamilie ein Schloß. dtv 11057

Eine nette kleine Familie

Die allseits beliebte Lehrerin Miss Meade will Ordnung in die Verhältnisse einer »netten kleinen Familie« bringen, die durch die Ankunft eines fünften Kindes in ihren Grundfesten erschüttert wird ... dtv 11150

Läuft doch prima, Frau Doktor

Ann Morgan ist nicht nur Ärztin aus Leidenschaft, sondern auch verantwortlich für ihre beiden jüngeren Geschwister, die ihr diese Aufgabe in keiner Weise erleichtern. dtv 11214

Die Leute im bunten Wagen

Eleanor Moore und ihre Großnichte Rose stellen den Park ihres Herrensitzes »fahrendem Volk« als Winterquartier zur Verfügung. dtv 11350

Fay Weldon im dtv

Die Teufelin

Die loyale, aber leider ziemlich unattraktive Ruth erträgt lange die sexuellen Eskapaden ihres Mannes. Irgendwann ist sie allerdings mit ihrer Geduld am Ende. Sie dreht den Spieß um und plant einen Rachefeldzug. Das erste, was in Rauch aufgeht, ist das Eigenheim. dtv 11132

Herzenswünsche

Was Helen und Clifford aus der großen Liebe machen (natürlich eine Scheidung und diverse andere Dinge und noch eine Scheidung und die eine oder andere Karriere) und wie ihre verlorene Tochter Nell viel schöner und klüger wird, als es ihre Eltern verdient haben. dtv 11197

Du wirst noch an mich denken

Ein Mann und drei Frauen, die Geschiedene, die Neue und die Halbtagssekretärin – aus dieser nicht ungewöhnlichen menschlichen Konstellation macht Fay Weldon eine rasante psychologische Studie über Schein und Sein; mit einer Komik, die manchmal mörderisch ist. dtv 11225

Kleine Schwestern

Zusammen mit dem Antiquitätenhändler Victor, ihrem zwanzig Jahre älteren Liebhaber, fährt Elsa für ein Wochenende aufs Land. Der Besuch bei Victors reichen Freunden wird für Elsa zu einer Tour de force durch Liebe, Lügen, Sex und andere Ungeheuerlichkeiten. Aus Prinzen werden Frösche, und nichts bleibt, wie es war. dtv 11305

Frau im Speck

Aus einer von Wohlstandsspeck, Diätkuren und den üblichen Midlife-crises-Affairen bedrohten Ehe hat sich Esther in eine schmuddelige Souterrainwohnung geflüchtet. Was sie dort tut? Sie ißt, und zwar alles, was fett macht. Eine »beste Freundin« taucht auf und spielt den »rettenden Engel«... dtv 11378

Sterndame

Sandra geht mit ihrem Ehemann auf eine Party und verläßt dieselbe mit einem anderen. Das Pikante am vorliegenden Fall: Die Dame ist eine prominente Fernseh-Astronomin, der Gatte ein bekannter Anwalt, und der »Neue« Boss einer Jazz-Band, übrigens ebenfalls verheiratet. dtv 11426

Amei-Angelika Müller im dtv

Foto: Studio Kleiber

Pfarrers Kinder, Müllers Vieh
Memoiren einer unvollkommenen Pfarrfrau

Sie ist ein Morgenmuffel, Kochen ist nicht ihre Stärke, und auch sonst entspricht sie nicht dem Ideal einer Pfarrfrau. Sie wollte auch alles andere werden, nur das nicht. Doch sie lernte einen Theologiestudenten kennen – und lieben.
dtv 1759 / dtv großdruck 25011

In seinem Garten freudevoll...
Durchs Gartenjahr mit Wilhelm Busch

Jeder glaubt Wilhelm Busch zu kennen, doch eine Seite des berühmten Zeichners, Dichters und Philosophen ist weniger bekannt: Er war ein großer Naturfreund und Hobbygärtner. Amei-Angelika Müller hat diesen »anderen« Wilhelm Busch aufgespürt in seinen Briefen, Gedichten und Zeichnungen, in denen er von Gärtners Freud und Leid erzählt, das menschliche Leben mit dem Ablauf der Jahreszeiten vergleicht und Tiere und Pflanzen beobachtet.
dtv 10883

Ich und du, Müllers Kuh
Die unvollkommene Pfarrfrau in der Stadt

Nach sieben Jahren in der ländlichen Pfarrei folgt Amei-Angelika Müller ihrem Mann auf eine Pfarrstelle in der Stadt. Neue Erlebnisse und Erfahrungen warten auf die »unvollkommene Pfarrfrau«, von denen sie mit viel Selbstironie und gekonnter Situationskomik erzählt.
dtv 10968

Sieben auf einen Streich

Eine herzerfrischend fröhliche, witzige und humorvolle Familiegeschichte: Sieben Geschwister nebst Anhang, insgesamt siebzehn Personen, darunter nicht weniger als drei Pfarrer, versammeln sich zu einem Familientreffen im Harz. Vergnügliche Einblicke in eine ganz und gar unmögliche Familie...
dtv 11204

Veilchen im Winter

Was macht eine junge Frau, die sich von ihrem skibegeisterten Ehemann zum gemeinsamen Winterurlaub überreden läßt, obwohl sie selbst völlig unsportlich ist und den Winter zutiefst verabscheut? Sie würde nach wenigen Tagen enttäuscht und zornig abreisen – wäre da nicht eine gleichgesinnte Seele in Gestalt eines kleinen Jungen.
dtv 11309